La cl

Kate et le chirurgien

LOUISA HEATON

La clinique de Thorney Island

Traduction française de
CHRYSTELLE POULAIN

BLANCHE

HARLEQUIN

Collection : Blanche

Ce roman a déjà été publié en 2021

Titre original :
RISKING HER HEART ON THE TRAUMA DOC

HARPERCOLLINS FRANCE
83-85, boulevard Vincent-Auriol, 75646 PARIS CEDEX 13
Service Clients — https://www.harlequin.fr/contenu/contactez-nous
ISBN 978-2-2805-1805-5 — ISSN 0223-5056

Édité par HarperCollins France.
Composition et mise en pages Nord Compo.
Imprimé en avril 2025 par ScandBook UAB en Lituanie
en utilisant 100% d'électricité renouvelable.
Dépôt légal : juin 2025.

FSC
www.fsc.org
MIXTE
Papier | Pour une gestion forestière responsable
FSC® C021394

Pour limiter l'empreinte environnementale de ses livres, HarperCollins France s'engage à n'utiliser que du papier fabriqué à partir de bois provenant de forêts gérées durablement et de manière responsable.

1

Accoudée au bastingage du ferry, les cheveux balayés par la brise marine, Jess Young s'emplit les poumons d'air pur, souriant aux anges.

Thorney Island était aussi belle que dans ses souvenirs… Même si, aujourd'hui, elle la trouvait presque minuscule.

Pendant des années, son père et elle y avaient passé une semaine de vacances chaque été. Plus tard, elle avait exploré d'autres horizons, mais elle n'avait jamais oublié cette île et son décor de carte postale…

Une vague de nostalgie imprévue la submergea.

Même si elle était heureuse de revoir Thorney Island, elle se sentait un peu triste. Quoi de plus normal ? Ce paysage idyllique lui rappelait les jours heureux. Une époque disparue…

Lentement, le ferry approchait de la jetée.

Elle observa la manœuvre, amusée d'entendre le capitaine du port et les hommes d'équipage converser avec un fort accent écossais. Elle les écouta un moment, puis gagna la soute pour récupérer sa voiture.

Le débarquement fut rapide, et quelques minutes plus tard elle roulait sur le quai.

Cette fois encore, rien n'avait changé. Le Harbour Café était toujours là, accueillant, avec sa devanture bleue et ses larges fenêtres. Elle fut tentée d'y faire halte mais y renonça : elle avait hâte de récupérer les clés de son appartement à l'agence immobilière. Elle aurait ensuite le reste de la journée pour s'installer, avant de prendre son poste le lendemain matin.

Elle avait trouvé son nouveau patron, le Dr Jack Campbell, très sympathique pendant l'appel vidéo où ils avaient échangé à bâtons rompus. Avec ses cheveux argentés, son regard bleu azur et son sourire affable, il lui avait rappelé son père. Elle s'était tout de suite sentie à l'aise, et la confirmation de son embauche, quelques jours plus tard, l'avait mise en joie.

La petite clinique dirigée par le Dr Campbell lui permettrait d'exercer des missions variées. L'ampleur de la tâche et l'isolement relatif ne la rebutaient pas. Au contraire, elle avait hâte d'entamer ce nouveau chapitre de sa vie.

De son côté, Jack Campbell avait paru soulagé de trouver enfin une candidate sérieuse. Apparemment, il avait eu du mal à recruter, car les jeunes médecins préfèrent les grandes villes où ils peuvent se spécialiser et faire carrière.

Elle ne voyait pas si loin !

L'agence immobilière se situait à quelques rues du port, dans le centre-ville. Le timbre joyeux d'une antique sonnette l'accueillit lorsqu'elle poussa la porte. Elle s'avança vers le comptoir, où une jeune femme que son badge désignait comme Moira la gratifia d'un grand sourire.

— Bonjour, madame. Êtes-vous à la recherche d'une location saisonnière ?

— Pas du tout, répondit Jess, amusée d'être prise pour une touriste. Je suis le docteur Jessica Young. J'ai loué un appartement dans Haven Road, et le propriétaire m'a dit de récupérer les clés chez vous.

— Bien sûr !

Jess prit dans son sac sa carte d'identité ainsi que les documents qu'elle avait préremplis. Moira les vérifia rapidement et hocha la tête.

— C'est tout bon. Il ne me reste plus qu'à vous souhaiter la bienvenue à Thorney Island, docteur Young !

— Appelez-moi Jess, je vous en prie.

— Parfait, Jess… J'espère que l'appartement vous plaira. Si vous avez des questions, il faudra vous adresser directement au propriétaire. Et maintenant, je vais vous montrer Haven Road sur le plan.

— Je crois connaître. Je suis déjà venue en vacances, précisa-t-elle devant l'air étonné de son interlocutrice. C'est bien la grande rue qui longe l'hôpital ?

— Absolument. Dans ce cas, bonne installation !

— Merci beaucoup, Moira.

Avant de remonter en voiture, embrassa du regard les minuscules ruelles qui sillonnaient la ville en partant du port. Puis elle inspira à fond et sourit.

Un changement d'air et un nouveau départ, tels étaient les ordres de son médecin. Elle avait la ferme intention de lui obéir.

— Bonjour, mademoiselle. Vous devez être le docteur Young.

Âgée d'une cinquantaine d'années, la réceptionniste de l'hôpital avait le physique de l'emploi. Avec son chignon strict, ses lunettes et son tailleur élégant, elle dégageait une impression rassurante d'efficacité et de sérieux.

— Appelez-moi Jess, je vous en prie.

Elles échangèrent une poignée de main cordiale, et le visage de la femme s'éclaira d'un sourire bienveillant.

— Moi, c'est Judy. Je suis la femme de Jack, son assistante et sa secrétaire particulière, précisa-t-elle, le regard pétillant de malice. J'espère que la traversée n'a pas été trop agitée.

— Non, la mer était très calme. Un rêve.

— Tant mieux, c'est super. Jack avait prévu de vous accueillir lui-même, mais on l'a appelé pour une visite urgente à domicile. Vous connaissez la chanson.

— Oh oui…

— Aimeriez-vous boire quelque chose ?

— Non merci, c'est gentil. J'ai pris un café juste avant de venir.

— Alors, c'est parti, je vous emmène. Jack a laissé des documents pour vous dans son cabinet. Nous allons les récupérer.

Judy remonta le couloir principal, vers une porte sur laquelle était fixée la plaque Dr Jack Campbell, médecin chef.

Jess la suivit à l'intérieur. Pendant que son hôtesse fourrageait dans les tiroirs du bureau pour trouver les papiers voulus, elle jeta un regard circulaire autour d'elle.

Le cabinet était décoré avec une sobriété élégante et de bon aloi. La touche féminine de Judy se retrouvait dans la grande plante d'ornement, les coussins à motifs graphiques disposés sur le canapé, et le tableau au point de croix – une marine – accroché sur le mur principal.

Curieuse, elle observa l'appui de fenêtre où s'alignaient plusieurs cadres dorés et argentés.

Les photos avaient un point commun : on y voyait la même personne, un garçonnet rieur devenant au fil des années un bel adolescent, puis un magnifique jeune homme. L'un des clichés le montrait en tenue d'université, brandissant un diplôme. Sur un autre, il était agenouillé au milieu d'un groupe d'enfants dans un paysage écrasé de soleil, peut-être quelque part en Afrique.

La plus belle photo semblait avoir été prise dans la jungle. L'homme avait le visage tourné vers le ciel, sous une pluie battante. Il dégageait une vitalité incroyable, au point qu'elle n'arrivait pas à détacher le regard de lui...

La voix de Judy la ramena au moment présent.

— Êtes-vous bien installée, Jess ?

— Très bien merci, grâce à votre mari. C'est lui qui m'a trouvé cette bonne adresse.

— En fait, on a eu le tuyau par notre fils. Il habite le même immeuble que vous, et il nous a donné les coordonnées du propriétaire... Ah ! voilà, je les ai trouvés !

Judy brandissait un dossier et un passe attaché à un lien multicolore. Elle les lui tendit en souriant.

— Il faudra juste signer votre contrat, et on prendra une

photo pour votre badge, précisa-t-elle. Je suis ravie que vous soyez là. Jack était impatient de vous voir, et nous aussi.

Jess esquissa un sourire nerveux, se demandant qui était inclus dans le « nous ». Pour une raison inexplicable, elle se sentait soudain mal à l'aise.

— C'est gentil, murmura-t-elle.

— Dès que nous aurons terminé la visite, vous pourrez commencer. Adam vous expliquera tout ce qu'il faut savoir au fur et à mesure.

— Adam ?

— Le Dr Campbell junior, notre fils, expliqua Judy en riant. C'est lui que vous voyez là, sur les photos. Il a pas mal travaillé à l'étranger. Il est revenu l'année dernière. Vous allez avoir tout le temps de faire connaissance.

Jess toussota pour masquer son embarras.

— Oh... Jack ne m'en a pas parlé, bafouilla-t-elle.

Elle avait prévu de travailler avec un homme d'âge mûr, pas avec un apollon au sourire ravageur. Elle n'avait absolument pas besoin de ce genre de complication.

2

Assis devant son patient, Adam Campbell commençait à poser les points de suture.

John McAllister n'avait pas fait les choses à moitié. Ce matin-là, le pêcheur s'était sérieusement entaillé la main en remontant ses filets. Il avait bandé sa paume ensanglantée dans un torchon à la propreté douteuse, puis, une fois rentré, s'était présenté à la clinique où Adam l'avait pris en charge.

Entendant la voix de sa mère dans le couloir, il leva les yeux au moment où elle ouvrait le rideau du box… Et les mots qu'il allait prononcer s'étranglèrent dans sa gorge.

Une inconnue d'une beauté saisissante accompagnait sa mère. Elle était si jolie qu'il en eut le souffle coupé.

Qui était-elle ?

Un picotement désagréable dans la poitrine le rappela à l'ordre. Il inspira profondément, l'aiguille suspendue en l'air.

— Excuse-moi de t'interrompre, chéri, mais je t'amène le Dr Young. Elle vient juste d'arriver.

Travailler en famille avait du bon, mais sa mère avait toujours été perspicace, et s'il ne se méfiait pas, elle allait deviner que la vue de leur nouvelle collègue lui avait causé un choc.

Il reposa l'aiguille sur-le-champ stérile, grimaçant un sourire.

— Enchanté, docteur. Je ne vous serre pas la main, ajouta-t-il, désignant son matériel du geste.

En tant que médecin, le Dr Young ne se formaliserait sûrement pas, et pour sa part il était soulagé d'éviter un contact physique.

Sa réaction était aussi étrange qu'inattendue, car depuis seize mois il ne prêtait plus aucune attention aux femmes. Le sexe opposé ne l'intéressait pas. Il avait retrouvé un équilibre en verrouillant son cœur et ses émotions. Il n'avait pas besoin de complications, ni dans son métier ni dans sa vie personnelle.

Mais, en deux secondes, le Dr Young avait failli briser ses défenses. Rien n'aurait pu le préparer à un tel séisme !

— Tu as promis de guider Jess pour ses premiers pas à l'hôpital, lui rappela sa mère avec un de ces sourires enjôleurs auxquels il n'avait jamais pu résister. Je suis sûre qu'elle tirera profit de ton expérience.

Pivotant vers cette dernière, elle ajouta :

— Jusqu'à l'année dernière, Adam travaillait à l'étranger pour des organisations caritatives. Madagascar, Congo, Syrie, Afghanistan... Il a presque fait le tour du globe. Son retour a été une bénédiction pour nous. Mon mari croule sous les tâches administratives. Pour cette raison, nous avons trouvé plus sympa de vous laisser entre jeunes, le temps que vous preniez vos marques.

Il ne reviendrait pas sur sa promesse. Bon gré, mal gré, que cela lui plaise ou non, il superviserait les débuts du Dr Young.

Il lança un regard circonspect à sa collègue.

C'était tout de même incroyable. Elle souriait de manière détendue, apparemment inconsciente de sa beauté, son regard d'ambre caché derrière de grandes lunettes à monture noire.

John lui aussi ne s'y était pas trompé : plutôt volubile jusqu'alors, le patient fixait la nouvelle venue, bouche bée, comme s'il était lui aussi tombé sous le charme de son sourire lumineux.

Un sourire qui faisait battre le cœur d'Adam plus vite...

— Enchantée, dit-elle. Je vous remercie à l'avance de me consacrer du temps.

Elle avait une jolie voix, un peu rauque et teintée d'une discrète pointe d'accent écossais.

— De rien, c'est normal. Bienvenue à Thorney, docteur Young, répondit-il doucement.

Sa mère avait reculé d'un pas, mais elle observait leur échange avec un intérêt non dissimulé.

Pourvu qu'elle ne recommence pas à jouer les marieuses ! Il s'évertuait régulièrement à lui faire comprendre que ces choses-là ne l'intéressaient pas. Depuis Anoush, il avait tiré un trait sur l'amour. Il n'envisageait plus de se marier ni d'avoir des enfants. C'était avec Anoush qu'il aurait voulu fonder une famille.

Ils avaient prévu de s'installer à Dubai ou quelque part en Afrique, puis les choses avaient mal tourné...

Personne chez lui n'était au courant, et il gardait le secret là-dessus. Personne n'avait besoin de savoir pourquoi il s'accrochait au célibat. Après tout, cela ne concernait que lui.

Le Dr Young rougit légèrement.

— Appelez-moi Jess, je vous en prie.

Il réprima un soupir.

Plus tôt elle se familiariserait avec la clinique, mieux cela vaudrait. Elle était beaucoup trop dangereuse pour sa tranquillité d'esprit.

— Bien, je vais vous laisser. Tu dînes avec nous ce soir, Adam ?

La voix de sa mère l'avait fait sursauter.

Il opina.

— Yep ! confirma-t-il. À plus tard.

Jess Young se glissa à l'intérieur du box puis se pencha sur la blessure de John McAllister. Les effluves d'un parfum fruité, frais et délicat, chatouillèrent les narines d'Adam.

— Vous vous êtes bien arrangé ! commenta-t-elle en observant la paume de John. Que pêchiez-vous ? Le crabe, la morue ?

— Non, le maquereau. En général, on en remonte pas mal à cette époque de l'année. Mais bien sûr, ce matin, on a dû rentrer plus vite.

— Cela devait être chouette de travailler au grand air avec ce beau temps. Combien être-vous sur le bateau ?

— Seulement trois. J'ai un petit équipage.

En trente secondes, Adam eut l'impression d'être de trop. C'était comme s'il était devenu transparent.

Un peu agacé, il reprit son aiguille et recommença à suturer la main de John.

Au fond, tant mieux si Jess faisait la causette aux patients pendant qu'ils travailleraient ensemble. Cela leur éviterait d'avoir à se parler. Moins il communiquerait avec elle, mieux ce serait...

Sottises. En fait, il se savait parfaitement incapable de se montrer aussi impoli. Il n'avait aucune raison d'être désagréable, d'autant que sa collègue paraissait finalement aussi nerveuse que lui. Il le devinait au léger tremblement de sa voix, à sa posture rigide.

Sans doute était-ce le trac du premier jour.

Cela lui passerait vite, et alors tout irait bien. Tout irait bien pour lui aussi. Il avait reçu un choc, mais il allait s'en remettre. Ce n'était rien. Rien du tout.

Mais la méthode Coué ne fonctionne pas toujours. Il se sentait à présent les mains moites sous ses gants, et le fil de suture lui échappa.

Envolée, sa dextérité habituelle. Il lui semblait être devenu plus maladroit qu'un étudiant.

Et dire qu'il avait recousu des plaies sans trembler sous le feu des bombes ! Il était un médecin urgentiste expérimenté. Que lui arrivait-il, à la fin ?

Après avoir raté un nouveau point, il posa l'aiguille et étira les doigts en les faisant craquer.

— Tout va bien ? demanda Jess d'une voix douce.

Elle n'avait rien dit de mal, mais il se sentit vexé.

— Oui, ça va ! répondit-il d'un ton sec.

— Je peux prendre le relais, si vous êtes fatigué. Votre mère m'a dit que vous aviez assuré une garde cette nuit.

— Non merci, c'est juste une petite crampe. J'ai presque terminé, de toute manière.

Assailli par l'impression désagréable d'être redevenu un débutant surveillé de près par ses formateurs lors d'un examen pratique, il se concentra au maximum.

Il avait toujours détesté ces phases d'observation où chaque geste est passé au crible. À cet instant précis, il craignait que sa nervosité ne lui fasse faire une boulette devant le Dr Young. Pour que leur collaboration démarre bien, il devait se montrer irréprochable !

Focalisé sur sa respiration, il posa un point, puis un autre, et un autre encore. Cette opération terminée, il désinfecta de nouveau la plaie, la recouvrit d'une gaze légère et sourit à John.

— C'est tout bon, annonça-t-il. Laissez votre main au sec et repassez dans quarante-huit heures pour le pansement.

Après le départ du patient, il nettoya le box puis se tourna vers Jess.

— Je vais aller rédiger mon compte rendu, annonça-t-il.

— D'accord.

Elle le suivit jusqu'au bureau des médecins où se trouvait l'ordinateur commun à toute l'équipe. Il s'assit devant l'écran et remarqua qu'elle tirait une chaise pour s'installer près de lui.

— J'aime beaucoup vos parents, déclara-t-elle. Je les trouve très sympathiques.

Il lui sourit, touché.

— Merci pour eux.

— N'est-ce pas trop difficile de travailler sous les ordres de son père ?

— Je trouvais ça bizarre au début, mais je m'y suis vite habitué. On réussit très bien à faire la part des choses. À la clinique, on agit comme des collègues. À la maison, l'ambiance redevient familiale.

— Vos parents ont-ils toujours travaillé ensemble ?

— Quand mon père est arrivé ici, ma mère était infirmière. Elle a dû arrêter pour raisons de santé, et du coup elle est devenue réceptionniste et secrétaire. Je ne sais pas ce qu'il deviendrait sans elle !

— J'espère qu'elle va bien, maintenant.

— Très bien, oui. Ne vous inquiétez pas.

Touché par la sollicitude de Jess, il tourna la tête vers elle et retint son souffle.

De minuscules paillettes d'or dansaient dans son regard. Avec son teint de porcelaine et son visage lisse, elle était encore plus belle vue de près. Il allait probablement rêver de sa bouche toute la nuit...

Il toussota, gêné de la dévisager ainsi. Heureusement, elle reporta son attention sur l'écran de l'ordinateur.

— Alors, à quoi dois-je m'attendre comme patientèle ? demanda-t-elle. Je ne me rappelais pas que la clinique était si petite.

— Vous êtes déjà venue ? demanda-t-il, étonné.

— Oui, plusieurs années de suite, avec mon père. Nous passions une semaine au camping en caravane. J'étais gamine à l'époque, et je voyais cet endroit beaucoup plus grand, expliqua-t-elle, l'air amusé.

— En réalité, c'est un gros dispensaire. Nous ne faisons rien de compliqué ici. Les gens doivent aller sur le continent pour voir des spécialistes ou se faire opérer. Cela étant, nous avons tout de même une sage-femme, un gérontologue et un pédiatre. Mais hormis quelques fractures et une crise cardiaque occasionnelle, nous pratiquons surtout la médecine générale.

— Cela vous convient après avoir travaillé pour des organisations humanitaires ? Vous devez trouver la vie très calme ici.

— Oui, mais ce n'est pas désagréable, au contraire. Et j'apprécie de pouvoir me rendre utile.

Il tapa son mot de passe sur le clavier. L'écran s'alluma, et il ouvrit un nouveau dossier pour rentrer le détail des soins prodigués à John McAllister.

Tandis qu'il s'affairait, il gardait intensément conscience de la proximité de Jess. D'habitude, cela ne le dérangeait pas de lire ou d'écrire à côté de ses collègues, mais là c'était différent. Il n'arrêtait pas de faire des fautes de frappe, et parce qu'elle l'observait, il se sentait encore plus mal à l'aise.

— Et vous ? demanda-t-il pour masquer son embarras. Où avez-vous exercé jusqu'à maintenant ? Ne risquez-vous pas de vous ennuyer sur notre île perdue ?

— Non, du tout. J'ai travaillé principalement aux urgences de l'hôpital de Nairn. C'est un gros établissement, mais parfois, dans la vie, on a besoin de changer d'air. Après la mort de mon père, j'ai eu besoin de me recentrer, d'avoir un rythme plus tranquille. J'ai épluché les annonces. Quand j'ai vu qu'un poste se libérait à Thorney Island, je n'ai pas hésité.

À voir son air nostalgique, il eut l'intuition que son histoire devait être un peu plus compliquée. Mais sans doute n'avait-elle pas envie de la raconter à un inconnu.

— Même si les cas sont rarement difficiles, le travail sur une île demande une adaptation particulière. Vous allez être bien occupée.

— Tant mieux, je ne demande qu'à travailler. Surtout, n'hésitez pas à me pousser. Je serais heureuse que vous m'aidiez à élargir ma pratique du terrain.

— Ça devrait être dans mes cordes, répliqua-t-il en souriant.

— Je me réjouis de collaborer avec un urgentiste aussi expérimenté. Pourquoi êtes-vous revenu en Écosse, après tous ces voyages ?

Il haussa les épaules.

— Je suis parti longtemps, j'avais un peu le mal du pays. L'esprit communautaire de Thorney me manquait. J'ai pensé que je pourrais apporter ma pierre à l'édifice ici aussi, tout en retrouvant mes racines et mes proches.

— Ah ! la famille ! C'est le plus important.

Jess avait répondu d'un ton triste qui l'intrigua.

Que cachait-elle ? Elle avait parlé de son défunt père, et il l'admirait pour son courage, car il était évident qu'elle gardait son chagrin soigneusement enfoui.

Celui-là, et d'autres sans doute. Ayant lui-même souffert, il avait un peu l'impression de se reconnaître en elle. C'était comme s'il la comprenait sans rien savoir de son passé...

Attention, ce n'était pas une raison pour ne pas garder ses distances ! D'ailleurs, tout cela ne le regardait pas.

— J'ai remarqué que vous boitiez légèrement, observa Jess. Sans indiscrétion, que vous est-il arrivé ?

Elle avait rougi, comme si, justement, elle avait conscience d'être indiscrète.

— Rien d'extraordinaire, répondit-il d'un ton neutre. Un banal accident de voiture.

Il devina qu'elle ne le croyait pas, mais en abordant ce sujet sensible elle venait de lui rendre service : en une fraction de seconde, les verrous s'étaient refermés dans son cerveau.

Il devait se protéger, coûte que coûte !

Il mit un point final à ses notes, clôtura la session et se leva.

— J'ai besoin d'un café, dit-il. Vous m'accompagnez ?

Une bonne dose de caféine, il n'y avait rien de tel pour se remettre les idées en place. Du moins, il l'espérait. Car, sinon, la journée risquait d'être longue.

Si les photos d'Adam avaient impressionné Jess, rien n'aurait pu la préparer au choc de sa rencontre physique qui avait suivi.

Seigneur... Elle aurait payé cher pour avoir un éventail sous la main. Mais elle avait dû rester stoïque, immobile dans le box surchauffé, en prenant garde de ne pas se trahir.

Son nouveau collègue était de loin l'homme le plus sexy qu'elle ait jamais rencontré.

Ces yeux bleus perçants, ces mèches brunes négligemment ébouriffées dans un style coiffé-décoiffé à tomber par terre. Ces épaules larges, ces bras musclés sous une élégante chemise bleue à carreaux. Ce ventre plat, ces hanches étroites...

Au secours ! Comment allait-elle réussir à travailler avec lui ?

Elle n'en revenait pas d'avoir pu donner le change en discutant avec le patient. C'était lorsqu'elle avait suivi Adam jusqu'au bureau, le regard braqué sur sa haute silhouette, muette et admirative, qu'elle avait remarqué sa légère claudication. Et, comme une idiote, elle n'avait pas pu s'empêcher d'en parler. La tension nerveuse l'avait empêchée de se contrôler, sans doute, et elle lui avait demandé pourquoi il boitait.

Ce n'était pas une question à poser le premier jour ! Elle avait frôlé l'impolitesse !

Il avait balayé ses interrogations d'un revers de main, comme si ce n'était pas grave. Mais elle avait travaillé aux urgences. Elle savait bien qu'un « banal accident » n'aurait pas laissé de telles séquelles au niveau des fléchisseurs de la hanche. Il avait dû beaucoup souffrir.

Pourquoi minimisait-il la gravité du problème ?

Au fond, elle l'admirait pour sa discrétion. Beaucoup de gens aiment à raconter leurs malheurs, mais il n'entrait pas dans cette catégorie, et rien que pour cela il forçait son respect. D'ailleurs, pourquoi lui aurait-il tout dit ? Ils ne se connaissaient pas. Personnellement, elle aussi gardait beaucoup de choses dans l'ombre...

Bien. Adam Campbell et elle étaient *collègues*, elle serait bien inspirée de s'en souvenir. Même s'il lui mettait les jambes en coton et le corps en feu.

Adam guida en silence Jess vers la tisanerie.

Dès qu'elle lui avait posé cette question trop personnelle, il s'était replié sur lui-même. Une habitude, ou plutôt un réflexe : cela faisait seize mois qu'il se protégeait pour tenter de clore le chapitre le plus douloureux de son existence.

Hélas ! les plaies ne s'étaient pas refermées. L'anniversaire d'Anoush approchait, et rien que d'y penser il se sentait nerveux, tendu et malheureux.

Le premier anniversaire sans elle avait été un cauchemar qu'il avait peur de revivre.

L'année précédente, il avait posé une journée de congé, mais cette fois-ci il resterait à son poste. Il éviterait ainsi de tenter de noyer son chagrin dans l'alcool. Cela ne servait à rien, sinon à se sentir plus mal au réveil. Au lieu de s'apitoyer sur lui-même, il ferait son métier et s'occuperait des autres. Avec un peu de chance, cette tactique fonctionnerait mieux et l'aiderait à passer le cap.

Pourquoi aurait-il raconté à Jess Young qu'il avait été blessé dans une embuscade en Afghanistan ? Il n'avait aucune envie d'en parler. Il voulait juste oublier. S'il éprouvait un jour le besoin de se confier, il irait voir un psychologue, mais il n'en était pas là, et ne le serait peut-être jamais…

Malgré lui, l'air compatissant de Jess lui revint en mémoire. Il avait senti entre eux une connexion spéciale, un lien immédiat qui n'aurait pas dû exister avec une inconnue. Cette impression l'avait estomaqué. Son pouls s'était affolé, il avait eu soudain très chaud, et quand elle lui avait souri, il avait failli perdre pied.

Pourquoi s'intéressait-elle à lui ? Était-ce un réflexe purement médical ?

Son instinct lui soufflait que non et qu'il devait se méfier. Il ne voulait pas qu'on s'inquiète pour lui. Il ne souhaitait pas nouer de relation trop proche avec quiconque. Il avait sa famille, ses parents lui suffisaient.

— Un thé ? Un café ?

Ils étaient arrivés à la tisanerie. Un minimum de courtoisie demeurait nécessaire, puisqu'il devait s'occuper de sa nouvelle collègue.

— Un thé, s'il vous plaît, répondit-elle. Sans lait ni sucre.

— Asseyez-vous, je vous en prie.

En se dirigeant vers la machine à boissons, il exhala un profond soupir.

Il devait respirer, se détendre. Il était à Thorney Island, pas à Kaboul. Il n'y avait ni guerre ni embuscade. Jess Young n'était pas une ennemie, mais un médecin débutant qu'il devait prendre sous son aile. Dès qu'elle serait autonome, elle travaillerait seule, et il n'aurait plus besoin de s'occuper d'elle.

Holà ! du calme ! Ce n'était pas comme s'il était obligé de sortir avec elle !

Il prépara les boissons puis vint s'asseoir en face d'elle.

Elle prit son mug et le gratifia d'un sourire amical.

— Merci beaucoup.

— De rien.

Avait-elle la moindre idée de l'effet qu'elle produisait sur lui ? Elle était terriblement séduisante avec ses lunettes stylées, et ces longs cheveux châtain clair qui ondulaient sur ses épaules !

Alors qu'il l'observait sans pouvoir s'en empêcher, il remarqua pour la première fois qu'elle portait autour du cou une chaîne en or à laquelle pendait ce qui ressemblait à une alliance.

Celle de son père ?

— Vous me parliez de Nairn, tout à l'heure. Je suis désolé, pour votre père... Votre famille est-elle en Écosse ?

— Je n'ai pas de famille proche. J'avais trois ans quand ma mère est décédée, et je suis fille unique.

— Vous n'avez pas d'oncles ou de tantes ?

— Une tante, la sœur de mon père. Elle vit au Canada. Je ne l'ai jamais vue. Ils n'étaient pas très proches, Et elle ne s'est pas déplacée pour l'enterrement.

— Je vois. C'est un peu triste, mais au moins vous n'avez de comptes à rendre à personne.

— Effectivement, on peut le voir comme ça.

— Et donc, vous pensez vous plaire à Thorney Island ?

— J'en suis sûre ! J'en garde de merveilleux souvenirs. C'est ici que je me sens la plus proche de mon père...

La voix de Jess s'étrangla sur ces mots, preuve s'il en était besoin qu'elle souffrait encore.

Quoi de plus normal ? La pauvre, elle était seule au monde. Qui était-il pour la questionner ou juger ses choix de vie ?

— Adam, je... Je ne voulais pas être indiscrète tout à l'heure, pour votre jambe. J'ai été trop curieuse. Pardon si cela vous a contrarié. Je parle souvent sans réfléchir, c'est un de mes défauts. Il en faut bien quelques-uns !

Il la regarda, admiratif.

Elle essayait de faire de l'humour ! Malgré les aléas de la vie, elle restait gaie, enjouée, souriante. Il devrait sans doute prendre exemple sur elle…

— Je ne suis pas contrarié, répondit-il gentiment. C'est juste une longue histoire, et j'évite d'en parler.

— Je comprends.

Elle lui lança un regard de biais, puis reprit :

— En tout cas, comme nouveau patron, vous êtes sympa. Vous ne me surchargez pas de dossiers le premier jour.

Il lui sourit.

— Ne chantez pas victoire trop vite ! Vous ignorez de quoi je suis capable.

Le rire cristallin de Jess lui provoqua un délicieux frisson. Pendant une seconde, il oublia qui elle était et pourquoi il devait la tenir à distance. Il savait juste que sa présence illuminait la pièce et que sa compagnie lui faisait du bien.

Il se détendait si rarement…

La réalité le frappa alors de plein fouet : à quoi songeait-il ? Il ne pouvait pas se laisser aller !

Il baissa le nez sur son mug, incapable de regarder Jess plus longtemps.

— Vous étiez de garde cette nuit, dit-elle d'une voix douce. Vous êtes fatigué, et en plus vous devez m'accueillir. Je suis désolée.

Il opina.

Il ne ressentait pas la fatigue physique, mais un épuisement moral et émotionnel. Combien d'heures d'affilée avait-il travaillé ? Il ne s'en souvenait même pas. La plupart du temps, il fonctionnait ainsi. Il restait à la clinique jusqu'à l'épuisement, sans compter les heures.

— Quand avez-vous mangé pour la dernière fois ? demanda Jess. Vous devriez reprendre des forces.

Ça non plus, il ne se le rappelait pas. Il avait un vague souvenir de pizza tiède, mais était-ce la veille au soir ou le midi précédent ?

— Votre père m'a laissé des papiers à lire et d'autres à remplir, enchaîna-t-elle avant qu'il puisse répondre. Si vous alliez grignoter quelque chose et dormir un peu pendant que je m'en occupe ? Je vous promets de n'accueillir aucun patient sans vous. Si quelqu'un arrive, je vous réveillerai.

Une vague de gratitude déferla sur lui, et il décida d'arrêter de se demander pourquoi cette inconnue était si gentille.

Elle avait bien le droit d'agir de manière désintéressée !

— Ça ne vous ennuie pas, vous êtes sûre ?

— Certaine. Je vais même faire mieux : dites-moi où est la cafétéria, et j'irai vous chercher quelque chose à manger.

Il s'exécuta, puis gagna la salle de repos contiguë à la tisanerie. Il retira ses chaussures, s'allongea sur le canapé et ferma les yeux.

Il se sentait curieusement détendu. Il était bien...

Quand Jess revint, dix minutes plus tard, Adam dormait à poings fermés.

Elle remonta le plaid du canapé sur lui, l'observa quelques instants, puis sortit sur la pointe des pieds.

3

À son réveil, Adam découvrit le plateau-repas que Jess avait laissé pour lui sur une petite table.

Bien reposé et affamé, il avala son sandwich et sa salade de fruits en cinq minutes, puis se mit en quête de Jess.

Il la trouva à la sortie du service administratif. Elle avait apparemment réglé toutes les formalités nécessaires à son installation.

— Merci pour cet en-cas bienvenu, dit-il.

— De rien. Avez-vous bien dormi ?

— Comme un bébé, et je me sens en pleine forme. Si vous êtes prête pour la visite guidée, je vous emmène.

— Super, merci.

Ils descendaient le couloir vers la salle de radiographie quand son portable vibra dans sa poche. Il le prit et consulta l'écran.

C'était un SMS de sa mère.

Invite Jess à dîner avec nous ce soir. Bisous.

Il secoua la tête en soupirant. Il aurait dû s'en douter !

— Un problème ? demanda Jess sur un ton inquiet.

Il se mit à rire.

— Non, au contraire. Ma mère vous invite à dîner ce soir. Mais il n'y a aucune obligation. Si vous préférez vous installer tranquillement, défaire vos bagages…

— Dites-lui que je la remercie et que j'accepte avec plaisir. Vos parents ont été adorables. Ils ont tout fait pour que mon installation se passe bien. J'aurais mauvaise grâce de refuser… Sauf si vous préférez que je ne vienne pas.

— Non, du tout.

Il avait essayé de cacher son manque d'empressement, sans y parvenir. Jess avait senti que cette invitation le dérangeait, et elle avait raison. Pour limiter les contacts, l'affaire s'engageait mal !

S'il avait su, il n'aurait pas donné les coordonnées de son propriétaire. À l'époque, il n'avait vu aucun mal à ce que sa nouvelle collègue habite son immeuble. Mais comment aurait-il pu imaginer que Jess ressemblerait à… À Jess ?

— Je vais répondre à ma mère que vous viendrez, ajouta-t-il d'un ton bref.

Joignant le geste à la parole, il envoya son SMS puis rangea son téléphone.

— Génial. Êtes-vous venu en voiture ?

— Non, je suis venu à pied.

— Dans ce cas, je pourrais vous reconduire, non ?

Aïe ! Catastrophe ! Il évitait désormais de monter dans une voiture sauf nécessité absolue. Il préférait marcher, se déplacer en bus ou à vélo. D'ailleurs, en pédalant vite, on atteignait l'autre bout de l'île en une demi-heure.

— Je ne voudrais pas vous embêter, marmonna-t-il.

Jess eut un sourire indulgent.

— Arrêtez ! Vous n'allez pas repartir à pied tout seul si nous allons au même endroit !

Comprenant qu'il n'aurait pas gain de cause, il se tut et orienta Jess vers la salle de radiographie. Au passage, il lui montra les salles d'attente et lui précisa les critères d'accueil des patients.

— Notre radiologue ne travaille pas le soir, expliqua-t-il. Elle n'est de garde la nuit qu'une fois par semaine. Si on a une suspicion de fracture après 19 heures, on fait évacuer le patient vers le continent.

— N'est-ce pas un peu… inconfortable ?

La vie peut s'avérer inconfortable, et même pire. Il en avait fait la triste expérience.

— C'est parfois gênant, mais on n'a pas le choix. Et puis, à Thorney, ce n'est pas si embêtant que ça. Il y a surtout des retraités sur l'île. En principe, ils se couchent tôt, et les soirées sont calmes.

— Tant mieux. C'est ce que je cherchais. Un poste calme et sans stress.

Elle était visiblement sincère.

Quoi qu'elle ait vécu, il ne pouvait que compatir. Il connaissait les effets du stress, de l'angoisse, des montées d'adrénaline. Pour lui non plus, la tranquillité n'avait pas de prix.

Ils achevèrent la visite par une inspection de la salle de traumatologie, de la pharmacie et du laboratoire. Jess parut impressionnée par l'organisation des soins. Chaque infirmière était multitâche, ce qui permettait de répartir l'activité au fur et à mesure en fonction des besoins.

Il était fier d'avoir intégré cette équipe où chacun se dévouait sans compter pour le bien de la communauté.

À dix-huit ans, l'âge où on rêve d'aventures, il avait quitté Thorney sans un regard en arrière. Dans sa quête du vaste monde, il avait découvert la souffrance, la misère et le chagrin. Il était rentré chez lui brisé. Aujourd'hui, il ne s'imaginait plus travailler ailleurs.

— Avez-vous choisi une spécialité ? demanda-t-il à Jess.

— Non, pas encore. J'ai le temps de réfléchir.

Il haussa les sourcils, un peu surpris. En général, tous les jeunes médecins avaient au moins une vague idée de leur orientation.

— Mais si vous deviez choisir maintenant, tout de suite ?

Elle haussa les épaules en souriant.

— L'obstétrique, sans doute. J'ai fait un stage de deux mois dans une maternité. Ça m'a bien plu. D'après ce que j'ai compris, il n'y a pas de gynécologue sur l'île, c'est bien ça ?

— Oui, la sage-femme s'occupe de tout. Quand le cas l'exige, la future mère doit aller sur le continent.

— Mon choix serait donc judicieux.

— Sans doute. Mais votre travail sur l'île vous permettra de voir beaucoup d'autres choses. Vous changerez peut-être d'avis d'ici quelques mois.

Son téléphone se mit à sonner, et il se rembrunit, craignant que sa mère ne manifeste un enthousiasme trop débordant vis-à-vis de Jess et du dîner.

En fait, l'appel provenait du standard de la clinique.

Il écouta le message et eut un sourire, ne pouvant croire ce qu'il entendait.

— Vos souhaits vont être exaucés plus tôt que prévu ! Nous sommes appelés pour un accouchement à domicile. C'est un premier bébé, et il arrive beaucoup trop vite. Vous vous sentez prête ?

Jess approuva, l'air ravie.

— Bien sûr ! Mais... Où est la sage-femme ?

— Absente pour trois semaines encore : elle s'est fait opérer du genou. Allez, hop ! il faut y aller.

Ils récupérèrent dans le local à fournitures une mallette d'urgence, plus le matériel dont ils auraient éventuellement besoin. Lorsqu'ils furent sur le parking, Jess se tourna vers lui.

— Y a-t-il une voiture de service ?

— Mon père est parti avec.

— Dans ce cas, nous prendrons la mienne.

Il réprima un soupir.

Jusqu'à présent, il avait effectué toutes ses visites à pied ou à vélo, mais cette fois il ne pourrait pas y échapper. Une future mère en plein travail avait besoin d'aide. Il ne pouvait pas laisser la peur entraver sa mission.

Malgré son inconfort, il était curieux de voir Jess en action sur le terrain. Quelle meilleure occasion qu'un accouchement imprévu ? Pour sa part, il avait mis deux bébés au monde à Thorney, et deux à l'étranger. Chaque fois, tout s'était bien passé, et il était reparti heureux, avec une bonne dose d'endorphines pour doper sa journée ou sa soirée.

Jess avait-elle, elle aussi, besoin de vibrations positives ? Elle semblait plutôt bien dans ses baskets, mais que cachait cette façade souriante ? Il aurait pu parier qu'elle dissimulait quelque chose et que le problème était lié au décès de son père…

Sauf que ça ne le concernait pas. Moins il en saurait, et mieux cela vaudrait. Ses relations avec Jess Young devaient rester strictement professionnelles. Il n'y avait pas d'autre option possible.

Alors que Jess s'engageait sur la route principale de l'île pour rejoindre le domicile de leur patiente, elle retint un sourire amer en repensant à la petite phrase qu'elle s'était entendue prononcer.

« J'ai le temps de réfléchir. »

Non, elle n'avait pas le temps. Son destin pouvait basculer à tout moment, les symptômes apparaître du jour au lendemain. L'épée de Damoclès qui planait sur son avenir avait sonné le glas de sa dernière relation amoureuse.

À l'époque, Eddie et elle étaient très heureux ensemble. Ils projetaient d'avoir un enfant, mais quand elle l'avait annoncé à son père un soir que ce dernier dînait chez eux, il n'avait pas eu la réaction enthousiaste qu'elle espérait. Une lueur d'angoisse avait traversé son regard, et il avait détourné la tête, visiblement paniqué.

Après son départ, elle avait fondu en larmes, bouleversée par cette attitude incompréhensible. Son père avait toujours été très ouvert d'esprit. Il adorait les enfants. De plus, Eddie et lui s'entendaient à merveille. Il aurait dû être ravi à l'idée que la famille s'agrandisse !

Quelques jours plus tard, il s'était suicidé en laissant une longue lettre : atteint d'une maladie dégénérative mortelle, la chorée de Huntington, son père avait préféré mettre fin à ses jours avant d'être trop diminué. Il expliquait aussi qu'il ne supportait plus le poids du doute, sachant que sa fille chérie portait peut-être elle aussi le gène de la maladie.

La vie de Jess avait tourné au cauchemar.

Eddie s'était d'abord montré formidable, un roc dans la tourmente. Il lui avait conseillé de faire le test « au cas où ». Mais quand le résultat était revenu positif, il n'avait pas supporté l'idée que, peut-être, elle serait gravement malade un jour. Il l'avait quittée, en laissant un mot lui aussi.

Le lâche était parti en douce, sans avoir le courage d'assumer !

Seule au monde et perdue, elle avait néanmoins choisi de redresser la tête : le spectre de Huntington ne l'empêcherait pas de mener une belle carrière ! Certes, elle n'aurait peut-être pas le temps d'accomplir de grandes choses, mais au moins, en allant travailler à Thorney Island, elle pourrait pratiquer divers aspects de la médecine, y compris la gynécologie qu'elle affectionnait.

Une seule chose, mais de taille, avait changé : plus jamais elle ne laisserait un homme s'approcher d'elle. Les deux êtres qu'elle avait aimés l'avaient abandonnée, chacun à leur façon. Désormais, quoi qu'il advienne, elle avancerait en solo.

De toute manière, elle n'avait pas le choix. Comment pourrait-elle envisager qu'un être cher, un compagnon, un mari, puisse un jour devenir son garde-malade ?

Elle n'infligerait à personne le supplice de la voir perdre ses facultés physiques et mentales. Pour autant, elle n'en arriverait pas à la même extrémité que son père. Elle prendrait la vie du bon côté, même si l'amour lui était désormais interdit…

Émergeant de ses pensées, elle se rendit soudain compte qu'Adam était particulièrement silencieux. Elle lui jeta un coup d'œil oblique et s'étonna de le voir manifester des signes d'agitation.

Il regardait sans cesse dans le rétroviseur intérieur, à droite et à gauche, comme s'il cherchait quelque chose.

Aurait-il développé une phobie des trajets en voiture après

son accident ? C'était une possibilité, mais alors pourquoi ne lui en avoir rien dit ?

— Ne vous inquiétez pas, je conduis prudemment. Je n'ai jamais eu d'accrochage, dit-elle d'un ton léger.

— Tant mieux. Mais tout le monde peut faire une embardée, même les bons conducteurs.

— Je suis toujours très vigilante.

— Super… Dans ce cas, pourriez-vous regarder devant vous au lieu de me regarder moi, s'il vous plaît ?

Elle essaya de ne pas se vexer, car Adam avait manifestement parlé sous le coup de la peur. Il crispait les mains si fort sur ses genoux que ses jointures en étaient blanches. Elle le remarquait sans même avoir besoin de détourner son attention de la route !

Quelques minutes s'écoulèrent dans un silence tendu. Elle saisit l'opportunité d'un feu rouge pour se tourner vers Adam.

— Ça va ?

— Oui, très bien, maugréa-t-il, les lèvres serrées.

En général, ce genre de réponse signifiait le contraire. Elle faillit lui en faire la remarque, mais choisit de s'abstenir. Il était déjà assez nerveux comme cela sans qu'elle en rajoute.

Elle reporta son attention sur le feu tricolore, et quand il passa au vert, elle démarra aussi tranquillement que possible.

D'après les indications du GPS, ils se trouvaient à deux minutes de Grainger Road, où habitait la patiente. Restait à espérer que le bébé les aurait attendus pour venir au monde, mais savait-on jamais !

— Combien d'enfants avez-vous mis au monde ? demanda-t-elle pour détourner l'attention d'Adam de la route.

— Deux ici, un dans la jungle et un dans un hôpital militaire en Afghanistan.

— Tout s'est bien passé à chaque fois ?

— Oui, même si le premier, à Thorney, m'a causé pas mal de soucis. Il pesait 4,5 kilos, et j'ai dû pratiquer une belle épisiotomie pour qu'il puisse sortir.

— Waouh ! je suis battue ! Mon record est à 4,1 kilos. Espérons que celui-ci sera plus dans la moyenne…

Suivant les indications du GPS, elle se gara dans une petite rue résidentielle, devant une jolie maison aux murs blancs couverts de lierre. Un jeune homme, sans doute le futur père, arpentait le jardin. Il se précipita vers eux dès qu'ils eurent quitté la voiture.

— Bonjour ! Je suis Joe Crosby, j'ai appelé la clinique ! Êtes-vous les médecins ?

— Oui, répondit-elle d'un ton calme. Je suis le Dr Young, et voici le Dr Campbell. Où en sommes-nous ?

— Sarah a envie de pousser. Elle est dans la baignoire. J'ai essayé de la faire sortir, mais je… Je n'y arrive pas !

— On va prendre le relais, lui assura Adam. Allons-y.

Le futur papa les précéda dans la maison. Parvenus au milieu du couloir, ils entendirent un cri perçant et coururent vers la salle de bains.

Un coup d'œil suffit à Jess pour évaluer la situation : la future maman était agenouillée dans la baignoire, de l'eau jusqu'à la taille. Elle respirait par à-coups, les joues écarlates et le front en sueur.

Jess s'approcha de la jeune femme.

— Bonjour, Sarah. Je m'appelle Jess, je suis médecin, et voici mon collègue Adam. Nous allons vous aider, ne vous inquiétez pas. Dites-moi ce que vous ressentez.

Tandis qu'elle parlait à la future mère, Adam avait commencé à sortir du matériel de la sacoche. Rassurée, elle se concentra sur Sarah.

— J'ai… besoin… de pousser, balbutia cette dernière. J'ai… essayé de… me retenir… mais c'est dur. Les contractions… sont très fortes… et elles reviennent… trop vite !

— Combien de temps entre chaque contraction ?

— Moins d'une minute, répondit Joe. J'ai chronométré.

Adam se rapprocha de la patiente.

— Je vais me laver les mains, mettre mes gants, et ensuite

je vous examinerai, annonça-t-il. J'ai besoin de vérifier la dilatation du col. Essayez de ne pas pousser à la prochaine contraction et respirez bien, d'accord ?

Jess sentit son cœur s'emballer sous l'effet d'une forte poussée d'adrénaline. Chaque naissance la touchait profondément depuis le fameux test qui avait changé sa vie.

Ça aurait pu être elle. Sans Huntington... Sans la séparation...

D'habitude, elle arrivait à bloquer ces pensées moroses, mais c'était plus compliqué pendant un accouchement...

— Aïe ! En voilà... une autre ! s'écria Sarah d'une voix haletante.

Elle se mit à souffler par à-coups, avec le soutien de Joe.

— C'est très bien, l'encouragea Adam. Inspirez, expirez...

Après un examen rapide, il se redressa en souriant.

— Vous êtes dilatée de dix centimètres, annonça-t-il. Le bébé est bien descendu. À la prochaine contraction, vous pourrez pousser.

— D'accord... Chéri, j'ai soif, s'il te plaît !

Joe tendit à Sarah un verre d'eau fraîche avec une paille. Elle but avidement puis se focalisa sur sa respiration.

Agenouillé sur le tapis de bain, Adam lui sourit.

— Je vous... Je te reconnais, déclara-t-il.

La future mère lui lança un regard intrigué.

— Adam... Mais oui ! Tu étais un an au-dessus de moi en primaire. Je me souviens de toi dans une pièce de théâtre. Tu étais un vampire très rigolo... Ouch ! ça recommence !

— Vas-y, inspire. Tu pousses, et je compte jusqu'à 10. 1, 2...

Jess lui lança un regard inquiet.

Leur patiente poussait efficacement, mais il s'agissait d'un premier enfant, et la délivrance pouvait être longue. Il opina de manière imperceptible, puis, à la fin de la contraction, se leva.

— Tu prends le relais, Jess ? Je vais sortir le Doppler portable, et on écoutera le cœur du bébé.

— Bien sûr.

Dans le feu de l'action, Adam l'avait tutoyée. Elle essaya

de ne pas rougir, sachant que c'était habituel entre collègues. Mais tout de même, ça faisait bizarre.

Profitant de cette pause, Joe s'était penché pour rafraîchir le visage de son épouse avec un gant humide.

— Aux cours de préparation à l'accouchement, personne ne m'a dit que ce serait si dur, maugréa Sarah. On vous parle de dilatation, de poussées, etc., mais on se garde bien de vous raconter l'essentiel ! Ça va durer combien de temps, cette plaisanterie ?

— C'est difficile à prévoir, répondit Jess d'un ton apaisant. Dites-vous que chaque contraction vous rapproche du but. Elles vont bientôt s'arrêter. Je vous le promets.

Sarah eut un petit rire crispé.

— Si on m'avait dit que j'accoucherais un jour en présence d'un vampire !

Jess considéra Adam, amusée.

Il devait être craquant à l'école...

— C'était Dracula, ou quoi ?

— Absolument ! À ma grande honte, car j'étais nul.

— Tu plaisantes ? se récria Sarah. Toutes les filles étaient folles de toi. Tu avais du talent, et en plus tu étais trop mignon ! Désolée, chéri, ajouta-t-elle en s'adressant à Joe. J'ai eu le béguin pour Adam pendant environ quinze jours. Ensuite, je suis tombée amoureuse de toi, et ça n'a plus jamais cessé... Oh ! Aïe !

Adam, qui avait rapidement écouté le cœur du bébé, annonça que tout était parfait.

— Allez, on pousse ! l'encouragea Jess. C'est parti, Sarah. Vous vous débrouillez comme un chef. Voilà... Oh ! je sens la tête du bébé ! Voulez-vous la toucher ?

— Oui.

Elle guida les mains de Sarah.

La future mère poussa une exclamation, étonnée.

— Notre bébé... A-t-il des cheveux ?

Jess se pencha, vit un crâne duveteux et sourit.

— Oui, il en a. Savez-vous si c'est une fille ou un garçon ?

— Non. On préférait avoir la surprise.

— Génial ! Et comment voulez-vous découvrir cette surprise ? Aimeriez-vous qu'on vous l'annonce ou alors regarder vous-même ?

— Je voudrais… que Joe me le dise.

Jess pivota vers le futur père en souriant.

— Voilà ce que nous allons faire : quand le bébé sera né, nous le poserons sur la poitrine de Sarah, et vous regarderez son sexe. Qu'en dites-vous ?

— C'est une super idée ! s'exclama-t-il, visiblement ému.

— Attention… Ça va repartir. Poussez !

Tu peux le faire, Jess. Tiens le coup quelques minutes supplémentaires.

Elle se concentra de nouveau pour donner ses dernières instructions à la maman :

— Ne poussez plus et respirez. Voilà… Adam, pouvez-vous… Peux-tu préparer les clamps ?

— C'est déjà fait, répondit une voix grave derrière elle.

À la contraction suivante, le bébé glissa dans l'eau. Après l'avoir ramené à la surface, Jess l'enveloppa dans une serviette et le posa contre Sarah, qui s'était adossée contre la baignoire.

Elle jeta un bref coup d'œil à Adam, dont l'air réjoui faisait plaisir à voir, puis s'essuya discrètement les yeux en espérant que, dans l'émotion du moment, personne ne l'avait vue pleurer.

— Joe… Voulez-vous regarder son sexe ?

L'heureux père souleva délicatement la serviette.

— C'est un garçon. Un petit gars !

— Oh ! Seigneur… je n'arrive pas… à y croire ! Je l'ai fait… *On* l'a fait, chéri, balbutia Sarah à travers ses larmes.

Adam s'avança pour clamper le cordon ombilical, puis il donna des ciseaux stériles à Joe et lui montra à quel endroit couper.

La tension s'était évaporée, laissant place à un calme bienheureux après la tempête. C'était un moment privilégié, plein de joie et d'allégresse. Bientôt, il faudrait examiner le bébé et surveiller la délivrance, mais cela pouvait attendre quelques minutes.

Une pointe de jalousie transperça Jess comme une dague.

Elle enviait le bonheur de ce couple, le cheminement qui leur avait permis de devenir parents, l'amour qu'ils se portaient, leur famille toute neuve. Elle n'aurait pas cette chance. Elle ne mettrait pas d'enfants au monde. Jamais elle ne prendrait le risque de lui transmettre le gène de cette horrible maladie...

Elle se mordit la lèvre pour ne pas éclater en sanglots, et sursauta en sentant une main douce mais ferme lui enserrer le poignet.

— Ça va ? chuchota Adam.

Sa peau se mit à fourmiller, et elle se dégagea.

— Oui, bien sûr. Pourquoi ?

Décontenancée par son regard pénétrant, elle rassembla son matériel et continua de s'activer pour masquer son trouble.

Les jeunes parents, inconscients du malaise, s'extasiaient devant leur petit garçon.

— Nous n'avons plus besoin de grand-chose, maintenant, leur expliqua Adam. Juste de quelques serviettes sèches pour Sarah...

— Tout est dans le petit placard, là-bas, indiqua Joe.

— Parfait. Jess, peux-tu en sortir quelques-unes ? Moi, je vais faire une piqûre d'ocytocine à Sarah pour accélérer l'expulsion du placenta.

— Bien sûr.

Elle s'exécuta, heureuse d'échapper à son attention.

Quelques minutes plus tard, le placenta sortit sans difficulté grâce à l'injection. Adam l'enveloppa dans un sac spécial, et finalement il ne resta plus qu'à emmener Sarah jusqu'à son lit.

L'examen clinique révéla que le bébé était en parfaite santé.

— Avez-vous choisi un prénom ? demanda Jess.

— Owen, annonça la maman, pas peu fière.

— Oh ! c'est adorable...

Alors qu'elle regardait la petite famille, Adam lui posa une main sur l'épaule.

— Il va falloir y aller, dit-il doucement. Nous avons du travail à la clinique.

Ils prirent congé des Crosby, non sans avoir reçu une foule de remerciements chaleureux.

— Ça a été un plaisir de mettre ce bébé au monde, murmura-t-elle avant de s'éclipser avec Adam. Je m'en souviendrai durant toute ma carrière. Prenez bien soin de vous.

4

Adam eut du mal à contenir son anxiété pendant le trajet du retour. Il avait beau faire, il se sentait claustrophobe en voiture.

Au moins, le paysage était magnifique, se dit-il pour se consoler.

Les montagnes au loin se détachaient sur les prés d'un vert étincelant parsemés de bruyères. Un couple de crécerelles voletait à la recherche de ses proies.

Quel effet cela fait-il d'être un oiseau ? Tout cet espace, ce ciel... Les humains, malgré leur liberté apparente, demeurent prisonniers de conventions, de règles et de relations sociales. Les gens attendent toujours quelque chose de vous.

Il avait souvent rêvé de vivre dans une cabane au milieu de nulle part. Ses parents l'aimaient, bien sûr, mais sa mère espérait des choses impossibles. Elle aurait aimé le voir « casé » avec une femme et des enfants, et la pression était d'autant plus grande qu'il était fils unique. Mais qu'aurait-il pu dire ? Jamais il ne leur avait annoncé qu'Anoush était sa fiancée. Tout au plus avait-il avoué avoir perdu une amie. C'était mieux ainsi. Ses proches ignoraient le drame qu'il avait vécu et ses conséquences. Ils ne pouvaient pas savoir...

Heureusement, il était toujours capable de partager le bonheur des autres. Il avait éprouvé une joie sincère en mettant Owen au monde. L'allégresse de Sarah et de Joe lui avait réchauffé le cœur, même s'il avait observé que Jess avait un comportement bizarre.

Elle avait pleuré. À certains moments, elle avait paru déstabilisée, comme si… Quoi, au juste ? S'était-elle laissé emporter par sa passion pour l'obstétrique ou y avait-il autre chose ?

Il pourrait la questionner. Au moins, en parlant d'elle, il éviterait de se focaliser sur ses propres angoisses.

— Ça va ? demanda-t-il.

— Oui, très bien.

Il savait reconnaître un mensonge : il avait une longue expérience en la matière.

— Tu avais l'air très… émue, chez Sarah et Joe.

— Et alors ? On a bien le droit d'être émue lors d'une naissance, non ?

— Bien sûr que oui, mais en tant que médecin tu es censée contrôler tes émotions.

Pendant un moment, Jess parut réfléchir, puis elle haussa les épaules.

— Tu as raison. Je ne suis pas comme ça d'habitude. Ça doit être le stress de démarrer un nouveau job.

— En es-tu sûre ? Je t'ai trouvé l'air tristounet.

Elle eut un petit rire qui sonnait faux.

— Quelle idée ! Mais au fait, je ne m'étais pas rendu compte que tu m'observais d'aussi près !

— Je suis ton superviseur. Il est normal que je fasse attention à toi.

Il la fixa un moment puis, voyant qu'elle regardait la route en pinçant les lèvres, il reporta son attention sur le trafic.

C'est alors qu'un claquement bizarre déchira le silence et que le véhicule fut secoué.

Il sursauta, affolé.

— Qu'est-ce que c'était ? demanda-t-il.

Jess ralentit et mit son clignotant pour se garer sur le bas-côté.

— Un pneu crevé, je pense.

Après avoir manœuvré sur l'herbe qui bordait la route, elle coupa le contact.

Ils descendirent, firent le tour de la voiture, et constatèrent effectivement que le pneu arrière gauche était à plat.

— As-tu une roue de secours, Jess ?

— Oui, dans le coffre. Mais je n'en ai jamais changé…

— Moi non plus. Cela dit, quand on sait mettre un bébé au monde, on doit être capable de changer une roue !

Elle s'esclaffa et ouvrit le coffre.

Ils récupérèrent le pneu, le cric et les outils, après quoi ils enfilèrent chacun un gilet jaune et s'attelèrent à la tâche.

Par chance, il ne faisait pas trop mauvais. Le vent soufflait fort, mais le soleil brillait, et il faisait plutôt doux pour un début de printemps dans les îles.

À eux deux, ils ne mirent pas longtemps à démonter la roue défectueuse. Personne ne s'arrêta pour leur prêter main-forte, hormis un fermier sur son tracteur, mais ils lui assurèrent qu'ils n'avaient pas besoin d'aide, ce qui était vrai. Jess se montrait calme, concentrée et méthodique. Beaucoup de gens se seraient énervés face à un tel incident, mais pas elle. Au contraire, elle dirigeait les opérations avec un sens pratique remarquable. Visiblement, elle était autonome et sûre d'elle,

Ce n'était pas étonnant. Orpheline et sans famille proche, elle était bien obligée de se débrouiller seule dans la vie.

Il devait s'avouer que cette force de caractère l'attirait. Néanmoins, il n'irait pas plus loin avec elle. Il avait donné. Il l'avait payé très cher…

Il venait de serrer le dernier boulon de la roue de secours, quand deux détonations retentirent au loin.

Malgré lui, son cerveau les identifia comme des coups de feu et bascula immédiatement en mode panique.

Le souffle se bloqua dans sa gorge. Il eut soudain les mains moites et la bouche sèche, tandis que son cœur s'emballait. Il se rejeta alors en arrière dans un mouvement instinctif pour se relever, mais ses jambes le trahirent, et il demeura cloué sur place.

— Adam ?

La voix de Jess lui parvenait de loin, comme dans un brouillard. Il continuait de fixer le pneu, mais sa vision était en train de se brouiller, le paysage s'obscurcissait...

— Adam !

Une vague de nausée lui souleva le cœur. Incapable de contrôler ses tremblements, il eut envie de crier alors que les coups de feu retentissaient toujours au loin. Il avait beau se dire qu'il était en sécurité à Thorney, pas à Kaboul, il se trouvait au-delà de toute logique consciente. La peur était la plus forte. Il percevait l'odeur âcre de la poudre, celle du sang.

Malgré tous ses efforts, il commença à hyperventiler.

— Anoush...

Il sentit vaguement que deux mains fermes lui agrippaient les épaules, que quelqu'un essayait de capter son regard. Mais il ne voyait plus rien, hormis cette toile d'horreur qui se tissait autour de lui.

Quand il voulut se redresser de nouveau, il tomba à genoux, les mains à plat sur l'asphalte, à peine conscient du gravier qui lui entaillait les paumes. Il ne sentait plus rien, hormis la terreur et le besoin irrépressible de fuir.

Anoush ? Que signifiait ce mot à consonance étrangère ? Était-ce un nom de lieu ?

Jess s'était presque réjouie d'avoir un pneu à changer pour ne plus penser à l'accouchement et à sa tristesse. Ainsi occupée, elle avait recouvré ses esprits. Adam et elle s'étaient activés efficacement. Elle s'était dit qu'ils formaient une bonne équipe, quand il avait soudain blêmi et perdu le contrôle de lui-même.

Cela avait-il un rapport avec les coups de feu qui résonnaient dans les parages ? Elle avait déjà vu ce genre de réactions une ou deux fois...

Elle s'accroupit devant lui pour capter son attention.

— Adam ? Regarde-moi. Re-gar-de-moi ! lui ordonna-t-elle en détachant les syllabes.

Agenouillé sur le bitume, il avait l'air hagard.

Oui, les tirs y étaient sûrement pour quelque chose. S'était-il retrouvé sous le feu des combats en Afghanistan ? Avait-il subi un traumatisme ?

Il respirait trop vite, et son regard allait rapidement d'un côté à l'autre, comme s'il cherchait un abri ou un point de fuite. Une violente crise de panique l'avait coupé du réel, du « ici et maintenant ». Il risquait de s'évanouir s'il ne se calmait pas...

— Adam, c'est Jess, reprit-elle d'un ton ferme. Tout va bien. Tu es en sécurité. Les coups de feu que tu entends sont très loin de nous. Tu ne risques rien. Adam ? Tu m'entends ?

Sans cesser de parler, elle lui prit le visage à deux mains pour l'obliger à la regarder en face.

Au bout d'un moment, sa voix parut enfin trouver un écho en lui : il cilla, puis la dévisagea comme s'il la voyait pour la première fois.

— Magnifique. Inspire... Expire... Contrôle ton souffle. Tout va bien, Adam. Je m'occupe de toi, et il ne va rien t'arriver. Rien du tout. C'est promis.

Leurs visages étaient si proches qu'ils se frôlaient presque. Dans un autre contexte, elle n'aurait jamais osé le toucher, mais là elle n'avait pas le choix. Elle devait rétablir la situation en oubliant son attirance pour lui. Cela lui faisait mal de le voir souffrir. Elle voulait l'aider, et elle réussirait.

— Je... croyais..., balbutia-t-il.

— Je sais, répondit-elle d'un ton calme. Mais tout va bien, fais-moi confiance. D'accord ?

Elle lui effleura la joue pour le rassurer... avant de mesurer la portée de son geste. Alors, lentement, à regret, elle s'arrêta.

Adam commençait à se sentir mieux. Il n'avait plus besoin d'un contact physique.

Elle se leva, ouvrit sa voiture et prit une petite bouteille d'eau dans sa portière.

— Tiens, ça te fera du bien.

Adam s'en empara d'une main tremblante, mais il réussit à l'ouvrir. Il la lui redonna après avoir bu quelques gorgées.

— Merci… beaucoup. C'est le ball-trap du pub qu'on entend. Ils en organisent un chaque année, au bénéfice d'associations caritatives. J'avais oublié que c'était aujourd'hui.

Elle lui sourit, contente d'avoir pu l'aider.

Jamais elle n'aurait cru qu'un homme si sûr de lui en apparence puisse présenter ce genre de troubles. N'était-il pas rentré en Écosse depuis plus d'un an ? N'avait-il pas consulté depuis son retour ?

Même si elle brûlait de curiosité, elle ne le questionnerait pas. Ils étaient des étrangers l'un pour l'autre. Elle avait l'intuition qu'il ne lui révélerait rien, et par ailleurs elle voulait maintenir ses distances…

— Reste assis un moment. Je vais remettre tout ça en place.

Elle détacha le cric de la carrosserie et rassembla ses outils, qu'elle rangea dans leur boîte. Mettre le pneu sous le plancher du coffre s'avéra un peu plus difficile, car il pesait lourd, mais elle y parvint néanmoins.

Lorsqu'elle eut fini, Adam se leva et la regarda, l'air gêné.

— Excuse-moi. Ça n'aurait jamais dû se produire devant toi…

— Ne sois pas bête. Est-ce que tu en as parlé à quelqu'un ?

Il baissa la tête sans répondre.

Au bout d'un moment, elle remonta en voiture, et il l'imita, le visage fermé.

— J'apprécierais que tu gardes cet incident pour toi, marmonna-t-il.

— Mais bien sûr, voyons ! D'une, ce ne sont pas mes affaires, et de deux, ça ne regarde personne.

— Je sais, mais tu m'as secouru, et… Je suis navré que tu aies été témoin de ça.

Que dire ? Comment trouver la réponse la plus adaptée ?

Elle lui jeta un coup d'œil oblique.

— Te fais-tu aider, Adam ?

— Je n'ai pas besoin d'aide.

— Je pense que si. Tu présentes visiblement un syndrome de stress post-traumatique. Je ne suis pas psychologue, je peux me tromper, mais… ces coups de feu t'ont déclenché une peur panique incontrôlable.

Il se tourna vers la vitre.

— Je n'ai pas de SSPT. J'ai juste été surpris par quelque chose d'inattendu, voilà.

— Si tu le dis… Néanmoins, tu as tort de faire l'autruche en espérant que ça passera. Il faudrait voir quelqu'un. Le repli sur soi peut provoquer des dégâts…

— Puisque je te dis que ça va !

Il avait presque crié ces mots, mais soudain il pivota vers elle et lui adressa un sourire contrit.

— Vraiment, ajouta-t-il d'une voix douce.

Elle secoua la tête.

— J'ai déjà entendu ce refrain quelque part !

Elle tourna la clé de contact et démarra. Avant de s'engager sur la route, elle eut encore le temps de croiser le regard coupable d'Adam, puis il se tourna de nouveau pour appuyer le front contre la vitre.

Le début du trajet se déroula dans une ambiance tendue.

Elle soupira.

— Excuse-moi d'avoir été trop insistante, dit-elle. Je suis désolée. Tu es le mieux placé pour savoir si tu as besoin d'aide ou non.

— Pas de problème. Je sais que ça part d'une bonne intention, alors merci. J'apprécie beaucoup ta gentillesse.

— Dans ce cas… Si un jour tu souhaites en parler, n'hésite pas. Tu pourras toujours compter sur moi.

Le besoin d'aider un homme en détresse – un collègue par-dessus le marché – l'emportait sur la méfiance. Son père qui ne s'était jamais confié à quiconque avait fini par se suicider.

De plus, elle avait souvent entendu parler des conséquences tragiques du stress post-traumatique : certaines personnes mettaient fin à leurs jours, d'autres sombraient dans la drogue ou l'alcoolisme. Elle ne supporterait pas que cela arrive à Adam !

— Merci, répéta-t-il.

Elle aurait voulu insister pour qu'il se fasse soigner, mais les médecins sont souvent les pires patients. Elle allait lui accorder le bénéfice du doute. Néanmoins si une nouvelle crise se produisait, elle ferait le forcing pour qu'il aille consulter un psychologue.

Le silence retomba, mais cette fois la tension s'était évaporée. Elle se concentra sur la route, et ils atteignirent bientôt la partie ouest de Thorney où se situait la clinique.

Sans rien dire, elle entra dans le parking et se gara.

Adam et elle sortirent le matériel de la voiture, puis ils se rendirent à la pharmacie pour refaire le stock de la mallette d'urgence.

— Veux-tu écrire le compte rendu de notre intervention ? proposa Adam lorsqu'ils eurent rejoint le bureau.

— Volontiers. Autant que je m'habitue tout de suite au logiciel, répondit-elle en s'asseyant devant l'ordinateur.

— Le responsable informatique t'a-t-il créé un profil d'utilisateur ?

— Tout sera prêt demain. Il avait besoin d'un peu de temps pour entrer les données dans la base.

— Tu peux travailler avec le mien aujourd'hui.

Adam se pencha derrière elle pour taper son mot de passe sur le clavier.

Soudain consciente de sa proximité, elle écarta instinctivement la chaise à roulettes.

Elle avait peur de rougir. Peur que son corps ne la trahisse…

— Que veut dire « Anoush » ? demanda-t-elle pour se donner une contenance.

Elle sentit Adam se figer.

— Quoi ?

Elle se retourna, vérifia qu'ils étaient seuls, puis le regarda bien en face.

— Tout à l'heure, pendant ton malaise, tu as dit « Anoush ». Je ne comprends pas ce que ça signifie.

Il secoua la tête.

— Rien d'important. Ne t'inquiète pas.

Il pianota son mot de passe, dont elle lut chaque lettre au fur et à mesure.

— Gâteau au chocolat !

Il se redressa, s'écarta légèrement et la considéra en fronçant les sourcils.

— Pardon ?

— Ton mot de passe, c'est « gâteau au chocolat » !

— Eh ! dis donc ! Tu n'étais pas censée regarder.

— Que veux-tu... Même en étant discrète, il y a des choses que je ne peux pas m'empêcher de voir.

5

À peine Jess avait-elle franchi le seuil de la maison des Campbell qu'elle eut droit à une chaleureuse accolade de la part de Judy.

Elle se figea, étonnée, puis se détendit.

Voilà donc à quoi devait ressembler l'amour maternel ! Adam avait beaucoup de chance. Pour sa part, elle n'avait jamais rien connu de semblable… Ou, en tout cas, elle n'en gardait aucun souvenir.

— Merci beaucoup d'être venue ! s'exclama Judy.

— Merci de m'avoir invitée, répondit-elle, touchée par cet accueil. Ça me fait vraiment plaisir.

— Ferme donc la porte, Adam, ordonna Judy. Il fait frisquet ce soir.

— Ah bon ? répliqua-t-il. Nous, on s'est bien réchauffés en marchant !

Puisqu'il détestait la voiture, Jess lui avait proposé de se rendre chez ses parents à pied. Il avait accepté avec un soulagement visible, et il lui avait encore fait promettre en chemin de ne pas évoquer l'incident de l'après-midi : Jack et Judy ne devaient pas être au courant de ses problèmes d'angoisse.

Elle avait failli lui demander pourquoi il leur cachait la vérité, mais elle s'était abstenue. Il devait avoir ses raisons, et cela ne la concernait pas. Elle s'était déjà montrée assez indiscrète.

— Hum ! ça sent bon ! commenta-t-elle en suivant son hôtesse dans le couloir.

— J'ai fait des galettes de pommes de terre et du bœuf en sauce. J'espère que vous aimez.

— Et comment ! J'en ai l'eau à la bouche.

Depuis sa rupture avec Eddie, elle ne cuisinait plus. Elle réchauffait des plats surgelés, ou elle commandait chez le traiteur. À quoi bon s'activer derrière les fourneaux lorsqu'on vit seul ? Elle travaillait beaucoup et préférait consacrer ses rares loisirs à la lecture, ou aux spectacles qu'elle allait parfois voir...

— Jess, Adam !

Elle tendit le cou au son d'une voix masculine.

Jack Campbell, son patron, était apparu sur le seuil d'une pièce au bout du couloir. Il tenait un journal dans une main, une paire de lunettes dans l'autre.

— Bonsoir, docteur Campbell, dit-elle en souriant.

— Appelez-moi Jack, je vous en prie.

Arrivée devant lui, elle eut droit à une nouvelle accolade.

C'était sans doute une habitude dans la famille !

— Comment s'est passée cette première journée ? s'enquit Jack. Adam vous a-t-il submergée d'informations ?

Elle jeta un bref coup d'œil à son partenaire.

Si elle s'était sentie « submergée », c'était pour de nombreuses raisons, dont la plupart étaient inavouables.

Elle avait été troublée par Adam. Ils avaient mis un enfant au monde. Elle avait découvert une facette inattendue de sa personnalité, et maintenant elle se sentait très proche de lui alors même s'ils se connaissaient à peine.

— C'était plutôt dense... Mais intéressant.

— Adam vous a tout montré ?

Oui, et beaucoup plus encore que Jack ne pourrait l'imaginer !

— Absolument. On a fait le tour de l'hôpital.

— Alors ? Qu'en pensez-vous, maintenant que vous êtes là ?

— C'est fantastique. Tout à fait conforme à mes attentes. Je vais beaucoup me plaire ici.

Au sourire radieux de Jack, elle devina qu'il avait eu peur. Il avait probablement craint qu'elle ne s'enfuie par le premier bateau !

— Puis-je vous offrir un apéritif ? proposa-t-il.

— Pas d'alcool, merci, mais je prendrais volontiers un thé.

— Rien pour moi, merci, répondit Adam. Sans lait ni sucre, le thé, précisa-t-il.

Qu'il se rappelle ce détail fit plaisir à Jess. Elle le gratifia d'un large sourire.

— Attendez-nous dans la salle à manger, tous les deux, suggéra Jack. On en a pour deux minutes.

— Oui, ce sera bientôt prêt, renchérit Judy.

Comme Adam accrochait sa veste à une patère, Jess fit de même, puis elle le suivit dans le salon, une pièce chaleureuse ornée de panneaux en bois. Un grand canapé en tissu beige, à l'extrémité duquel un énorme chat roux était couché en rond, occupait la place centrale devant la cheminée où brûlait un bon feu.

— Quel beau chat !

— Je te présente Hamish, notre fauve. Ce n'est pas un vrai chat, plutôt un animal sauvage aux dents très pointues.

— Tu exagères. Il a l'air adorable.

— Il cache bien son jeu. Il fait le gentil, et quand tu ne t'y attends pas, hop ! un bon coup de crocs !

Incrédule, Jess alla s'asseoir près du matou.

Celui-ci ouvrit les yeux et la regarda sans en avoir l'air. Puis il se leva, fit le dos rond et vint se frotter contre elle. Après avoir reçu quelques gratouilles au menton, il retourna se coucher en ronronnant.

— Un fauve dangereux, je confirme, déclara-t-elle, hilare.

— Je n'en reviens pas ! Tu es une magicienne. Tu dois avoir un truc.

— Possible, mais les magiciens ne dévoilent jamais leurs trucs.

Elle se redressa, un peu étourdie.

Adam et elle seraient-ils en train de flirter ?

Non, elle imaginait des choses ! Ils parlaient. Ils plaisantaient. Son regard charmeur ne lui était pas vraiment destiné. Il devait avoir l'habitude de dévisager les gens comme ça, avec malice

Alors, pourquoi se sentait-elle aussi nerveuse ? Était-ce le contexte, parce qu'ils se trouvaient chez lui ? Normalement, dans une relation, on ne rencontre pas les parents de l'autre dès le premier jour...

Mais quelle idiote. Il ne s'agissait pas de relation amoureuse mais de travail ! Elle s'égarait !

— Alors, jeunes gens, que racontez-vous ?

Judy venait de les rejoindre, flanquée de son époux qui portait un plateau. Les Campbell les regardaient avec un intérêt manifeste.

Jess, gênée, esquissa un sourire.

— Hamish m'a semble-t-il adoptée, répondit-elle. Il est vraiment mignon.

— Il a ronronné sans faire son cirque habituel, renchérit Adam. Je n'en reviens pas.

— Mais c'est génial ! s'exclama Judy. On peut toujours se fier aux animaux quand ils rencontrent quelqu'un pour la première fois. Jack a eu un bon feeling pendant votre entretien, et Hamish confirme ! Je suppose qu'Adam ira dans le même sens.

Jess se sentit rougir.

Cela faisait un bien fou d'être reçue avec chaleur. Ses hôtes n'imaginaient pas à quel point elle était sensible à leur accueil.

— Yep ! confirma Adam. Tout baigne.

— Toujours aussi loquace, mon chéri. Allez, un petit effort. Fais un vrai compliment à Jess.

Il toisa sa mère en écarquillant les yeux, comme s'il n'avait aucune envie d'obtempérer.

Jess faillit éclater de rire. Elle trouvait son air embarrassé très drôle. Elle n'avait pas besoin qu'il chante ses louanges. Toutefois, s'il se fendait d'un petit « compliment », elle serait preneuse.

Elle but à petites gorgées le thé que Jack lui avait servi. Absorbée par ses réflexions, elle mit quelques secondes à se rendre compte qu'Adam parlait.

— ... et je la trouve gentille, attentionnée et pleine de compassion, comme tout bon médecin qui se respecte. Voilà, maman, tu es contente ?

— Moi, oui. Mais on va demander à Jess. Êtes-vous satisfaite de l'appréciation de votre tuteur ?

Jess rit de bon cœur. Elle n'avait pas passé un moment aussi agréable depuis des lustres.

— Plus que satisfaite. Je n'aurais pas pu rêver mieux.

Sans réfléchir, elle pivota vers Adam et lui fit un clin d'œil.

Il y répondit par un sourire taquin qui lui mit la tête à l'envers.

Heureusement, Judy interrompit cet échange muet.

— Mes enfants, on va manger, ou tout risque d'être brûlé. Qui m'aide à mettre la table ?

— Moi ! répondit Jess, en chœur avec Adam.

— Parfait. Jack, chéri, peux-tu aller chercher les plats ?

— C'est comme si c'était fait.

Tout en s'activant, Jess songea qu'une famille unie et chaleureuse lui avait certainement manqué. Son père s'était toujours montré réservé et distant à son égard. Peu de câlins, peu de compliments : il voulait lui apprendre à être indépendante et à ne compter que sur elle-même. C'était ce qu'il lui avait expliqué, un jour qu'elle s'étonnait de sa froideur.

Sans doute avait-il voulu la préparer à sa manière au fait de se retrouver orpheline. Il avait probablement connaissance de sa maladie depuis longtemps.

Il avait dû être soulagé qu'elle sorte avec Eddie. Il s'était peut-être dit qu'ils formaient un couple solide, que s'il quittait ce bas monde, elle aurait quelqu'un pour la soutenir. Mais quelle erreur ! Eddie l'avait abandonnée lâchement. Il n'avait pas supporté que le spectre de la maladie plane sur leur avenir. Il n'avait pensé qu'à lui, sans chercher à comprendre ce qu'elle éprouvait en tant que principale intéressée. Sans chercher à adoucir le chagrin qu'il lui infligeait.

Elle avait tout perdu d'un coup, elle ne fonderait jamais de famille...

Elle ne put s'empêcher d'observer Adam du coin de l'œil.

Lui aussi la regardait, et il la gratifia d'un de ses petits sourires en coin auxquels elle pourrait vite s'habituer...

Oh ! et puis elle n'avait qu'à profiter de la soirée sans se poser de questions ! Jack et Judy Campbell l'avaient invitée, pas besoin de chercher plus loin.

Mais elle avait beau se répéter cela en bouche, elle se doutait bien que Judy avait une idée derrière la tête. Elle en eut d'ailleurs la preuve quand la maîtresse de maison insista pour la placer face à Adam.

— Asseyez-vous donc là, Jess. Voilà, super...

Une délicieuse odeur s'échappait des plats fumants. Jess avait très faim. Une fois servie, elle fit honneur au ragoût avec enthousiasme.

— C'est vraiment délicieux, commenta-t-elle. Ça fait du bien de manger quelque chose de bon.

Judy accueillit le compliment par un sourire ravi.

— Vous en avez besoin, tous les deux. J'ai cru comprendre que vous aviez eu un après-midi mouvementé.

Jess s'arrêta de manger, la fourchette en l'air. Que savaient les Campbell au juste ?

— Hum ! Oui.

— La standardiste m'a raconté que vous aviez mis le bébé de Sarah au monde. C'est une bonne entrée en matière, non ?

Comme Jess l'imaginait, Adam n'évoqua pas sa crise d'angoisse. Elle aurait été très surprise qu'il en parle, sachant qu'il lui avait fait jurer le secret.

— Oui, un excellent début, confirma-t-elle.

— Joe et Sarah ont un magnifique petit garçon, renchérit Adam. Nous étions soulagés que tout se termine bien.

Jess n'allait pas dire le contraire : elle qui vivait sous pilote automatique avec une épée de Damoclès suspendue au-dessus de la tête, elle engrangeait toutes les histoires heureuses comme des trésors. Au moins, ce genre de choses remontait le moral !

— La mère de Sarah est une amie, expliqua Judy. Elle aura sûrement plein de jolies photos à me montrer demain. J'espère pouvoir en faire autant un jour. J'ai hâte de devenir grand-mère.

— Maman, arrête ! protesta Adam.

— Chéri, ce n'est pas nouveau, répliqua Judy avec un rire taquin. Toutes les mères d'enfants en âge de devenir parents ont hâte de devenir grand-mères... Et vous, Jess, voulez-vous des enfants ?

Jess posa ses couverts puis se tamponna la bouche avec sa serviette.

Si elle entamait un jour une grossesse, le fœtus devrait passer des tests génétiques. Néanmoins, même s'il n'était pas atteint par la chorée de Huntington, le bébé risquait de devenir rapidement orphelin de mère. À quoi bon mettre un enfant au monde dans ces conditions ?

Elle ne pouvait bien sûr pas confier cela à ses hôtes. C'était trop personnel.

— Je n'y ai pas réfléchi, répondit-elle d'un ton neutre. Je me concentre sur ma carrière pour le moment.

— Connaissant bien le milieu médical, je peux vous dire que la question se posera vite, déclara Judy. Tout dépend de votre spécialisation et du nombre d'années d'études qu'il vous reste à suivre. Je pense que, même si on manque de temps, il vaut toujours mieux fonder une famille avant d'avoir trente-cinq ans.

— La vie privée de Jess ne regarde personne, maman, intervint Adam d'un ton irrité.

— Bien sûr, chéri. C'était juste histoire de parler.

Cette conversation était devenue insupportable pour Jess. N'y tenant plus, elle se leva.

— Pouvez-vous me dire où sont les toilettes ? balbutia-t-elle.

— En haut de l'escalier, répondit Adam. La première porte sur la gauche.

— Merci.

Elle s'excusa et se dépêcha de quitter la pièce, non sans entendre Adam sermonner sa mère. Puis elle courut s'enfermer dans la salle d'eau où elle laissa libre cours à sa peine.

« Même si on manque de temps. »

Judy avait mis le doigt sur un problème plus crucial qu'elle l'imaginait.

Jess avait déjà tant pleuré ces derniers mois qu'elle s'étonnait d'avoir encore des larmes à verser. Pourtant, c'était bien le cas : elle sanglotait sans pouvoir se retenir.

Tout ça, c'était trop. Laisser les gens - n'importe qui - se rapprocher d'elle était une grave erreur. Elle n'aurait jamais dû accepter ce dîner. La solitude devait rester sa meilleure arme contre le chagrin.

6

Le lendemain matin, Jess, qui devait assurer une consultation du planning familial avec Adam, se sentait horriblement gênée en arrivant à l'hôpital.

La soirée chez les Campbell avait tourné au cauchemar. Elle avait eu beau se passer de l'eau fraîche sur le visage, ses hôtes avaient dû remarquer qu'elle avait pleuré. Au dessert, la conversation avait roulé sur des sujets neutres, impersonnels. L'air coupable de Judy l'avait mise mal à l'aise, et sitôt le café bu elle avait remercié ses hôtes et pris congé, prétextant de la fatigue.

— Je suis désolé, avait dit Adam sur le chemin du retour.

— Il n'y a pas de quoi.

— Si ! Ma mère n'avait pas à te poser ces questions. Je voudrais qu'elle arrête de se mêler des affaires des gens !

— Sincèrement, cela ne fait rien. Il n'y a pas de problème.

Ou plutôt, si. C'était *elle* le problème. Jamais elle n'aurait dû réagir de cette façon. Elle aurait dû se contrôler.

Ils étaient rentrés en silence, et après un « bonsoir » gêné elle avait trouvé refuge dans son appartement.

Elle avait passé une mauvaise nuit et était venue travailler de bonne heure, pressée d'oublier ce fiasco.

Qu'avaient dû penser Jack et Judy ? Et surtout, que pensait Adam ? Son opinion comptait beaucoup puisqu'il était son tuteur. Elle voulait lui donner l'image d'une professionnelle calme et compétente. Elle voulait se faire apprécier. Elle rêvait qu'il l'enlace, puis...

Quoi ?

Holà ! stop ! Adam Campbell ne la prendrait jamais dans ses bras. Même si cet homme était trop beau pour être vrai, elle devait garder la tête froide. Tout ça, c'était fini pour elle. Il fallait oublier. Elle n'était pas encore désespérée au point de faire n'importe quoi.

Adam s'était tourné et retourné dans son lit jusqu'à l'aube.

La question indiscrète de sa mère n'aurait pas gêné la plupart des jeunes femmes. Beaucoup d'entre elles auraient souri et répondu par une boutade. Mais pas Jess. Elle avait eu de la peine. Il avait croisé son regard brillant de larmes juste avant qu'elle monte se réfugier aux toilettes dans un effort désespéré pour masquer son chagrin.

Resté seul avec ses parents, il avait alors rabroué sa mère avec une fermeté inhabituelle. Celle-ci s'était confondue en excuses, mais il était trop tard. Le mal était fait.

Par son vécu, Adam était bien placé pour reconnaître la souffrance des gens, et il comprenait celle de Jess. Après avoir perdu son père, elle se retrouvait seule au monde. Elle devait rêver de fonder une famille, mais peut-être les choses n'avaient-elles pas tourné comme elle l'espérait de ce côté-là.

En tout cas, sa mère s'était montrée très incorrecte en la questionnant. Il n'avait pas laissé passer l'occasion de le lui dire !

Comment allaient-ils pouvoir travailler, maintenant ? Il voulait que Jess se sente à l'aise. La confiance est le ciment d'une bonne équipe. Or, elle semblait très gênée depuis qu'ils avaient franchi la porte de leur salle d'examen.

Il l'appréciait beaucoup. Il l'aimait bien, sans doute plus qu'il ne devrait. Et même s'il avait banni l'amour de son existence, il s'était plusieurs fois demandé pendant cette nuit sans sommeil s'il n'aurait pas dû la prendre dans ses bras pour la réconforter, la veille en arrivant chez eux.

Il avait envie de la protéger, de la faire sourire. Il avait conscience des risques et, en même temps, ne pouvait pas s'en empêcher. Elle était trop adorable pour être malheureuse...

Balayant ces réflexions, il mobilisa son sourire le plus professionnel pour accueillir leur première patiente.

Vicky Collins, qui avait un bébé de six mois, avait pris la pilule avant sa grossesse et venait pour se faire poser un implant contraceptif.

Il vérifia le bilan sanguin qu'elle avait apporté.

— Qu'en penses-tu ? demanda-t-il en tendant le feuillet à Jess.

Elle le lut attentivement et sourit à la patiente.

— Tout est parfait pour moi.

— Absolument, confirma-t-il. Êtes-vous droitière ou gauchère, Vicky ?

— Droitière.

— Dans ce cas, nous mettrons l'implant dans le bras gauche. Où en êtes-vous dans votre cycle ?

— C'est le deuxième jour.

— Impeccable. Puisque vous avez vos règles, nous pouvons en déduire que vous n'êtes pas enceinte.

— Ah ça ! non ! confirma Vicky en riant.

— Avez-vous des questions sur le dépliant que je vous ai remis le mois dernier ?

— Non, tout est très clair.

— Alors, on y va, répondit-il gaiement. Installez-vous sur la table d'examen. On n'en a pas pour longtemps.

Jess avait déjà préparé le matériel sur un chariot. Champ stérile, gants, antiseptique, seringue d'anesthésiant local, bandage et pansements compressifs : rien ne manquait. Néanmoins, il effectuerait lui-même la procédure, car elle ne détenait pas encore le diplôme attestant de sa capacité à poser des implants.

Il fit allonger Vicky sur le dos, puis lui écarta le bras gauche du corps et le replia pour que son poignet se trouve au niveau de son oreille. Le site d'insertion se trouvait à environ sept centimètres au-dessus du coude. Il ne fallait surtout pas descendre trop profondément entre le biceps et le triceps, pour éviter de toucher les nombreux nerfs et vaisseaux sanguins de cette zone.

— Je vais mettre l'implant juste sous la peau, expliqua- t-il.

À l'aide d'un feutre stérile, il traça deux marques. La première correspondant au point d'insertion. La seconde, située un peu plus bas, servant de guide pour la direction à suivre.

Cela fait, il nettoya la peau et procéda à l'anesthésie. Jess avait préparé l'implant. À son signal, elle le sortit de son emballage et le lui tendit.

Il ôta le capuchon protecteur de l'aiguille puis, de sa main libre, étira la peau du bras. Il enfonça alors toute l'aiguille sous la peau et déverrouilla le système de glissage, en s'aidant du repère pour orienter le petit dispositif sous la peau. Enfin, il retira l'applicateur et s'assura, par une légère palpation, que l'implant était bien positionné.

Jess guida la main droite de Vicky vers son bras gauche.

— Touchez, c'est juste là, dit-elle doucement.

— Waouh ! ça fait tellement bizarre ! s'exclama la jeune femme.

— Vous vous y habituerez, promit Adam.

D'une main experte, Jess avait posé un pansement sur la zone. Il le recouvrit d'une légère gaze stérile.

— Vous pourrez enlever le bandage demain, mais gardez le pansement quatre ou cinq jours, d'accord ?

— Oui, bien sûr. C'est déjà fini ?

— Absolument. Je vous avais dit que ce serait rapide.

Il donna quelques informations complémentaires à Vicky et la raccompagna dans le hall. Quand il revint, Jess avait rangé le matériel et désinfecté la table d'examen. Tout était prêt pour accueillir une nouvelle patiente.

— Je suis content, tout s'est bien passé, observa-t-il. Parfois, les poses d'implant sont plus délicates.

— C'est génial quand les choses se déroulent sans problème. Personne n'aime les complications.

— Ni au travail ni en dehors, répondit-il en soupirant. À propos d'hier soir…

— Laisse tomber, Adam. Il n'y a aucun souci. Ta mère aime sans doute parler de ces choses-là, comme toutes les femmes de son âge.

— Crois-moi, elle ne recommencera pas !

— Sois gentil avec elle. Sincèrement, je ne m'en suis pas formalisée.

Il n'en restait pas moins que les questions de sa mère l'avaient peinée. mais elle ne l'admettrait jamais, et le moment était mal choisi pour continuer la discussion.

— Si tu le dis… Bien, notre patiente suivante vient pour une pose de stérilet. Je vais aller la chercher.

— Et moi, je vais tout préparer.

Il gagna la porte, mais au lieu de sortir il observa Jess un moment tandis qu'elle ouvrait les tiroirs pour trouver le matériel. Elle agissait de manière précise, méthodique, avec des gestes fluides et efficaces.

Plus il la côtoyait, plus il la trouvait introvertie. Qu'était-elle venue chercher à Thorney ? Que fuyait-elle ? Elle paraissait cacher une blessure qui allait au-delà de la perte d'un être cher. Une blessure qui faisait écho à la souffrance qu'il éprouvait, lui, au quotidien.

Avec n'importe qui d'autre, il aurait eu honte d'avoir paniqué la veille. Mais pas avec elle. Il s'était senti en confiance, et sa sollicitude profonde l'avait touché.

Voilà pourquoi il désirait l'aider en retour. Il saurait écouter ce qu'elle avait à dire et la protéger si nécessaire. Il lui devait bien cela.

Ce midi-là, à l'heure de la pause, Adam descendit à la cafétéria.

La petite salle joliment décorée n'avait rien d'une cantine. C'était plutôt un mini-restaurant qui offrait boissons, pâtisseries, salades et plat du jour au moment des repas. Un calme appréciable y régnait, et chacun pouvait s'y ressourcer à loisir.

Alors qu'il se servait au self, il aperçut Jess.

Attablée près de la fenêtre devant un cappuccino et un pain aux raisins, avec le soleil qui jouait dans ses cheveux, il la trouva de nouveau incroyablement séduisante. Elle lisait quelque chose sur son téléphone, très concentrée, comme si le monde extérieur n'existait pas.

Il aurait dû la laisser tranquille, néanmoins la tentation fut trop forte, et il se rapprocha.

— Puis-je me joindre à toi ?

Son visage s'illumina d'un coup. Elle posa son téléphone sur la table en souriant.

— Bien sûr, avec plaisir.

— Je suis content de faire une pause, déclara-t-il, s'installant face à elle. On a été un peu débordés ce matin.

— Ce n'est pas grave. J'aime les rythmes soutenus.

Quand elle lui sourit de nouveau, il sentit son estomac se contracter.

Elle était vraiment trop belle, trop attirante. La veille, il avait mis son émotion sur le compte de la surprise, mais vingt-quatre heures avaient passé, et il en était toujours au même point. Il ne pouvait rien faire, à part résister tant bien que mal à cette attraction dangereuse.

Anoush avait été l'amour de sa vie. Jamais il n'aurait cru qu'une autre femme puisse lui plaire, et voilà que l'impensable se produisait.

Quelque chose en lui répondait à la fragilité de Jess. Il avait envie de mieux la connaître malgré les fêlures qu'elle dissimulait avec courage. La peur du danger n'y changeait rien. Il sentait confusément qu'un lien invisible les unissait, même s'ils venaient à peine de se rencontrer.

Troublé, il but quelques gorgées de café.

— Je... hum ! Dis-moi comment tu as trouvé cette matinée, dit-il de son ton le plus professionnel. Et surtout, n'hésite pas à me poser des questions.

Le travail, encore et toujours. C'était la seule bouée de sauvetage à laquelle il pouvait se raccrocher.

7

— Tout se passe bien avec Jess ?

— Très bien.

— Elle n'était pas trop contrariée, l'autre jour ?

Adam lança un coup d'œil circonspect à son père.

Comme souvent, il dînait en famille ce soir-là, mais il n'avait pas envie de subir un déluge de questions. Il voulait protéger Jess, et en même temps ménager ses parents qui culpabilisaient encore. Un délicat exercice !

— Elle est vite passée à autre chose, répondit-il d'un ton léger. Rassurez-vous, elle n'est pas susceptible.

— Tant mieux. J'ai remarqué que, à l'hôpital, ça colle plutôt bien entre vous...

— Oui, aucun problème.

Il aurait pu chanter les louanges de Jess durant des heures, mais il devait rester prudent, ou alors ses parents commenceraient à se faire des idées. Tous les deux rêvaient de le voir en couple. Ils n'avaient aucune idée de l'épreuve qu'il avait vécue en Afghanistan, et c'était mieux ainsi.

Anoush et lui étaient tombés dans une embuscade le jour où il avait prévu d'annoncer leur futur mariage à sa famille. L'appel vidéo avait finalement eu lieu une semaine plus tard, alors qu'il était hospitalisé. Il n'avait pas trouvé le courage de parler d'Anoush, ni ce soir-là ni jamais.

— C'est génial. Je suis très content, déclara son père. Vous travaillez ensemble, vous habitez le même immeuble… Ça aurait été dommage que le courant ne passe pas.

— Effectivement.

Il détourna la conversation pour ne pas se trahir.

Si ses parents avaient su !

Chaque fois qu'il voyait Jess, il avait envie d'effleurer son beau visage. Quand elle rosissait de timidité, il devait se retenir de la prendre dans ses bras. Elle était belle, elle lui faisait battre le cœur plus vite, et néanmoins il s'efforçait d'adopter une attitude strictement professionnelle.

Jess avait su garder son secret. Elle n'avait parlé de sa crise d'angoisse à personne. En retour, il devait lui offrir la tranquillité d'esprit qu'elle était venue chercher à Thorney.

Pour elle comme pour lui, cette île était un refuge. Un sanctuaire. Elle méritait d'y trouver la paix, et il se promettait de l'aider. Y compris en la protégeant de ses parents et des gens trop curieux.

Ce matin-là, Adam et Jess tenaient une consultation de petite chirurgie.

En général, les cas n'avaient rien de passionnant. La plupart du temps, on soignait un ongle incarné, ou on retirait un ou deux kystes bénins. Pourtant, Adam appréciait ces moments, car, n'étant pas débordé, il pouvait bavarder avec ses patients.

En parlant de tout et de rien, il remontait le moral des personnes âgées solitaires. Il lui arrivait même de diagnostiquer des choses qui seraient peut-être passées inaperçues. À sa manière, il rendait service à la communauté. Aujourd'hui, il n'avait pas d'autre ambition que d'améliorer le quotidien de ses malades. C'était à la fois peu et beaucoup. C'était sa nouvelle vie…

— Qui recevons-nous ensuite ?

La voix de Jess le ramenant vers le moment présent, il vérifia sa liste de rendez-vous sur l'écran de l'ordinateur.

— Bruce Moorefield, soixante-douze ans. Il a un lipome au dos. Tu te sens prête à l'enlever ?

— Bien sûr ! s'exclama-t-elle, enthousiaste.

Il eut un sourire en coin. Quelle joie c'était de lui faire plaisir ! Il ne demandait que cela...

— Bruce est venu me voir il y a deux semaines, précisa- t-il. Comme il porte une ceinture dorsale, le frottement commençait à irriter l'épiderme au niveau du lipome. Je lui ai prescrit de la pommade et un autre rendez-vous pour enlever cette grosseur. Tu la sentiras facilement, elle est souple et se trouve juste sous la peau. Elle mesure environ six centimètres de diamètre.

— Parfait. Je vais l'appeler.

Dynamique et enjouée, Jess gagna la porte de communication avec la salle d'attente.

Avec son chemisier bleu pâle, son pantalon marine et ses longues mèches relevées en un chignon décoiffé, elle personnifiait l'élégance au naturel. Il se demanda quel effet cela ferait de lui retirer ses lunettes et sa pince à cheveux...

Stop ! Tout de suite !

Il se focalisa sur Bruce Moorefield, qui entrait dans le cabinet d'un pas ralenti par l'arthrite. Il l'accueillit aimablement, le fit asseoir au bureau, puis lui rappela en quoi l'intervention allait consister.

— Vous m'avez dit que la grosseur est bénigne, doc, mais mes filles s'inquiètent, marmonna Bruce.

— Pourtant, il n'y a pas de quoi, répondit-il en souriant. Les lipomes sont bénins. Ce sont juste de grosses boules de graisse. Rassurez-vous, nous les faisons toujours analyser par précaution. S'il y a un problème, vous le saurez. Mais il y a très peu de risques.

— Oh ! Moi, je vous fais entièrement confiance, mais la famille... Vous savez ce que c'est.

Adam leva les yeux au plafond d'un air entendu.

— Oh oui !

— Alors, comment allez-vous faire, doc ?

— C'est Jess qui va s'occuper de vous. Je vais dessiner un repère sur votre peau, là où elle pratiquera l'incision. Elle vous fera une anesthésie locale, bien sûr. Vous ne sentirez rien du tout. Dès qu'elle aura sorti le lipome de sa cachette, je le mettrai dans un petit pot, et je l'enverrai au laboratoire.

Bruce eut un petit rire.

— Ça a l'air facile, dit comme ça. Je suis à vous, mademoiselle !

Jess lui adressa un des sourires lumineux dont elle avait le secret.

— Installez-vous sur la table, monsieur Moorefield. Il faudra vous mettre torse nu et vous allonger sur le ventre.

— Oh là là, vous m'intimidez ! Il y a longtemps que je ne me suis pas déshabillé devant une jolie jeune femme !

Elle s'esclaffa.

— Je vous promets de ne pas regarder.

Elle partit se laver les mains tandis que Bruce enlevait chemise et maillot de corps. Adam l'installa le plus confortablement possible puis lui mit un champ stérile prédécoupé sur le dos. Il désinfecta sa peau à travers l'ouverture, après quoi il dessina un cercle autour de la tumeur, ainsi qu'une ligne verticale au centre pour marquer l'incision.

Jess revint vers la table en ajustant ses gants.

— Cela te convient ? demanda-t-il.

— C'est parfait, merci. La partie la plus désagréable arrive maintenant, monsieur Moorefield. Je vais devoir faire plusieurs petites piqûres pour endormir la zone autour du lipome. Êtes-vous prêt ?

— Oui, docteur, allez-y. Qu'on en finisse avec ce truc.

Elle réalisa les injections d'une manière qui laissa Adam admiratif. Pour une jeune médecin, sa technique était irréprochable.

— Alors, Bruce ? dit-il. La dernière fois, vous me disiez que votre fille aînée et son mari avaient lancé une procédure d'adoption. Ont-ils reçu des nouvelles ?

— Oui, pas plus tard que la semaine dernière. On va peut-être leur confier un petit bébé, mais ce n'est pas encore sûr. Toutes ces démarches sont bien compliquées.

— Heureusement que l'adoption existe, déclara Jess. On offre une vraie chance à des enfants et à des familles.

— C'est vrai, docteur. J'espère que ça marchera pour ma fille et mon gendre.

Elle attrapa une paire de pinces et, doucement, appuya sur le dos de son patient.

— Dites-moi si vous sentez quelque chose ici... Non ? Et là ? Non plus ? Bon, c'est parfait. Je vais commencer. Si vous éprouvez la moindre gêne ou douleur, arrêtez-moi, et je vous referai une piqûre.

— Ça marche, doc.

Elle prit son scalpel et fit une incision nette sur la ligne déjà tracée. Muni d'une gaze stérile, Adam s'employa à tamponner le sang afin qu'elle puisse bien voir ce qu'elle faisait. Ils travaillaient en symbiose parfaite, aucun ne gênant l'autre, comme une équipe bien rodée. On aurait pu croire que leur collaboration durait depuis des années, et non pas quelques jours.

— Il faut descendre un peu plus bas, murmura-t-elle après avoir exercé une petite pression sur le lipome.

— D'accord avec toi.

Elle agrandit légèrement l'incision, posa le scalpel et prit une pince. Après avoir vérifié que les bords de la tumeur étaient bien dégagés, elle commença à la sortir. La boule de graisse résista au début puis, peu à peu, émergea de sa cavité.

Elle finissait de l'extraire quand, soudain, elle fut prise d'un violent spasme au niveau du bras. Sa main se contracta, et Bruce sursauta légèrement.

— Aïe ! J'ai senti ça, doc !

Jess fixait sa main droite. Elle avait l'air hagard.

— Que se passe-t-il ? demanda Adam, inquiet.

— Je...

Elle semblait comme changée en statue de sel. L'appréhension – ou plutôt la peur – se lisait sur son visage. Jamais, sauf en zone de combat, il n'avait vu quelqu'un en proie à une si vive détresse. Elle avait le même regard que chez ses parents, le soir du dîner, mais en pis.

Néanmoins, ils avaient un patient sur la table, et il fallait d'abord penser à lui.

Doucement, il lui enleva la pince.

— Si tu allais chercher des formulaires pour le labo au secrétariat ? suggéra-t-il d'un ton calme. On n'en a plus qu'un. Je suis sûr que Bruce ne verra pas d'inconvénient à ce que je finisse.

— Non, du tout, confirma le vieil homme. C'est bientôt bon ?

— Oui. Juste deux petites minutes...

D'un mouvement imperceptible de la tête, il désigna la porte à Jess. Comme si celle-ci émergeait brusquement d'un cauchemar, elle sursauta puis ôta sa blouse et ses gants, et les mit dans la poubelle d'un geste rageur.

Il brûlait de courir derrière elle pour la réconforter, mais cela devrait attendre. Il devait se concentrer sur son patient. Coûte que coûte.

8

Jess se mit à courir sans savoir quoi faire.

La maladie s'était déclarée bien plus tôt que prévu ! Devait-elle prévenir Jack ou Judy ? Garder son secret pour elle ?

Elle avait besoin d'être rassurée. Elle avait besoin d'entendre que ce spasme n'était qu'une crampe bénigne et passagère. Qui mieux qu'Adam aurait pu l'examiner ?

Mais non, pas lui. Surtout pas !

De tous ses nouveaux collègues, il était celui dont l'opinion comptait le plus. Elle voulait lui donner l'image d'un médecin brillant, déterminé et digne de confiance. Elle l'appréciait beaucoup. Ils étaient en train de devenir amis. Tant qu'il ne saurait rien, elle pourrait entretenir l'illusion que tout allait bien dans le meilleur des mondes.

Par-dessus tout, elle refusait qu'il s'inquiète pour elle. Il était fragile et avait ses problèmes à gérer. S'il découvrait la vérité, leur relation changerait, perspective qu'elle refusait de façon catégorique.

La meilleure option serait de parler à Jack, décida-t-elle. Néanmoins, il n'était pas dans son cabinet lorsqu'elle s'y rendit, et personne, ni Judy ni la standardiste, ne savait où le trouver.

Paniquée, elle enfila le couloir des bureaux où elle avait peu de risques de croiser Adam, s'arrêta et regarda sa main droite.

Il lui semblait que cette partie d'elle-même ne lui appartenait plus.

Elle se massa les doigts tout en tâchant de se raisonner.

N'était-elle pas en train d'imaginer le pire ? S'était-elle projetée dans un scénario catastrophe pour rien ?

Mais son bras droit se remit à fourmiller.

Que lui arrivait-il ?

Elle l'immobilisa contre elle, appuyant de toutes ses forces dessus avec la main gauche. Puis, comme sous pilote automatique, elle gagna le local des médecins, où elle s'assit devant l'ordinateur. Elle se connecta à un site médical puis tapa le nom de l'article recherché, même si elle le connaissait déjà par cœur.

Chorée de Huntington :

Maladie neurodégénérative héréditaire et incurable. Spasmes involontaires occasionnels… Dyskinésie se traduisant par des mouvements brefs et irréguliers…

Elle avait repéré ces symptômes chez son père lorsqu'elle était adolescente. Chaque fois, il avait prétendu que ce n'était rien du tout, un petit problème musculaire. Elle l'avait cru. Pourquoi l'aurait-elle soupçonné de mentir ? À son départ pour l'université, il lui avait loué une chambre d'étudiante sur le campus, et ils s'étaient vus moins souvent. Elle ne s'en était pas formalisée, concentrée qu'elle était sur ses études. Elle s'était dit qu'il voulait lui lâcher la bride, la laisser vivre. Puis, lorsqu'elle avait rencontré Eddie, elle avait pensé qu'il voulait rester discret parce qu'elle était en couple. Le dernier dîner qui les avait réunis tous les trois lui avait causé une peine immense : Eddie et elle l'avaient invité pour lui annoncer qu'ils souhaitaient fonder une famille, mais il n'avait pas du tout réagi comme ils l'espéraient.

Et pour cause !

Après son suicide, elle avait éprouvé une immense colère. Pourquoi lui avait-il caché la vérité, à elle, un médecin ? Dans sa lettre, il expliquait avoir voulu lui épargner « le fardeau d'un père malade et invalide à soigner », mais s'était-il mis à sa place ? Avait-il mesuré le choc psychologique qu'elle allait subir ? Certes, il l'avait mise à l'abri du besoin sur le plan matériel, mais pour le reste...

Elle avait eu l'impression de sombrer quand Eddie l'avait quittée. Seule, avec cette menace permanente au-dessus de la tête, elle avait cru toucher le fond. Elle ignorait alors que le pire restait à venir.

C'était *là*, quand son bras avait tressauté, qu'elle avait plongé dans un gouffre insondable...

— Jess ?

La voix d'Adam la fit sursauter. De manière réflexe, elle empoigna la souris de l'ordinateur et ferma sa session. Elle eut juste le temps de le faire avant qu'il arrive à côté d'elle.

— Coucou, dit-elle d'une voix mal assurée.

— Ça va ? Que s'est-il passé tout à l'heure ?

— Je... Rien. J'ai juste eu une crampe. Elle est vite passée.

Il fronça les sourcils, l'air dubitatif, puis haussa les épaules.

— Cela peut arriver à tout le monde. Nous sommes des êtres humains, Jess. Mais tu semblais tellement paniquée que tu m'as fait peur. J'ai cru que c'était plus grave.

Elle se leva, rangea la chaise sous le bureau et plaqua un sourire étincelant sur ses lèvres.

— Mais non, quelle idée ! Regarde...

Elle leva haut les mains tout en faisant une prière muette pour que ses bras restent stables.

Ce fut le cas, mais Adam, visiblement peu convaincu, avança d'un pas et lui captura le poignet droit. Il le fléchit doucement, puis fit de même avec le coude et l'épaule, en palpant chaque articulation.

Elle se mordit la lèvre, luttant pour ne pas rougir.

Elle avait rêvé qu'il la touche, et même s'il le faisait pour des raisons médicales, elle ne pouvait pas empêcher son corps de réagir intensément.

N'y tenant plus, elle se dégagea.

— Tu vois, tout va bien.

Elle croisa les bras sur la poitrine et pointa le menton en avant.

Adam secoua la tête.

— Si tu avais un souci, tu me le dirais, Jess ?

— Bien sûr.

Sa facilité à mentir la dégoûta, mais pour sa défense elle n'aurait jamais cru devoir le faire. Elle pensait bénéficier d'un long répit avant que la maladie se déclare. Elle s'était juré de ne pas agir comme son père… Sauf que là, elle n'avait pas le choix.

Elle mentait pour le protéger. Comme son père avec elle, autrefois. Mais était-ce la bonne solution ?

Elle le fixa, les yeux pleins de larmes.

Elle voyait bien, à sa façon de la regarder, qu'Adam ne la croyait pas et qu'elle l'avait blessé. Mais elle ne voulait pas lui faire de mal ! Elle voulait juste… gagner du temps. Ce n'était ni l'endroit ni le moment de tout lui dire.

— Si quelque chose ne va pas, je finirai par trouver ce que c'est, déclara-t-il en la toisant avec une sévérité inhabituelle. Je suis médecin. C'est mon métier.

— Je sais. Mais ne t'inquiète pas pour moi. Je vais très bien, je t'assure.

— Non ! Dis-moi ce qui cloche pour que je puisse t'aider.

L'envie de tout lui raconter, là, dans ce bureau, faillit l'emporter sur le reste. Son regard pénétrant la transperçait comme une dague, et elle dut se faire violence pour ne pas céder.

Finalement, il secoua la tête et recula d'un pas. Elle appuya les mains en arrière contre le bureau et relâcha son souffle, épuisée.

La peur était une ennemie exténuante. Combien de temps pourrait-elle jouer la comédie ? Elle avait l'intuition qu'Adam finirait par découvrir son secret d'une manière ou d'une autre.

— Je n'ai pas besoin d'un médecin, déclara-t-elle avec force. J'ai juste besoin… qu'on me laisse tranquille.

Elle contourna Adam puis s'engouffra dans le couloir par la porte restée ouverte.

Elle avait failli éclater en sanglots, mais elle avait tenu. Elle était sauvée… Du moins pour cette fois.

Allongé dans le noir, Adam ne dormait pas. Il avait beau faire, ses pensées dérivaient toujours vers la locataire de l'appartement du dessus. Jess.

Il était sûr qu'elle lui cachait quelque chose. Mais quoi ?

Elle s'était montrée souriante, enjouée et sûre d'elle au début de l'ablation du lipome. Puis, soudain, tout avait basculé. Son bras avait eu un minuscule soubresaut, chose qui arrivait fréquemment à tous les médecins de la planète.

Alors, pourquoi avait-elle paru si terrifiée ? Il avait craint qu'elle ne s'évanouisse tant elle était pâle. Et cette main qu'elle regardait comme si elle avait vu un fantôme…

Était-elle souffrante ? Un trouble musculaire pouvait indiquer une pathologie bénigne ou quelque chose de plus sérieux. D'expérience, il imaginait toujours le pire, et sa panique n'avait rien fait pour le rassurer.

C'était bizarre, Jess était… spéciale pour lui. Il avait beau s'en défendre, il pensait à elle sans arrêt. Même s'ils se connaissaient depuis peu de temps, il la considérait déjà comme une amie.

Il avait toujours veillé sur les êtres chers à son cœur, en toutes circonstances. Il n'avait pas pu sauver Anoush, mais il prendrait soin de Jess.

Épuisé par ses réflexions, il s'autorisa enfin à lâcher prise. Il ferma les paupières pour se réfugier dans un sanctuaire provisoire appelé « sommeil ».

Un hurlement à glacer les sangs tira Jess de son sommeil.

Elle s'assit dans son lit, le cœur battant, cherchant à localiser la source du bruit.

Jamais, de toute sa vie, elle n'avait rien entendu de tel !

Un nouveau cri accéléra encore son rythme cardiaque.

Cela provenait de l'étage inférieur. De chez Adam...

Elle bondit hors de son lit, attrapa son peignoir et se rua sur le palier. Là, elle fonça vers l'escalier, qu'elle dévala jusqu'à l'appartement du dessous. Sans hésiter, elle tambourina à la porte n° 2.

— Adam ! Adam !

Les hurlements cessèrent enfin, mais elle continua de frapper comme si sa vie en dépendait.

Au bout d'un moment, ce fut un Adam hagard, à demi nu et en sueur, qui vint lui ouvrir.

En d'autres circonstances, elle aurait admiré sa plastique parfaite, son torse et ses abdominaux musclés, et la légère toison qui affleurait à la lisière de son pantalon de pyjama. Mais pas cette nuit. Là, elle voyait un homme en détresse. Un homme qui avait désespérément besoin d'aide.

Comme la première fois, elle lui prit le visage entre les mains pour l'obliger à la regarder.

— Que se passe-t-il ? Je t'ai entendu crier très fort.

Il lui écarta doucement les mains, signe qu'il avait repris pied dans le réel. Il fronçait les sourcils, et elle perçut sa contrariété. Sans doute était-il ennuyé de la trouver sur le pas de sa porte, prête à voler à son secours.

— Ça va, maugréa-t-il. J'ai juste fait un cauchemar.

— Un cauchemar horrible, alors. On aurait dit que tu souffrais, qu'on te torturait. Je n'ai jamais entendu quelqu'un crier comme ça, et j'espère bien que ça ne m'arrivera plus !

Il eut un sourire contrit et s'essuya le front d'un revers de main.

— Je suis désolé de t'avoir réveillée.

— Je suis désolée que tu affrontes ça tout seul, répliqua-t-elle du tac au tac.

Pendant quelques secondes, il baissa la tête. Puis il lui lança un regard de défi.

— Je pourrais te dire la même chose. Tu as un problème, mais tu refuses d'en parler. Tu pourrais te confier à moi.

— Toi aussi !

Adam hésita et, au bout d'un moment, lui fit signe d'entrer.

— On sera mieux pour discuter à l'intérieur, dit-il.

Elle le suivit jusqu'à sa cuisine, où il prit une boîte de dosettes dans le placard.

— Veux-tu un thé ? Un café ?

— Non, merci. Quant à toi, si tu espères redormir, ce n'est peut-être pas une bonne idée.

— C'est du déca.

Il se prépara un café dans sa machine à expresso puis s'adossa au plan de travail.

— Alors, Jess ? Vas-tu me dire ce qui t'est arrivé aujourd'hui... Ou plutôt hier ?

— Non. C'est toi qui criais, là, maintenant. Vas-tu me dire ce qui t'est arrivé ?

Il soupira.

— Visiblement, je n'aurai pas le dernier mot ce soir.

— Tu dois consulter un psychologue, Adam. Le stress post-traumatique ne disparaîtra pas tout seul. J'ai assez vu de malades aux urgences pour le savoir. Leur vie était gâchée par les sautes d'humeur, les angoisses et les terreurs nocturnes.

— Je sais, marmonna-t-il, les yeux baissés sur son mug.

— Si tu le sais, réagis ! Combien de nuits comme celle-ci as-tu déjà passées ? Tu as dû réveiller tout l'immeuble ! On aurait dit que tu souffrais le martyre, et moi, ça... Ça me fait de la peine de te voir souffrir.

— C'est gentil. J'apprécie que tu t'inquiètes pour moi.

Elle crut qu'il allait se rapprocher d'elle, mais non. Il abandonna sa tasse dans l'évier, puis croisa les mains derrière le dos.

— Tu as raison. Ça dure depuis trop longtemps. Il faut que ça s'arrête.

— Je connais une bonne psychologue à Nairn. Si tu veux, je te donnerai ses coordonnées.

— Tiens, tiens… Comment la connais-tu, au juste ? demanda-t-il d'un ton soupçonneux.

Elle fit un geste évasif. S'il pensait lui soutirer une révélation, il pouvait toujours attendre.

— C'est mon métier de connaître des spécialistes.

— Ton métier ?

— Oui, et le tien accessoirement ! D'ailleurs, tu devrais aller dormir. Tu as une journée chargée demain.

— Toi aussi, je crois.

Elle eut un sourire gêné.

Adam ignorait qu'elle avait fini par appeler Jack. Elle lui avait demandé un congé pour raisons médicales, précisant qu'elle irait le voir le lendemain en consultation, comme une simple patiente.

Bien qu'intrigué, il s'était montré chaleureux et compréhensif. Néanmoins, elle appréhendait cette entrevue. Elle aurait un aveu difficile à faire.

— Je n'irai pas travailler demain, annonça-t-elle. Ton père est au courant. J'ai posé quelques jours de congé. J'avais pris des rendez-vous à Glasgow, je ne peux pas les annuler. Je passerai juste à la clinique en début de matinée pour mettre mes dossiers à jour.

Vu les circonstances, elle se sentait inapte à exercer la médecine. Elle devait voir son spécialiste à Glasgow. Le Dr Simons voudrait sans doute lui faire passer des examens, et cela prendrait du temps. Elle tablait sur une semaine…

Dans l'intervalle, elle ne voulait pas inquiéter Adam pour rien. Pourquoi lui parler de Huntington s'il s'agissait d'autre chose ? Elle ne l'informerait qu'en cas de nécessité absolue.

— Oh… Je ne savais pas, répondit-il, l'air perplexe.

— Eh bien voilà, je te le dis. Allez, zou ! Au lit, maintenant.

— Bien, madame.

Elle se tourna pour cacher ses joues empourprées.

Jamais elle n'aurait pu imaginer une scène aussi intime avec Adam. Ou alors, dans d'autres circonstances…

Elle le suivit dans le hall, prête à partir. Mais alors qu'il ouvrait la porte de sa chambre, il se retourna.

— Cela ne t'ennuierait pas de rester un moment ? Tu pourrais t'allonger à côté de moi. Il y a beaucoup de place.

Comment résister à une telle demande ? Elle en avait souvent rêvé. Il ne se passerait rien de spécial, mais s'il avait besoin d'elle, c'était le moins qu'elle puisse faire.

— D'accord. Je vais rester avec toi jusqu'à ce que tu t'endormes.

— Merci, Jess.

Dans la chambre, le lit en bataille témoignait d'un début de nuit agité. Adam replaça la couette et les oreillers, puis il s'allongea du côté droit. Un peu gênée, elle retira son peignoir et s'installa à son tour. Adam s'était tourné vers elle, et dans l'obscurité quasi totale son visage aux contours si masculins lui paraissait encore plus attirant.

— Veux-tu parler ? chuchota-t-elle.

— Non, c'est bien comme ça. Ta présence me suffit. Je me sens déjà plus tranquille.

— Tant mieux, alors... Bonne nuit, Adam.

— Bonne nuit, Jess.

Si elle avait osé, elle lui aurait avoué qu'elle aimait être là, sur son lit. Qu'elle adorait son odeur boisée, son regard posé sur elle. Ces moments précieux resteraient éternellement gravés dans son cœur. Il avait besoin d'elle, chose qui n'arriverait sans doute plus jamais...

Quand il tendit la main pour lui caresser la joue, son souffle se bloqua dans sa gorge. Quelque chose explosa en elle alors que, du pouce, il lui effleurait la lèvre inférieure.

Entendait-il son cœur cogner dans sa poitrine ? Avait-il senti son pouls s'accélérer, deviné que ses joues s'enflammaient ?

Délicatement, il passa la main derrière sa nuque pour l'attirer à lui. Puis sa bouche se posa sur la sienne, et elle ferma les paupières, ivre de bonheur.

Son cerveau lui criait que cela n'aurait jamais dû se produire.

Mais les lèvres d'Adam avaient un goût de fruit défendu, et déjà elle voulait plus. Beaucoup, beaucoup plus.

Allait-elle rester chaste jusqu'à la fin de ses jours ? Une nuit, était-ce trop demander ?

Si elle devait céder à la tentation, pourquoi pas avec cet homme merveilleux qui la subjuguait ? Il avait un physique de rêve. Un lien spécial, intime et particulier, s'était noué entre eux depuis qu'elle avait découvert son secret, et il occupait maintenant une place particulière dans son cœur. Si la maladie pointait sa vilaine figure, si c'était sa dernière chance de faire l'amour, alors oui, elle voulait le faire avec Adam Campbell. Là, maintenant, les yeux grands ouverts sur le bonheur qui s'offrait à elle.

Folle de désir, elle l'attira plus près. La chaleur de sa peau, la dureté de ses muscles et la force de son érection contre son bassin achevèrent de la perdre. Elle se livra sans retenue à la caresse de ses mains qui la parcouraient avec fièvre.

Ce n'était plus le moment de réfléchir. Oubliés, les doutes et les règles strictes qui gouvernaient sa vie. Adam et elle étaient dans une bulle, un univers merveilleux d'où le reste du monde était exclu...

Quand il s'allongea sur elle, ses caresses étourdissantes la rendirent folle. En une fraction de seconde, il la débarrassa de son grand T-shirt, puis il arrondit les paumes sur ses seins, dont les mamelons durcis devinrent immédiatement douloureux.

Voilà comment un corps en parfaite santé devait réagir ! Voilà ce qu'était la vie normale des gens normaux. Cette nuit au moins, elle n'avait pas l'intention de s'en priver.

— Adam..., chuchota-t-elle.

Son soupir se perdit dans son cou. Elle butina sa mâchoire, et quand leurs bouches fusionnèrent de nouveau, leurs langues entamèrent un ballet furieux, totalement dévastateur.

Elle voulait dévorer Adam, se laisser consumer de plaisir, se livrer à lui sans retenue. C'était si doux, si agréable... La tension qu'elle avait accumulée au fil des mois se libérait enfin.

Elle ne pensait plus à l'avenir, juste à Adam et aux sensations merveilleuses qu'il éveillait en elle.

Elle n'éprouva pas la moindre gêne lorsque ses doigts s'aventurèrent tendrement sous sa culotte. Cela faisait si longtemps qu'on ne l'avait pas effleurée, touchée… aimée.

Cette nuit était faite pour l'amour.

Elle aurait voulu que cela dure toute la vie.

9

Adam s'éveilla de bonne heure au son du chant des oiseaux, détendu et reposé. Il mit quelques secondes à comprendre d'où lui venait ce sentiment de plénitude, puis se rappela qu'il n'avait pas passé la nuit seul.

Ouvrant les yeux, il tourna la tête pour contempler Jess endormie. Mais elle n'était plus là.

Perplexe, et surtout déçu, il palpa l'oreiller froid.

Pourquoi était-elle partie ? Avait-elle eu des regrets ?

Il se réinstalla sous la couette en soupirant.

Pourvu qu'elle aille bien !

Il n'en revenait pas d'avoir transgressé les règles de l'amitié. Avait-il profité de l'empathie de Jess après avoir subi un nouvel épisode de trauma ? Il espérait que non, car il l'aimait beaucoup. Il craquait pour sa gentillesse, pour son intelligence, pour son extrême sensibilité. Quant au physique… Sa beauté lui avait mis la tête à l'envers dès le premier jour !

Au fond, était-ce bien étonnant qu'il ait voulu aller plus loin ? Cela aurait peut-être fini par arriver, mais dans d'autres circonstances…

Quoi qu'il en soit, il avait éprouvé un bonheur indescriptible à tenir Jess dans ses bras. Ils s'étaient accordés à la perfection, comme le yin et le yang. Comme s'ils étaient complémentaires depuis toujours.

Soudain, une immense culpabilité l'envahit. Il n'avait pas

refait l'amour depuis seize mois. Qu'est-ce que cela signifiait ? Était-il en train d'oublier Anoush ? De laisser filer son souvenir ?

Bien sûr que non ! Il ne l'oublierait jamais.

Que lui arrivait-il, alors ?

Il n'aurait pas cru pouvoir désirer une autre femme, mais l'impensable s'était produit, et il ne regrettait rien. Il avait adoré faire l'amour à Jess. Il s'était enivré de son odeur, de son parfum, de sa chaleur. Il avait aimé sentir son souffle sur sa peau, l'entendre chuchoter son prénom. Égoïstement, il voulait conserver cette nuit comme un trésor précieux. Tout avait été si beau, si parfait...

Il se leva, se doucha et s'habilla rapidement.

La tentation d'aller frapper chez Jess le démangeait. Elle devait passer à l'hôpital ce matin-là et risquait de se sentir gênée. Or, il était toujours son superviseur, et ne voulait en aucun cas la mettre mal à l'aise.

Bizarre, tout de même. Au départ, il en avait presque voulu à son père de lui imposer une collaboratrice débutante. Mais une journée lui avait suffi pour changer d'avis, et à présent il ne pouvait plus se passer d'elle ! Quand elle n'était pas là, son sourire et sa chaleur lui manquaient. Entre eux, cela faisait tilt. Malgré sa peur de l'engagement, il avait envie d'aller plus loin, de voir où cela les mènerait.

Quel effet cela ferait-il de la regarder dormir toutes les nuits entre ses bras ?

Il n'osait même pas l'imaginer.

Jess n'avait pas fermé l'œil de la nuit.

Blottie contre Adam, elle avait attendu qu'il sombre dans le sommeil avant de se lever. Puis elle avait quitté sa chambre sur la pointe des pieds et était partie. Elle aurait voulu lui laisser un mot, mais que dire lorsqu'on vient de passer les plus beaux moments de sa vie ? Les phrases habituelles auraient semblé fades, inaptes à exprimer ses sentiments. Rien n'aurait pu décrire le tumulte qui la soulevait tout entière.

Comment avait-elle pu s'abandonner de la sorte ? Elle avait bêtement compliqué une situation qui l'était déjà bien assez !

Mais elle n'avait pas pu résister à la tentation. Elle avait eu besoin des caresses d'Adam, de ses baisers. Après des mois de tristesse et de solitude, elle avait retrouvé la lumière. Elle s'était sentie précieuse, elle qui avait d'habitude l'impression de ne servir à rien... Derrière la malade, elle restait une femme. Une femme qui avait encore de la tendresse et du plaisir à donner à un homme.

Cela étant, l'équation n'avait pas changé. Les relations amoureuses à long terme lui étaient désormais interdites, et plus jamais elle ne se laisserait aller !

Pour éviter un lendemain délicat, elle était venue très tôt à la clinique de peur qu'Adam n'ait l'idée de sonner chez elle.

En arrivant, elle avait fui le secteur des consultations externes où il devait travailler ce matin-là. Elle s'était cloîtrée dans le bureau médical pour boucler ses dossiers. Cela fait, elle était descendue boire un café, espérant se donner du courage pour l'épreuve qui l'attendait.

L'entretien avec Jack serait tout sauf une partie de plaisir. Elle espérait que son patron se montrerait compréhensif. Pourvu qu'il ne lui reproche pas d'avoir dissimulé son état de santé !

Quand elle osa enfin se présenter au cabinet directorial, Judy l'accueillit par un sourire lumineux. Elle dut se forcer pour le lui rendre.

— Je venais juste dire un petit mot à Jack. Il m'attend, je crois. A-t-il quelqu'un en consultation ?

— Non, et il vient de raccrocher le téléphone. Allez-y, Jess.

Elle se dirigea vers la porte du médecin, mais au moment de frapper elle hésita.

Et si cette démarche était une erreur ?

Allons, elle souhaitait aussi demander un avis médical. Il n'allait sûrement pas refuser !

Elle donna un petit coup sur le montant et, à l'invite de Jack, fit un pas à l'intérieur.

— Bonjour... Pouvez-vous me recevoir maintenant ?

Malgré tous ses efforts, sa voix avait tremblé. Jack dut sentir qu'il y avait un problème, car il décrocha son téléphone.

— Judy ? Je n'y suis pour personne. Merci, chérie... Venez donc, Jess.

Le cœur battant, elle referma la porte derrière elle et s'installa de l'autre côté du bureau, dans le fauteuil réservé aux patients.

La pièce n'avait pas changé, et pourtant elle avait l'impression de la voir pour la première fois. Incapable de regarder Jack, elle fixa au coin de la table la boule à neige posée où trônait le monstre du loch Ness.

C'était comme si la créature attendait qu'elle révèle son grand secret !

Elle ne s'était pas montrée honnête envers son employeur. Il aurait le droit de la renvoyer séance tenante quand il apprendrait la vérité. Il détenait la clé de son avenir, et elle avait peur. S'il lui demandait de partir, elle devrait quitter l'île.

Le regard scrutateur de Jack pesait sur elle. En bon médecin, il essayait sans doute de comprendre ce qui clochait.

— Jess... Qu'est-ce qui ne va pas ?

Sa voix douce et persuasive lui fit monter les larmes aux yeux. Elle s'obligea à relever la tête.

— Je vous ai... caché quelque chose. J'aurais dû vous en parler depuis longtemps.

Après avoir passé sa meilleure nuit depuis seize mois, Adam étudia avec enthousiasme la liste des consultations qui l'attendaient.

Il se sentait bien, même s'il pensait toujours à Jess.

Pourquoi refusait-elle de se confier à lui ? Estimait-elle qu'il avait assez de problèmes sans l'ennuyer avec les siens ? Ou alors, qu'il n'était pas fiable parce qu'il refusait l'aide d'un psychologue ?

Les deux épisodes dont elle avait été témoin étaient en

vérité assez rares. Il faisait peu de cauchemars, encore moins de crises d'angoisse. Mais elle n'était pas censée le savoir, alors quoi de plus normal qu'elle se pose des questions ?

Il pouvait difficilement lui reprocher son silence alors qu'il faisait la même chose. La veille, ils avaient dénudé leurs corps, mais pas leurs âmes.

Heureusement ! Où en seraient-ils ce matin s'ils avaient partagé leurs secrets ?

Sa fierté masculine en avait pris un coup lorsqu'elle avait été témoin par deux fois de ses faiblesses. Habitué à se gérer seul, il n'avait pas su accepter sa gentillesse et son empathie. Depuis la mort d'Anoush, il refusait qu'on s'inquiète pour lui. S'il n'avait pas pu parler à ses parents, comment faire confiance à des inconnus ?

Et pourtant, Jess était là. Elle s'inquiétait pour lui. Elle avait manifestement à cœur de l'aider, qu'il le veuille ou non, et malgré ses propres soucis, ceux qui l'empêchaient de s'épanouir comme elle le méritait...

Cette question resterait, sans réponse dans l'immédiat, car sa première patiente devait être là. Il ne pouvait pas prendre de retard.

— Cara O'Leary ! appela-t-il, sa liste en main, depuis la porte de la salle d'attente.

Une très jeune femme se leva pour entrer dans le cabinet. Pâle et les traits tirés, elle agrippait son sac à main comme une bouée de sauvetage. Elle s'avança vers le bureau et s'installa, tête basse, visiblement gênée.

— Qu'est-ce qui vous amène ? demanda-t-il d'un ton doux.

— Je suis... enceinte.

Elle n'avait pas l'air de s'en réjouir, mais il s'abstint de tout commentaire. Il découvrirait vite de quoi il retournait.

— De combien de semaines ?

— Cinq ou six.

— Aviez-vous prévu de tomber enceinte ?

La patiente eut l'air catastrophée.

— Oh non ! Je n'ai... pas le droit !

La devinant sur le point de fondre en larmes, il prit un mouchoir dans la boîte sur son bureau et le lui donna. Puis, pendant qu'elle tentait de se ressaisir, il lut son historique médical affiché sur l'écran de l'ordinateur.

Cara était déjà venue plusieurs fois, mais elle avait jusqu'alors toujours vu son père. Lui ne la connaissait pas, et il découvrit, consterné, que la malheureuse souffrait d'une insuffisance cardiaque congestive. Cette défaillance faisait suite à une cardiomyopathie, et on lui avait déjà remplacé une fois sa valve mitrale.

— Je viens de lire votre dossier, je comprends mieux, dit-il doucement. Depuis quand êtes-vous malade ?

— Depuis l'âge de douze ans, mais l'insuffisance cardiaque est arrivée plus tard, à dix-sept ans. Mon cardiologue m'a expliqué qu'une grossesse augmente le volume sanguin. Mon cœur ne pourra jamais pomper tout ce sang. Il va s'épuiser, et je risque de... De mourir, conclut Cara dans un sanglot.

Il sentit une profonde compassion l'envahir.

Affronter un tel problème si jeune, cela devait être difficile. Cara savait déjà qu'elle ne pourrait pas fonder de famille au sens normal du terme.

— Vous avez bien fait de venir, Cara. Je vois que vous êtes suivie par le Dr Porter à Glasgow. Aimeriez-vous que je lui demande son avis avant que vous preniez une décision définitive ?

— Non. Je connais sa réponse, on en a déjà parlé plusieurs fois. Il n'y a qu'une seule solution, malheureusement. Je suis déjà plus essoufflée que d'habitude. Je n'ai pas d'autre choix que d'avorter.

— D'habitude, je recommande une consultation psychologique, mais puisque le temps presse... En avez-vous discuté avec quelqu'un ? Votre petit ami vous soutient-il ?

— Oui. Nous sommes peut-être jeunes, mais nous avons la tête sur les épaules. Il est dans la salle d'attente, si vous voulez lui parler. Honnêtement, cela ne changera rien. Plus longtemps je reste enceinte…

— Plus vous courez de risques, je suis tout à fait d'accord. Et à propos de ces essoufflements, j'aimerais vous ausculter, si cela ne vous ennuie pas.

— Bien sûr que non, docteur.

Vu la situation, Adam écouta son cœur et ses poumons avec une vigilance toute particulière.

La tension de Cara était un peu élevée, et son pouls rapide, probablement sous l'effet du stress. Plus ennuyeux, sa capacité respiratoire mesurée par spirométrie – en soufflant dans un tube – s'avéra beaucoup trop basse.

Il s'efforça de masquer son inquiétude et sourit à la jeune femme.

— Je vais vous adresser au service d'obstétrique de votre hôpital référent, dit-il. L'intervention aura lieu sous la surveillance d'un cardiologue pour ménager votre cœur au maximum. Il ne faut pas vous inquiéter, Cara. Je vais vous garder ici en attendant qu'on vous transfère à Glasgow. Ainsi, vous ne risquerez absolument rien.

Cara eut l'air déçue, mais elle haussa les épaules.

— Je m'y attendais. Très bien, docteur. Faites pour le mieux.

— Comme il s'agit d'une urgence, vous devriez être à Glasgow d'ici ce soir. Cela vous laisse quand même le temps de vous organiser. Quelqu'un peut certainement vous préparer une petite valise.

— Oui, bien sûr, ma mère. Je vais lui téléphoner.

Il observa Cara, sincèrement désolé. La pauvre n'avait pas besoin de cette épreuve supplémentaire. Elle en avait déjà assez subi comme cela.

— Je vois que vous êtes courageuse et que vous aviez tout anticipé, Cara. Néanmoins, je vous conseille d'aller faire quelques séances chez un psychologue. Cela vous aidera.

— J'y penserai, docteur. Merci.

En dix minutes, tout fut réglé selon ses directives. Il

raccompagna Cara jusqu'à la salle d'attente, où elle retrouva son petit ami. Une infirmière accompagna alors le couple vers une chambre particulière, afin que la jeune femme soit placée en observation jusqu'à son départ pour Glasgow.

Adam reprit sa liste de patients en soupirant.

La journée aurait pu commencer mieux, mais c'était le lot de la médecine...

Au fond, il se sentait un peu gêné d'avoir recommandé un suivi psychologique à Cara. « Faites ce que je dis, pas ce que je fais » : les cordonniers sont toujours les plus mal chaussés.

Pourquoi tardait-il à se faire soigner ? Ne pouvait-il pas reconnaître enfin honnêtement qu'il souffrait de stress post-traumatique ? Tant qu'il se voilerait la face, il ne guérirait pas, Jess avait raison !

En entamant cette démarche, il retrouverait peut-être un sommeil digne de ce nom. Il aurait une chance de mettre en perspective l'embuscade dont il avait été le seul rescapé. La culpabilité d'avoir survécu disparaîtrait peut-être petit à petit.

Il n'avait que trop attendu. S'il voulait avancer, il devait se prendre en main.

L'annuaire médical de Glasgow était resté ouvert sur sa session. Il ouvrit la rubrique « Psychologues » et releva le numéro d'une thérapeute dont son père lui avait plusieurs fois chanté les louanges.

Jess serait fière de lui quand elle l'apprendrait. Il avait hâte de voir sa réaction !

10

Jess reposa délicatement sa tasse sur le bureau et adressa un sourire reconnaissant à Jack.

— Merci de m'avoir écoutée, Jack.

— Merci de m'avoir parlé, Jess. J'aurais voulu le savoir avant pour mieux vous aider, mais…

— J'ai eu peur de perdre le poste. Or, je voulais plus que tout revenir à Thorney Island.

— Je n'aurais jamais manqué à ma promesse pour un motif médical, au contraire ! Certaines personnes peut-être, mais pas moi.

— Je le sais maintenant. Je suis désolée. J'apprécie votre gentillesse à sa juste valeur, croyez-moi.

Jack avait procédé à un long examen clinique, au cours duquel le bras de droit de Jess s'était de nouveau contracté en position fléchie. Cette découverte avait poussé son patron à dire qu'il s'agissait probablement d'un trouble musculaire bénin, et non d'un début de Huntington.

Malgré cela, elle avait maintenu sa semaine de congé. Mieux vaut prévenir que guérir : elle voulait quand même voir son spécialiste à Glasgow pour être sûre du diagnostic.

S'il s'agissait vraiment d'un problème musculaire passager, elle pourrait en imputer la cause à la fatigue et au stress. Le stress d'un nouveau travail, de sa rencontre avec Adam… Rien n'aurait pu laisser présager qu'elle finirait la nuit précédente dans son lit !

Cet éloignement allait leur faire du bien à tous les deux. Peut-être regrettait-il d'être allé aussi loin avec elle. Il n'appréciait pas qu'elle se mêle de sa vie. Il serait probablement soulagé de ne plus la voir pendant quelques jours...

— En avez-vous parlé à Adam ? demanda Jack, comme s'il avait deviné ses pensées.

— Non. Je n'ai pas voulu l'inquiéter. Si cela se trouve, il n'y aura rien de spécial à dire. Je l'espère, en tout cas.

— Je comprends. La situation est délicate.

Elle soutint le regard de Jack et hocha la tête.

— Oui, c'est ça. Merci beaucoup, répéta-t-elle.

Son patron eut soudain l'air gêné.

— Judy et moi, nous vous apprécions beaucoup, Jess. Ce que vous m'avez expliqué restera bien sûr confidentiel, mais si vous avez besoin d'aide, nous serons là tous les deux.

Un coup bref frappé à la porte empêcha Jess de répondre. Elle s'ouvrit, et Adam passa la tête dans la pièce.

— Papa ? Je... Oh ! pardon, tu as du monde.

Pivotant vers le fauteuil du patient, il eut un sourire contrit.

— Excusez-moi, je... C'est toi, Jess ! s'exclama-t-il, le visage s'éclairant d'un large sourire.

Elle se leva vivement et empoigna son sac.

— Salut. Euh... On avait fini, justement. Je vous laisse.

— Ça va ?

— Très bien, merci.

Non, ça n'allait pas si bien que ça, mais le moment aurait été mal choisi pour le lui dire. Si elle se confiait à lui, elle devrait choisir l'endroit, le contexte, le préparer au choc. Pour l'instant, elle ne voulait pas gâcher le souvenir de leur merveilleuse nuit.

Sur un dernier sourire à Jack, elle gagna la porte.

Adam l'empêcha de sortir d'une main posée sur son bras.

— Je te cherchais justement, dit-il. J'ai une bonne nouvelle à t'annoncer. On pourrait dîner ensemble ce soir, si tu n'es pas encore partie pour Glasgow. Hier soir, tu ne m'as pas dit quand...

Une invitation à dîner. La mention de « hier soir ».

Qu'allait penser Jack ? Elle ne pouvait pas clarifier les choses. Jamais elle n'arriverait à dire qu'Adam et elle étaient seulement amis. Elle risquait de s'empêtrer dans ses explications, et Jack n'en croirait pas un mot.

— Je suis désolée, c'est impossible. Je m'en vais cet après-midi.

La perspective d'un dîner aurait dû la ravir, mais elle ne pouvait pas céder à la tentation. Même si elle brûlait de curiosité, elle devait tenir ses résolutions et prendre le ferry.

La douleur qu'elle lut dans le regard d'Adam l'étonna. Qu'il soit déçu, elle pouvait le comprendre, mais blessé ?

En aucun cas elle n'avait prévu ce scénario. Elle ne supportait pas l'idée de le faire souffrir !

Jack, témoin muet de la scène, les regardait avec curiosité.

La situation devenait intenable. Elle devait fuir vite, très vite.

Les larmes aux yeux, elle se dégagea doucement, contourna Adam et sortit.

— Alors, comme ça, vous étiez ensemble, hier soir ?

Adam se rapprocha du bureau, furieux. Il se planta devant son père et répondit à sa question par une autre.

— Que me cachez-vous, tous les deux ?

Il eut l'intuition d'un profond malaise lorsque son père baissa le nez sur ses dossiers.

— S'il y a un problème avec Jess, j'aimerais bien être mis au courant ! insista-t-il.

— Je ne peux rien te dire.

— Pourquoi ?

Son père releva la tête.

— C'est compliqué, Adam.

— C'est très simple, au contraire. Jess est mon amie, je

m'inquiète pour elle. Quoi qu'il se passe, il me semble anormal d'être tenu à l'écart.

L'air coupable, presque implorant de son père le sidéra. Puis, d'un coup, il comprit.

— Tu voudrais m'en parler, mais tu ne peux pas, s'exclama-t-il. Tu es tenu au secret professionnel.

— Voilà...

— Je pourrais aller à mon ordinateur et fouiller dans son dossier !

— Essaye, mais tu ne trouveras rien. Les informations personnelles des employés sont enregistrées dans ma session, verrouillées par un mot de passe. Même le secrétariat n'y a pas accès. Ils n'ont que les renseignements administratifs.

— Mais enfin, dis-moi au moins si c'est grave !

Son père exhala un profond soupir. Il lui avait rarement vu l'air si gêné.

— Discute avec Jess. Si quelqu'un doit te mettre au courant, ce sera elle et personne d'autre.

Perplexe, Adam se laissa tomber dans le fauteuil qu'elle venait à peine de quitter.

Elle devait avoir un problème lié à sa crampe musculaire, mais lequel ? Il avait beau chercher, il ne voyait pas. Hormis ce spasme, il la trouvait en excellente santé. Elle lui avait prouvé, au lit, qu'elle était en pleine forme !

Il regarda son père, secoua la tête et se leva.

— Merci beaucoup, papa. Je vais me débrouiller tout seul. Je finirai bien par trouver.

Jess était rentrée chez elle depuis à peine une demi-heure, mais elle trouvait déjà bizarre d'être en congé.

D'habitude, elle était toujours débordée. Elle soignait des patients, gérait des dossiers ou alors faisait des recherches. Jamais, depuis longtemps, elle ne s'était arrêtée plus de trois jours consécutifs !

À son retour de Glasgow, elle pourrait trouver mille manières de s'occuper intelligemment : lire, cuisiner, faire de la pâtisserie. Tout dépendrait de son moral à ce moment-là. Pour l'instant, sa vie était entre parenthèses, suspendue au prochain verdict du neurologue.

Quoi qu'il en soit, elle ne dirait rien à Adam. Elle avait pris sa décision sur le chemin du retour, après l'avoir croisé dans le bureau de Jack. Elle n'avait pas supporté son regard anxieux, son air chagriné. Puisqu'il tenait visiblement à elle – autant qu'elle tenait à lui –, elle ne pouvait pas lui infliger cette épreuve. Tout bien considéré, elle n'avait pas d'autre solution pour résoudre le problème : il fallait partir.

Mue par une impulsion, elle s'installa devant son ordinateur et consulta un site d'offres d'emploi réservées aux médecins.

Comme elle l'imaginait, il y en avait des dizaines en Écosse. Le reste du Royaume-Uni était également bien pourvu : on avait besoin de gens à Londres, à Brighton, dans le Dorset...

La question était de savoir qui voudrait bien l'engager avec sa maladie.

Balayant cette pensée négative, elle concentra ses recherches sur les services qui proposaient une spécialisation en obstétrique. Un mi-temps se libérait à Cardiff, au pays de Galles. Il y avait aussi un temps plein à Northampton. Elle pouvait postuler !

Si elle partait vite, Adam ne garderait que de bons souvenirs de leur relation. Avec un peu de chance, il l'oublierait et passerait à autre chose.

Au fond, cette crampe avait été salutaire. L'incident avait remis sa vie en perspective. Si son temps était compté, elle devait se concentrer sur ses rêves, accomplir ce qu'elle désirait *vraiment* tant qu'elle était en mesure de le faire.

Cette spécialisation en obstétrique n'allait pas venir toute seule, c'était à elle de se prendre en main !

Elle avait commis une erreur en s'installant à Thorney. Elle avait voulu renouer avec le passé, mais n'avait trouvé que des fantômes. Le bonheur perdu ne reviendrait pas. Elle devait regarder l'avenir, coûte que coûte.

La case Postuler clignotait en bleu sur l'écran face aux deux annonces.

Qu'avait-elle à perdre ?

Bien sûr, ce serait difficile de quitter Adam, Jack et Judy, mais c'était la meilleure solution. Elle n'aurait jamais dû laisser les Campbell entrer dans son cœur. En se rapprochant d'eux, elle avait commencé à vouloir l'impossible : une famille, de l'affection, et même – pourquoi le nier – de l'amour. Toutes des choses auxquelles elle n'avait pas droit. Poursuivre cette relation serait très égoïste de sa part, sachant à quel point Jack et Judy rêvaient d'avoir des petits-enfants. Elle refusait de les rendre malheureux, comme elle refusait de gâcher l'avenir d'Adam.

Les mains moites, elle reprit la souris de l'ordinateur et cliqua deux fois sur Postuler. Elle avait des crampes d'estomac en remplissant le dossier en ligne du premier hôpital, puis du second, mais elle s'obligea à poursuivre.

Son rêve était peut-être au bout !

Une heure plus tard, ayant terminé, elle se leva, s'étira et regarda par la fenêtre.

Son bateau ne quitterait Thorney qu'en milieu d'après-midi. D'ici là, elle n'allait pas rester cloîtrée dans son appartement mais s'offrir une balade sur le sentier du littoral. Un peu d'air pur et d'exercice lui feraient le plus grand bien et lui éviteraient de ruminer jusqu'à l'heure du départ.

Elle devait se montrer calme, raisonnable et sensée. Ainsi, elle aurait une chance de remettre sa vie en ordre.

Adam était épuisé. Il avait trouvé la semaine très longue, et même interminable.

Pendant ces sept jours, il avait beaucoup pensé à Jess. Il aurait voulu lui parler des malades, la retrouver à la cafétéria, rentrer à pied avec elle le soir. Il s'était senti perdu et, au bout du compte, avait dû admettre que ses sentiments pour elle dépassaient le stade amical.

Contre toute attente, il était tombé amoureux.

Il s'était dit et répété que leur relation serait professionnelle, mais les choses avaient évolué. Il avait franchi la ligne de l'affectif quand Jess avait volé à son secours en pleine nuit. Sa sollicitude et sa douceur avaient libéré en lui des émotions jusqu'alors soigneusement verrouillées. Elle avait agi par instinct, avec son cœur. Elle seule avait percé son armure et compris qu'il avait besoin d'aide.

Bien sûr, leur relation allait au-delà. Il ne se sentait pas dépendant de Jess mais, au contraire, avait l'impression que chacun était devenu une partie de l'autre. Il n'avait ressenti cette alchimie qu'une seule fois, avec Anoush. Jamais il n'aurait cru retrouver l'envie de faire sourire une femme aimée, de la rendre heureuse…

Après la disparition d'Anoush, il s'était promis de ne plus tomber amoureux. Comment avait-il survécu au chagrin de voir mourir la femme de sa vie ? Il se le demandait encore. Au début, il avait cru que la douleur allait l'engloutir tout entier. Mais les choses ne fonctionnent pas ainsi. La souffrance, il l'avait absorbée. Il vivait avec, en essayant de ne pas trop y penser.

Force était de reconnaître qu'il y pensait moins quand Jess était dans les parages. Il avait retrouvé l'envie de rire, de sourire, de plaisanter. Ces sensations étaient loin d'être désagréables, et il mesurait à présent à quel point elles lui avaient manqué. Depuis son retour d'Afghanistan, il avait vécu dans un épais brouillard où plus rien n'avait d'intérêt hormis le travail. Il avait fallu cette rencontre pour que les choses changent : Jess lui avait rendu la lumière.

Il n'était pas pressé de rejoindre l'obscurité.

Il avait su qu'elle était rentrée de Glasgow lorsqu'il avait de nouveau entendu marcher dans l'appartement du dessus. Depuis, il était allé frapper plusieurs fois à sa porte, sans succès. Il avait même craint qu'elle ne soit malade, alitée... Mais il l'avait entendue sortir plusieurs fois. Il avait alors dû admettre l'évidence : pour une raison incompréhensible, elle refusait de le voir.

Ce soir-là, malgré sa fatigue, il n'avait pas envie de rester seul. Il venait à peine de rentrer chez lui, et d'habitude il aimait se reposer au calme après une journée bien remplie. Mais pas cette fois. Là, il avait envie de voir du monde. Des têtes connues. Des gens qui l'aimaient et qu'il aimait.

Il reprit sa veste, quitta son immeuble et marcha d'un bon pas vers la maison de ses parents.

Comme d'habitude, il fut accueilli à bras ouverts.

Sa mère était en train de préparer des scones. Une délicieuse odeur flottait dans la cuisine.

Il s'assit à la grande table en bois et posa *la* question qui le taraudait depuis huit jours.

— Sais-tu ce qui se passe avec Jess ?

Après tout, sa mère n'était pas tenue au secret professionnel. Si elle savait quelque chose, rien ne l'empêcherait de le lui dire.

Elle s'essuya les mains sur son tablier et s'installa face à lui, un sourire entendu aux lèvres.

— Toi, tu l'aimes bien...

— Maman ! Inutile de jouer les marieuses !

— Pour une fois, je n'en avais pas l'intention. C'est une évidence, mon chéri. Quand tu es avec Jess, tu es plus gai, plus détendu. Je ne t'avais pas vu sourire comme ça depuis très longtemps et, crois-moi, cela fait plaisir.

— Je m'inquiète pour elle. Elle est partie à Glasgow précipitamment, et je ne l'ai pas vue depuis son retour. Papa refuse de me dire quoi que ce soit. Je voudrais juste savoir si elle va bien !

— Je suis sûre que oui, Adam.

Loin de le rassurer, cette réponse accentua son malaise. Il était fou d'inquiétude.

— Papa t'a-t-il mise dans la confidence ?

— Pas du tout. Même s'il l'avait voulu, tu sais bien qu'il est tenu au secret professionnel. Va voir Jess, Adam. Pose-lui directement la question. C'est une fille bien, honnête et franche. Je suis sûre qu'elle te donnera des explications.

— J'ai frappé plusieurs fois chez elle, mais elle ne me répond pas !

— Elle est sans doute bien occupée. Apparemment, elle n'avait pas posé une semaine depuis des lustres. D'après ton père, elle a demandé ce congé pour raisons personnelles. Il lui restait peut-être des affaires en suspens à Glasgow, ou une maison à vendre, que sais-je ?

Il se frotta le menton, pensif.

Et si sa mère avait raison ? Il faisait peut-être une montagne d'un rien...

— J'ai une idée, mon chéri. Quand tu reverras Jess à l'hôpital, invite-la donc à dîner. Tu pourrais lui préparer les délicieuses lasagnes dont tu as le secret.

Sa mère se leva, retira ses scones du four et les mit à refroidir sur une grille. Puis elle revint vers lui et lui tapota l'épaule.

— Si Jess a quelque chose à te dire, elle le fera quand elle sera prête.

— Je risque d'attendre longtemps !

— Tout dépend du problème... *Si* problème il y a. Ne te mets pas martel en tête inutilement.

C'était un bon conseil, la seule chose raisonnable à faire. Il n'en restait pas moins que Jess avait paniqué quand son bras avait sauté. Ou alors...

Avait-elle été gênée d'avoir eu cette faiblesse devant lui, son superviseur ?

Mais oui, c'était sûrement l'explication ! Et comme elle était partie juste après, il s'était fait des films pendant huit jours !

— Merci, maman, dit-il. Tu es la voix de la sagesse, comme toujours.

Quand Jess reprendrait le travail, il ne la harcèlerait pas

de questions. Il la laisserait venir à lui. Ils reprendraient leurs habitudes, et tout rentrerait dans l'ordre.

Il espérait juste trouver le courage de lui avouer à quel point elle lui avait manqué.

11

Contre toute attente, Jess avait passé une bonne semaine.

Le neurologue de Glasgow l'avait hospitalisée deux jours pour des examens. Comme il l'avait prédit, les résultats étaient rassurants : elle souffrait d'un problème musculaire bénin, qui survient parfois quand on maintient le bras trop longtemps dans la même position.

Elle était revenue gonflée à bloc, d'autant qu'elle n'avait plus eu le moindre spasme. Elle avait alors beaucoup marché pour se fatiguer, guettant le moindre signe de faiblesse physique, mais chaque fois ses balades en bord de mer l'avaient ragaillardie.

Enfin, un bonheur n'arrivant jamais seul, l'hôpital de Cardiff avait répondu à sa candidature. Le chef du service d'obstétrique l'invitait à se présenter pour un entretien à la date qui lui conviendrait, le plus tôt possible, car la formation du nouveau chef de clinique devait commencer sous peu !

Si elle avait la chance d'être prise, Thorney Island ne serait bientôt plus qu'un souvenir.

Ce départ serait un crève-cœur, et elle appréhendait déjà le moment où elle devrait quitter Adam. Se sentirait-il trahi ? Abandonné ? Que diraient Jack et Judy ?

Heureusement, elle n'avait pas travaillé longtemps sur l'île. Avec un peu de chance, ils comprendraient qu'elle ait décidé enfin de son orientation de carrière. Peut-être même la soutiendraient-ils dans ce choix.

En revanche, Adam lui manquerait terriblement. Elle devrait s'obliger à ne plus penser à lui. Mais comment faire, quand la simple idée de le revoir la propulsait sur un petit nuage ?

Elle s'était fixé comme règle de ne plus le fréquenter en dehors de l'hôpital, et elle avait réussi. Toute la semaine, elle lui avait barré sa porte. Sachant qu'à un moment ou un autre elle aurait fini par céder, elle n'avait pas voulu prendre de risque et avait passé ses soirées à l'extérieur, au cinéma ou dans les salons de thé locaux.

Comme elle était impatiente de le revoir ! Si ces retrouvailles se déroulaient normalement, elle pourrait même accepter son invitation. Ce serait sans doute la première et la dernière fois. Elle lui devait au moins ce dîner d'adieu.

En d'autres circonstances, ils auraient pu avoir un avenir commun, mais là, le jeu n'en valait pas la chandelle. Elle refusait qu'il la voie mourir à petit feu quand les symptômes de Huntington apparaîtraient.

Cette maladie n'était pas une crise cardiaque. La déchéance physique prenait des mois, souvent même plusieurs années. Quelle sorte de femme imposerait cette épreuve à son partenaire ? Adam méritait d'avoir une vie normale. Une compagne en pleine forme. Des enfants. Elle n'aurait pas l'égoïsme de l'en priver.

Pour toutes ces raisons, elle ne devait pas différer son départ plus longtemps. Elle allait lui annoncer que ce nouveau projet de carrière mettait par la force des choses un terme à leur relation. Ainsi, ils pourraient travailler ensemble sur des bases saines jusqu'à la fin et rester amis… Du moins l'espérait-elle.

Plus elle y pensait, plus elle détestait cette spirale du silence. Elle tenait beaucoup trop à Adam pour l'éviter plus longtemps. On ne ment pas à l'homme de ses rêves. Ou alors, le moins possible, quand on ne peut pas tout dire.

Adam était en train de pester contre l'ordinateur du bureau médical quand il entendit quelqu'un marcher derrière lui.

Ce pas léger, dynamique, il l'aurait reconnu entre mille...

Il pivota sur sa chaise.

— Jess ! Te voilà enfin ! As-tu passé une bonne semaine ?

En cinq secondes, son cœur s'était emballé, sa poitrine s'était gonflée de joie. Il dut s'empêcher de bondir vers elle pour la prendre dans ses bras et l'étreindre de toutes ses forces.

— Coucou ! C'était sympa. J'ai fait plein de choses. Ça va, toi ?

— Oui, très bien, mais je commençais à me faire du souci. Pourquoi ne m'as-tu pas ouvert quand j'ai frappé chez toi ?

— Hum... J'avais décidé de faire une semaine complètement *off*, sans parler à personne. Je voulais me poser un peu. Excuse-moi de t'avoir inquiété.

— On ne s'est pas reparlé depuis... Enfin, tu sais.

Elle eut un petit sourire gêné.

— On discutera plus tard, si tu veux. Quand tu auras un moment de libre, j'aimerais te dire quelque chose.

— Bien sûr ! Je dois remplir ce dossier. Ensuite, j'ai deux rendez-vous. On pourrait recevoir les patients ensemble, si tu veux. On trouvera le temps de parler ce midi. Moi aussi, j'ai quelque chose à te dire. Quelque chose d'important.

— D'accord. Super...

— Jess, tu es sûre que ça va ?

Il s'en voulait d'insister, mais il *fallait* que tout aille bien. Il ne pourrait pas supporter qu'elle ait un problème grave.

Se penchant, elle lui pressa l'épaule.

— Sûre et certaine. Je t'expliquerai. Pour le moment, il faut que j'aille voir ton père.

— Ah bon ? Il y a un souci ?

Elle secoua la tête en souriant. Elle semblait heureuse, détendue. Comme si quelqu'un avait retiré un poids de ses frêles épaules...

— Non, tout baigne ! Je veux juste faire le point avec lui. C'est normal, après sept jours d'absence.

— Euh… Oui, évidemment.

Il la regarda partir, le cœur en fête.

Maintenant qu'elle était là, l'univers s'était remis en place. Il devait déstresser et savourer la joie de son retour.

En peu de temps, il était devenu totalement accro à sa présence. Il se sentait mieux dès qu'elle se trouvait près de lui.

Voilà pourquoi il avait eu du mal à ne pas camper devant sa porte depuis son retour : il s'était obligé à la laisser tranquille puisqu'elle en avait besoin. Il avait mis ses désirs entre parenthèses sachant que, au bout du compte, ils finiraient par se retrouver. Et maintenant, il brûlait d'impatience à l'idée de lui révéler la décision qu'il avait prise de se faire soigner.

Encore quelques personnes à voir, et ils pourraient enfin se retrouver seuls…

Finalement, il dut assurer le premier rendez-vous sans Jess : elle n'était pas sortie du bureau de son père lorsque arriva l'heure d'accueillir M. Jones. Ce dernier venait pour des douleurs gastriques, mais il s'avéra finalement qu'il souffrait d'une angine de poitrine. Il fallut organiser un transfert rapide vers le continent, et la consultation dura donc plus longtemps que prévu.

Lorsqu'il sortit de sa salle, Jess l'attendait dans le couloir.

Il lui sourit, impatient de retravailler avec elle.

Cette journée allait peut-être enfin prendre une meilleure tournure.

Jess eut un sourire heureux lorsque Adam l'invita à le précéder dans son cabinet. Comme il s'installait à son bureau pour lire le dossier suivant, elle ne put s'empêcher de le détailler.

Il était extrêmement séduisant en jean noir et chemise gris clair. Rien qu'à le regarder, elle se sentait déjà un peu mieux.

La conversation qu'elle venait d'avoir avec Jack l'avait stressée, et surtout chagrinée. Bien sûr, son patron s'était montré formidable. Il avait parfaitement compris qu'elle veuille démissionner pour donner une nouvelle orientation à sa carrière. Il lui avait même proposé de revenir à Thorney après sa spécialisation, soulignant que l'hôpital aurait toujours besoin d'un gynécologue obstétricien.

Pauvre Jack. Il ne pouvait pas imaginer qu'elle ne reviendrait jamais, ni deviner pourquoi.

— ... et il souffre d'une brûlure au bras. Veux-tu aller le chercher ?

— Hum ! oui..., bafouilla-t-elle, gênée d'avoir été distraite.

Le travail reprenait ses droits. Elle avait un patient à accueillir.

Âgé de soixante-cinq ans, George Harris attendait depuis plus d'une heure, le bras enveloppé dans de la glace. Jess lui adressa un sourire compatissant et l'accompagna vers la salle de consultation.

— Bonjour, monsieur Harris, dit Adam d'un ton affable. Excusez-moi pour le retard, mais malheureusement j'ai eu une urgence. Je vous présente le Dr Young, qui travaille avec moi.

— Enchanté, madame, dit le retraité en souriant. J'ai deux docteurs pour le prix d'un, aujourd'hui !

— Racontez-nous ce qui vous est arrivé, suggéra Adam.

— Pas grand-chose, en fait. C'est une petite brûlure, mais votre père me répète toujours de faire attention à cause de mon diabète. Il dit que les plaies cicatrisent mal et qu'il vaut mieux les montrer... Vous lui ressemblez, docteur. Vous avez ses yeux.

Adam eut un sourire un peu gêné qui fit fondre Jess.

Voilà ce qui arrive lorsqu'on habite une île minuscule. Tout le monde connaît tout le monde !

— Quand vous êtes-vous brûlé ? demanda-t-elle.

— Vers 6 heures ce matin. Je me lève tôt pour m'occuper de ma femme. Je suis son aidant. La pauvre a une maladie neurologique, et depuis quelques mois elle est en fauteuil.

Jess se raidit involontairement.

Quel enfer pour ce couple ! Que devait ressentir ce malheureux homme en voyant sa femme décliner jour après jour ? Voilà un scénario qu'elle refuserait catégoriquement pour elle-même...

Elle s'efforça au calme pour inviter le blessé à s'asseoir sur la table d'examen. Dès qu'il fut installé, Adam lui retira son bandage de fortune, tandis qu'elle positionnait la lampe au-dessus du bras meurtri.

— Comment est-ce arrivé ? demanda-t-elle.

— J'avais commencé à préparer le porridge de Sally. Je lui en fais toujours, parce que c'est facile à avaler… En même temps, je lui monte une bouillotte d'eau chaude, ça lui fait du bien. Quand j'ai voulu enlever la bouilloire du feu, mon bras… Je ne sais pas trop comment l'expliquer… On aurait dit que je n'avais plus de forces. J'ai réussi à ne pas la lâcher, mais l'eau chaude m'a éclaboussé, et ça m'a fait… très mal.

M. Harris fit une petite grimace puis reprit son récit.

— J'avoue avoir dit quelques gros mots, mais personne n'était là pour les entendre, heureusement ! Quoi qu'il en soit, j'ai fait ce qu'on préconise dans ces cas-là. J'ai laissé couler de l'eau pas trop froide sur mon bras pendant dix minutes. Mais la douleur était vraiment insupportable, et la peau n'avait pas un bel aspect, alors j'ai préféré venir.

— Vous avez eu raison, lui assura Adam. Qui s'occupe de votre femme en ce moment ?

— Mes voisins. Ils sont adorables, j'ai de la chance de les avoir. En fait, j'ai beaucoup d'amis qui m'aident à prendre soin de Sally.

— C'est une très bonne chose, commenta Jess. La vie des aidants est souvent difficile. Cela fait du bien de pouvoir compter sur son entourage.

— Oh ! je ne me plains pas, au contraire ! assura M. Harris. Il m'arrive d'être fatigué, c'est vrai, mais j'adore ma femme. Je ferais n'importe quoi pour elle. Elle a besoin de moi, et ma présence lui fait du bien. Savoir que je lui facilite la vie, que j'arrive encore à la faire sourire… C'est la meilleure des récompenses. Nous sommes plus proches aujourd'hui que nous ne l'avons jamais été. Si on avait pu, on aurait choisi une autre vieillesse, mais on gère. L'essentiel, c'est de faire au mieux, non ?

— Absolument. Vous avez tout à fait raison, balbutia-t-elle.

Le discours de M. Harris l'émouvait aux larmes. Les hommes

tels que lui ne couraient pas les rues, elle était bien placée pour le savoir.

Avant même de connaître son diagnostic de Huntington, elle avait toujours éprouvé un immense respect pour les aidants, ces personnes douées d'une grande force de caractère et d'une abnégation sans limites. M. Harris n'était plus tout jeune. Il avait lui-même des ennuis de santé. Et pourtant, il se dévouait avec amour et sans se plaindre.

— Bien ! Occupons-nous de cette brûlure, dit Adam.

Voyant qu'il lui lançait un regard curieux, elle inspira profondément pour se ressaisir.

Elle avait un métier. Elle ne pouvait pas fondre en larmes dès qu'une situation la touchait d'un peu trop près !

Adam et elle examinèrent le bras avec attention. Ils tombèrent d'accord pour dire que les brûlures étaient superficielles, et que M. Harris avait eu un bon réflexe en mettant le bras sous un robinet. Néanmoins, les risques d'infection dus au diabète n'étaient pas négligeables, et il fallait en tenir compte.

Après avoir appliqué une pommade antiseptique sur les lésions, Adam plaça une gaze stérile et un bandage sur la zone.

— Je vais vous faire une ordonnance pour qu'une infirmière vienne changer ce pansement à domicile tous les deux jours, annonça-t-il. Mais si vous avez de la fièvre ou des douleurs trop intenses, revenez nous voir immédiatement.

— Bien sûr, docteur. L'essentiel, c'est que je puisse rentrer chez moi. Merci beaucoup.

— Essayez de ne rien porter avec ce bras pendant quelques jours si possible. Et faites bien attention à vous.

— Promis, docteur.

Après le départ de M. Harris, Jess commença à nettoyer la table et le matériel comme si elle était sous pilote automatique.

Adam se rapprocha en fronçant les sourcils.

— Ça va ?

— Mais oui, très bien.

— Tu m'as eu l'air un peu... émue par cette histoire.

Elle eut un rire qui sonnait faux et haussa les épaules, l'air faussement désinvolte.

— On le serait à moins, non ? Au lieu de profiter de sa retraite, M. Harris a une vie très compliquée.

— Il aime sa femme, tout simplement.

— Ça doit quand même être dur pour lui. Moi, je ne pourrais pas... Bon, je vais jeter tout ça.

Elle empoigna son sac-poubelle et sortit, direction le local de recyclage.

Attablée à la cafétéria, Jess avait du mal à boire son thé.

Elle n'avait pas eu le courage de demander à Adam s'il serait capable de soigner une épouse handicapée. Elle avait eu trop peur de sa réponse.

Elle était sur le point de lui annoncer sa démission. Si Jack avait accepté la chose de bonne grâce, cette entrevue-là risquait malheureusement d'être plus difficile. Elle se doutait qu'Adam n'allait pas bien réagir.

Cette nuit passée chez lui avait été une erreur monumentale. Elle devait briser le lien, tout en lui faisant comprendre qu'elle le respectait et qu'elle attachait une grande importance à leur amitié. La croirait-il ?

Quoi qu'il en soit, elle ne pouvait pas lui dire la vérité. Elle le connaissait suffisamment pour savoir que, passé le premier choc, il la soutiendrait face à la maladie de Huntington. Il se retrouverait prisonnier de sa propre gentillesse et de son empathie sans faille. Or, elle ne voulait pas qu'il tombe dans ce piège.

Elle le soupçonnait de partager ses sentiments. Elle *sentait* qu'il était amoureux d'elle. Elle l'avait compris un peu plus tôt, lorsqu'ils s'étaient retrouvés dans le bureau des médecins. Mais au lieu de la réjouir, cette découverte l'avait rendue encore plus malheureuse.

De son côté, qu'avait-il à lui dire ? Il avait mentionné « quelque chose d'important » et avait souri, comme s'il s'agissait d'une bonne nouvelle. Peut-être devrait-elle le laisser parler d'abord. Ainsi, ils auraient moins de temps pour s'attarder sur le reste...

Alors qu'elle scrutait l'entrée, un peu inquiète, elle le vit franchir les grandes portes d'un pas décidé. Puis leurs regards se croisèrent, et elle lui sourit.

Quel bonheur c'était de le revoir ! Si seulement ils avaient pu faire un bout de chemin ensemble !

Jusqu'à son arrivée, elle n'avait jamais entendu parler d'Adam Campbell, mais il n'avait fallu que quelques jours – ou plutôt quelques heures – pour que leurs destins s'imbriquent et qu'elle rêve d'un avenir meilleur avec lui.

Ils auraient pu s'installer ensemble. Avoir une maison, des enfants, un chien. Partager de longues balades sur la plage, des moments tendres et complices. Cela faisait très mal d'admettre que la vie en avait décidé autrement.

Mais elle n'était pas venue à Thorney pour entamer une relation amoureuse avec le fils du patron. Elle espérait qu'Adam se montrerait raisonnable. D'ailleurs, puisqu'elle partait, il n'aurait pas le choix. Le temps passant, le souvenir de leur relation s'estomperait. Elle lui souhaitait de rencontrer quelqu'un d'autre, même si cette idée la rendait folle de chagrin.

Elle continua de sourire tandis qu'il s'approchait, et finalement il posa près d'elle une des tablettes tactiles de la clinique.

— Je te la confie, je vais juste me chercher un petit truc, dit-il. Veux-tu quelque chose ?

— Non, merci. J'ai grignoté un sandwich, ça me suffit.

— D'accord. À tout de suite.

Elle le regarda s'éloigner, nerveuse.

Chaque seconde qui passait rendait l'attente encore plus insupportable. Mais tout serait bientôt fini, et alors elle pourrait tourner la page.

Lorsque Adam revint, il portait un café, un yaourt et une banane.

— J'espère que tu n'es pas au régime ? demanda-t-elle en souriant.

— Non, rassure-toi, mais je n'ai pas très faim.

— Comment vas-tu depuis la semaine dernière ?

— Bien. Très bien, même. Et toi ? La dernière fois qu'on s'est vus, c'était… chez moi.

Elle savait parfaitement ce qu'impliquait cette remarque : il voulait faire le point sur leur relation.

C'était le moment de vérité !

Les mots se bloquèrent dans sa gorge. Elle avait répété son discours des dizaines de fois, mais se trouver là, face à Adam, lui enlevait tout courage. Elle n'avait plus la force de parler.

— Tout va bien aussi. Je suis impatiente d'entendre ce que tu as à me dire. Quelle est cette grande nouvelle ?

Elle se penchait en avant et souriait, mais était glacée intérieurement.

Adam ne parut pas s'en rendre compte, il la regarda d'un air radieux.

— Je t'ai écoutée, figure-toi. J'ai trouvé une psychologue, et je suis allé la voir la semaine dernière. Nous avons fait une session de deux heures. Le début de ma thérapie.

Elle le fixa, incrédule.

— Quoi ?

Immensément soulagée, elle lui pressa la main par-dessus la table.

Cette nouvelle changeait tout. Le stress post-traumatique exige une prise en charge professionnelle. Elle pourrait partir l'esprit tranquille en sachant qu'il allait enfin être soigné. Quelle joie de savoir qu'il avait franchi le pas !

— Adam, c'est génial ! Je suis très, très contente. Qu'est-ce qui t'a décidé, finalement ?

— Inutile de te mentir, j'ai beaucoup hésité. J'avais peur de me confier à un psychologue, et j'étais persuadé que cela ne servirait pas à grand-chose. Et puis, j'ai réfléchi à notre conversation. J'ai compris que la politique de l'autruche ne me mènerait nulle part. J'avais beau faire, le problème revenait toujours. J'ai enfin reconnu que cela me gênait et que je devais réagir.

— Bravo ! je suis fière de toi ! J'ai conscience que tu as fait un gros effort.

Il opina en souriant.

— C'est vrai, mais au bout d'une séance j'ai déjà compris que le jeu en valait la chandelle. La discussion avec le Dr Thorpe a été… libératrice. Et maintenant, j'ai vraiment envie de te dire ce qui m'est arrivé.

Elle crut que son cœur s'arrêtait de battre.

Elle voulait le savoir, bien sûr, mais elle avait peur. Elle s'était promis de se détacher d'Adam. Le moment était mal choisi pour écouter des confidences qui risquaient de les lier davantage.

— Ce n'est pas la peine. Je veux dire… Je comprendrais très bien que tu ne sois pas prêt, bafouilla-t-elle.

— Mais je le suis, et j'en ai besoin ! Tu as été géniale avec moi. Je te dois la vérité.

— Adam, je…

À son tour, il lui pressa la main.

Médusée par l'intensité de son regard, elle cessa de protester.

Elle ne pouvait pas lui refuser le soulagement d'un récit libérateur. D'autant que, en toute honnêteté, son histoire l'intriguait depuis le début.

— Je travaillais dans un dispensaire de Kaboul pour une organisation humanitaire, commença-t-il. À un moment, l'armée américaine a décidé de nous déplacer vers un hôpital de campagne plus sûr. Le jour de… l'accident, nous sommes partis en convoi de plusieurs camions, mais nous sommes tombés dans une embuscade à quelques kilomètres de la sortie de Kaboul.

Elle crispa les poings involontairement.

— Une embuscade ?

— Le camion de tête a explosé sur une mine. Deux membres

de mon équipe ont été tués. Celui dans lequel je me trouvais a été visé par une grenade qui est tombée sur la route.

Adam la regardait sans la voir. C'était comme s'il était reparti là-bas en Afghanistan pour revivre ce scénario terrible. Et elle le dévisageait, choquée à l'extrême, car elle ne s'était pas attendue à ce genre de confidence. Le danger qu'il avait encouru la glaçait d'effroi !

— Adam…

Il leva la main, signe qu'elle ne devait pas l'interrompre. Il avait besoin d'achever son récit, même s'il peinait visiblement à trouver les mots.

— Alors que je roulais en zigzaguant pour éviter les grenades, nous avons été pris sous des tirs de mitraillettes. Ça tirait de partout, c'était infernal… Les bouteilles d'oxygène que nous transportions risquaient d'exploser, alors on est sortis comme on a pu. J'étais blessé à la jambe, sans savoir au juste si c'était grave. L'artère fémorale n'était pas touchée, c'était déjà ça… Il y avait de gros rochers en bord de route, on s'est dit qu'on allait essayer de se cacher derrière…

— « On » ? Avec qui voyageais-tu ?

— Une infirmière pédiatrique afghane. En zone de guerre, les enfants sont hélas ! des victimes collatérales. Anoush était arrivée à la base le même jour que moi.

« Anoush. » Adam avait crié son nom pendant sa crise d'angoisse, mais elle n'avait même pas imaginé qu'il pouvait s'agir d'une femme !

— Quand tu travailles à l'étranger dans des conditions difficiles, tes collègues deviennent ta famille, expliqua Adam. Un univers auquel tu te raccroches. Les gens nouent des relations intenses en quelques semaines. Ça a été le cas pour Anoush et moi. On est devenus très proches.

Il baissa la tête sur ses mains crispées, puis, de nouveau, la regarda droit dans les yeux.

Je suis tombé amoureux, reprit-il. J'ignore si mes sentiments étaient influencés par les circonstances ou pas, et je ne le saurai jamais. Toujours est-il que, à ce moment-là, notre histoire me paraissait solide et forte. On vivait dans notre bulle, j'avais perdu la notion du monde extérieur. Rapidement, je n'ai pas pu imaginer la vie sans elle. Je lui ai demandé de m'épouser.

Le souffle de Jess se bloqua dans sa gorge.

Adam avait connu une grande histoire d'amour !

Bien sûr. Il était beau, intelligent, adorable. Il devait avoir toutes les femmes à ses pieds !

Elle s'efforça de réprimer la jalousie qui la submergeait.

Adam ne lui appartenait pas. Elle n'avait rien à lui offrir. Simplement, l'idée qu'il ait pu aimer quelqu'un d'autre lui brisait le cœur. Elle se sentait si mal qu'elle avait envie de pleurer.

— Et ensuite ? demanda-t-elle.

— Juste avant qu'on parte en convoi, Anoush m'a dit oui. Elle acceptait de m'épouser, j'étais le plus heureux des hommes. Jusqu'alors, je n'avais rien dit à mes parents de notre histoire. Ils auraient peut-être pensé que tout était trop rapide, et à distance les choses sont toujours difficiles à expliquer. Quoi qu'il en soit, comme j'allais me marier, cela changeait tout. Je devais les appeler le soir même pour leur annoncer la grande nouvelle. J'attendais qu'on soit arrivés dans le nouvel hôpital, où les communications seraient meilleures.

— Mais vous n'êtes jamais arrivés…

— Non.

Elle eut mal de voir les larmes briller dans son beau regard azur. Elle aurait voulu effacer sa peine, la prendre à son compte.

— Adam ? Qu'est-il arrivé à Anoush ?

Il cligna des paupières, renifla et but quelques gorgées de café.

— Le camion avait basculé sur le côté. Le plancher nous servait de paravent, mais le risque d'explosion était maximal, et on devait bouger. J'ai demandé à Anoush si elle pensait pouvoir courir vite, mais elle m'a répondu qu'elle s'inquiétait pour ma jambe. Je ne m'étais pas rendu compte que je saignais beaucoup. L'adrénaline est un antalgique puissant, comme tu le sais… Finalement, j'ai pris Anoush par la main. Je lui ai dit que j'allais compter jusqu'à 3, et que nous foncerions pour nous mettre à l'abri. Que nous pouvions le faire. Je n'oublierai jamais son regard, juste avant qu'on s'élance. On aurait dit qu'elle me regardait pour la dernière fois…

Jess agrippa le bord de sa chaise tellement fort qu'elle eut mal aux mains. Elle vivait la terreur d'Adam par procuration et, en même temps, était soulagée qu'il soit là avec elle, vivant et en bonne santé.

— Il y avait une dizaine de mètres jusqu'aux rochers, et je pensais qu'on allait y arriver. Notre escorte ripostait aux tirs, nous, on courait… Et tout à coup, ma jambe a flanché. J'ai lâché la main d'Anoush. Au lieu de foncer, elle s'est arrêtée. Elle s'est retournée vers moi… Et je l'ai vue prendre une balle en plein cœur. J'ai rampé vers elle comme j'ai pu, je l'ai serrée contre moi… Elle est morte dans mes bras.

Jess se mordit la lèvre jusqu'au sang.

Elle avait froid et se sentait mal. Les questions se bousculaient dans sa tête. Comment aurait-elle réagi à la place d'Adam ? Qu'aurait-elle fait ?

— J'ai cru que ce moment durait une éternité, mais quelques secondes plus tard, un soldat m'a attrapé par l'épaule, expliqua-t-il. Le type me criait de lâcher Anoush. Il disait que les militaires reviendraient la chercher plus tard, qu'on ne pouvait plus rien faire… Il m'a traîné jusqu'aux rochers. Là, j'ai perdu connaissance.

Il la regarda intensément, puis ajouta :

— Si je n'avais pas trébuché, j'aurais reçu cette balle. C'est moi qui aurais dû être tué !

— Ne dis pas ça, Adam…

— Mais je ne peux pas m'empêcher d'y penser ! Tout est ma faute, Jess : c'est moi qui ai décidé de courir. C'est moi qui suis tombé. Anoush est morte à cause de moi !

Elle captura ses mains et eut l'impression de tenir deux blocs de glace. Elle les frictionna doucement, pour les réchauffer et surtout le réconforter.

— Ce n'était pas ta faute, protesta-t-elle. Tu n'as pas donné l'ordre d'attaquer le convoi. Tu n'as pas appuyé sur la détente. Tu essayais de sauver la vie d'Anoush, et elle le savait, parce qu'elle t'aimait. Voilà comment il faut raisonner.

Adam entremêla les doigts aux siens et eut un sourire triste.

— Tu es vraiment très, très gentille.

— Non, je ne suis pas « gentille ». Je te rappelle juste une évidence. Tu as été présent pour la femme que tu aimais jusqu'à son dernier souffle. N'oublie jamais ça.

À ces mots, il parut émerger d'un profond cauchemar. Il sursauta, puis tendit la main et lui effleura la joue.

— Tu pleures !

— Ah bon ? murmura-t-elle, gênée. Pardon, je suis désolée. Je dois avoir l'air ridicule.

— Tu n'as pas l'air ridicule. Tu es très belle.

Médusée, elle le dévisagea. Il la trouvait *belle* ? Le souvenir de cette phrase resterait éternellement gravé en elle. Jamais elle n'oublierait l'inflexion caressante de sa voix...

Un nouveau sourire, chaleureux celui-là, lui fit comprendre qu'Adam était revenu au présent.

— Merci de m'avoir écouté, Jess. Depuis mon retour, tu es la seule personne à avoir vu clair en moi. La seule que j'ai autorisée à m'approcher d'aussi près. Grâce à toi, j'essaye enfin d'avancer. J'envisage même de raconter à mes parents ce qui s'est passé à Kaboul. Je me sens mieux, plus optimiste, prêt à regarder l'avenir. Crois-moi, tu y es pour beaucoup.

Gênée, elle déglutit péniblement.

Que répondre ? Comment lui annoncer qu'elle allait partir après avoir entendu cela, alors qu'il affichait un air heureux qu'elle ne lui avait jamais vu ? Elle allait tout gâcher.

D'un autre côté, elle n'avait pas le choix. S'il commençait à rêver d'un avenir commun, elle devrait l'arrêter tout de suite.

Ils avaient fait l'amour ensemble. Il avait paru très heureux de la revoir. Il avait dit qu'il la trouvait belle. Tous ces signes ne trompaient pas, et mieux valait le faire souffrir un peu maintenant que beaucoup, plus tard.

— Je suis très contente pour toi, dit-elle d'un ton doux. Merci de m'avoir fait suffisamment confiance pour me raconter ton histoire. C'est un honneur d'être ton amie.

— Non, merci à toi ! Rien n'aurait été possible sans ton soutien et...

— Je vais partir, Adam.

Voilà, les mots étaient lâchés. Elle aurait voulu les enrober, adoucir le choc, mais elle n'avait pas pu. Elle souffrait trop pour arriver à mettre les formes dans un moment pareil.

— Comment ça ? Pour aller où ? Tu viens à peine de revenir !

L'air choqué d'Adam faillit faire fondre ses bonnes résolutions. Elle se gendarma pour continuer.

— J'aurais dû mieux réfléchir à mon plan de carrière avant de prendre un poste ici. J'en ai déjà discuté avec ton père. L'hôpital de Cardiff m'accepte pour une spécialisation en obstétrique, alors je vais y aller.

— Tu... reviendras ?

— Non, ce n'est pas prévu.

— Mais... On est si proches, toi et moi !

La réaction d'Adam lui noua la gorge. Surtout, ne pas pleurer. Ne pas lui montrer qu'elle était malheureuse. Il ne devrait jamais savoir à quel point elle l'aimait.

— On n'aurait jamais dû se rapprocher autant, balbutia-t-elle. Je suis désolée. C'est brutal, et je sais que tu ne t'y attendais pas. Mais dis-toi que si je t'ai permis d'avancer, tu m'as aidée aussi. J'ai beaucoup réfléchi pendant cette semaine de congé. J'ai compris que je n'atteindrais jamais mes objectifs personnels et professionnels en restant ici. C'est dommage, mais c'est comme ça.

— Je vois... J'étais pourtant sûr qu'il y avait quelque chose de spécial entre nous. Me suis-je trompé ?

Elle se mordit la lèvre jusqu'au sang. Elle n'en pouvait plus de mentir.

— Je ne cherche pas une… une relation suivie. Je suis désolée si tu as cru le contraire.

Incapable d'affronter plus longtemps le chagrin qu'elle lisait dans le regard d'Adam, elle se leva et courut presque vers la sortie.

Il ne le saurait jamais, mais il pouvait la remercier. En lui épargnant des années d'épreuves, elle venait de lui rendre un fier service.

Jamais, de toute sa vie, elle n'avait autant haï le mot « Huntington ».

12

Adam avait l'impression que le ciel lui était tombé sur la tête. En quelques secondes, il était passé de la joie extrême au désarroi total. Jess venait de lui briser le cœur en lui annonçant son départ.

Cela n'aurait jamais dû se produire !

Il les avait souvent imaginés, assis face à face, en train d'échanger leurs confidences. Il s'était dit que ce partage les rapprocherait en balayant définitivement leurs secrets. Mais ces retrouvailles avaient tourné au fiasco sur toute la ligne.

Comment avait-il pu se tromper à ce point ?

Devait-il courir après Jess, la rattraper ? Peut-être ne s'était-il pas montré assez clair. Avait-elle compris qu'il l'aimait ? Il avait eu l'impression que cet amour était réciproque, et pourtant elle avait pris la fuite…

Que n'avait-il anticipé sa réaction ! Elle avait paru bouleversée par son récit. Elle avait sans doute peur de s'encombrer d'un homme au psychisme perturbé. De plus, elle devait penser qu'il était encore amoureux d'Anoush et qu'il n'avait pas fait son deuil…

Bien sûr, il éprouverait toujours du chagrin pour ce qui était arrivé. Néanmoins, il se sentait capable de regarder l'avenir avec sérénité, et ce changement, c'était à Jess qu'il le devait. Comment la convaincre qu'il était sincère ?

Il avait fait le maximum pour ne pas tomber amoureux. Il

avait lutté, bataillé, tergiversé. En vain. Désormais, dans sa vie, ce serait elle ou personne d'autre. S'il devait prendre le risque de souffrir à nouveau, ce serait avec elle !

En peu de temps, elle avait bouleversé son existence. Il avait changé sa manière de penser, s'était mis à entrevoir de nouvelles possibilités, un avenir différent. Il les avait imaginés vivant à deux dans un petit cottage aux murs blanchis à la chaux en bord de mer...

Le fait qu'elle veuille devenir gynécologue n'y changeait rien, au contraire. Il pourrait très bien la suivre pendant sa formation. Quand elle aurait effectué ses stages, ils rentreraient à Thorney, où la clinique aurait la chance d'accueillir une merveilleuse obstétricienne, adorable et dévouée. Les habitantes de l'île seraient entre de bonnes mains avec elle.

Elle avait dû croire qu'il ne partirait jamais et que, en conséquence, rompre était la meilleure solution. Mais déménager ne lui posait aucun problème ! Il continuerait de suivre sa thérapie où qu'ils aillent, et il pouvait travailler dans n'importe quel service d'urgences.

Cette semaine de séparation, bien que douloureuse, lui avait permis de faire le point. Il savait maintenant ce qu'il voulait, et ne renoncerait pas. Il avait presque oublié à quel point c'était bon d'avoir quelqu'un dans son cœur et dans sa vie !

Il n'est pas nécessaire de connaître une personne depuis longtemps pour savoir qu'on a rencontré l'âme sœur. Jess Young était son alter ego, sa femme idéale, l'autre moitié de lui-même. Comment pourrait-il la laisser partir ?

Pendant leur discussion, il avait, comme toujours, été frappé par sa beauté. Quand elle s'était penchée vers lui, attentive, heureuse d'apprendre qu'il allait chez le psychologue, il avait lu un immense amour dans ses yeux. Elle n'avait pas pu le cacher !

Oui, il avait eu raison de croire qu'elle partageait ses sentiments. Plus il réfléchissait, plus il se disait que le problème était ailleurs. Mais où ? Craignait-elle qu'il soit trop fragile pour s'engager dans une relation ?

Si tel était le cas, il devait lui prouver le contraire.

Étant seule au monde, elle ne s'appuyait jamais sur personne. Elle avait sans doute du mal à accorder sa confiance de peur d'être déçue.

Il devait absolument lui parler, si possible ailleurs qu'au travail. Elle méritait d'avoir une belle soirée, un moment magique. Ils le méritaient tous les deux. Il allait réserver une table dans le meilleur restaurant du front de mer !

Bien décidé, il pianota sur l'écran de son mobile, trouva les coordonnées du Shrimpton et réserva une table pour le soir même.

Puis, dans la foulée, il appela un fleuriste.

Jess avait eu du mal à reprendre le travail après la scène de la cafétéria.

Depuis qu'elle s'était enfuie, elle avait revécu la discussion en boucle, et à présent elle se félicitait d'avoir gardé son secret pour elle. Comment Adam aurait-il réagi, lui qui avait déjà vu sa fiancée mourir sous ses yeux ? Cette révélation n'aurait servi qu'à lui infliger un stress supplémentaire.

Il avait franchi un grand pas en décidant d'aller voir un psychologue. Lui qui commençait juste à remettre sa vie en ordre, il n'avait pas besoin de complications !

D'habitude, elle appréciait d'accueillir les patients aux consultations externes. Les cas étaient variés, souvent peu difficiles, et elle aimait parler aux gens. Mais là, elle avait un mal fou à se concentrer. Son sens de l'écoute et sa légendaire empathie étaient mis à rude épreuve. Les rhumes, maux de gorge et autres petits bobos lui semblaient dérisoires, comparés à ce qu'elle vivait.

Allons, elle devenait mesquine ! Comment ses patients pourraient-ils deviner qu'elle portait le gène d'une grave maladie ? Un médecin n'a pas à transposer ses problèmes au travail, c'était une règle de base.

Une grippe classique peut dégénérer en pneumonie, des amygdales nécessitent parfois une opération, les bébés souffrant de bronchiolite aiguë courent un réel danger. Qui était-elle pour ramener tous ces risques à l'échelle sa petite personne ? Tout le monde est confronté à des obstacles un jour ou l'autre. En tant que praticienne, elle devait garder la tête froide pour cibler les urgences et dispenser les meilleurs soins possible.

Fâchée contre elle-même, elle ouvrit la porte de la salle d'attente.

— Mary McMahon ?

Elle se sentit fondre en voyant une dame âgée se lever péniblement, appuyée sur sa canne. Elle s'avança pour lui donner le bras et, doucement, la guida vers le box n° 1.

La patiente portait un petit flacon d'urine, indice révélateur du motif de consultation. Néanmoins, elle la laissa s'installer et lui sourit, décidée à prendre tout le temps nécessaire.

— Qu'est-ce qui vous amène aujourd'hui ? demanda-t-elle doucement.

Mary désigna l'échantillon qu'elle avait posé sur le bureau. Elle était visiblement inquiète, et pourtant elle souriait... Un exemple à suivre !

— Je me sens bizarre depuis quelques jours, expliqua-t-elle. J'ai toujours envie de faire pipi. Pamela, ma gardienne d'immeuble, m'a dit qu'il valait mieux consulter. D'après elle, c'est peut-être une cystite.

— Pamela a eu bien raison, approuva-t-elle. Puisque vous dites « bizarre », j'imagine que cela ne vous arrive pas d'habitude.

— Oh non ! docteur ! Là, j'ai besoin d'aller aux toilettes sans arrêt, même pour rien. Et quand je dois évacuer plus de quelques gouttes, ça me brûle tellement que j'ai des sueurs froides.

— Hum ! On a bien les symptômes d'une infection urinaire. Je vais tester votre échantillon en mettant un petit papier dedans. Quand l'avez-vous prélevé ?

— Juste avant de venir, il y a environ une demi-heure.

— Parfait.

À sa grande surprise, la bandelette urinaire se révéla négative. Les indicateurs colorés, notamment ceux des globules blancs, étaient normaux.

— Je n'ai rien trouvé, mais quelque chose fausse peut-être le résultat. Je vais envoyer cet échantillon à notre laboratoire pour qu'ils fassent une analyse plus approfondie. Verriez-vous un inconvénient à ce que je pratique un examen vaginal, madame McMahon ?

— Bien sûr que non, docteur. Faites le nécessaire, et qu'on en finisse ! J'en ai assez de courir aux toilettes depuis trois jours, en plein milieu de mes feuilletons préférés !

Jess secoua la tête en souriant.

— Je comprends...

Si on lui avait dit qu'elle aurait ce petit problème à quatre-vingt-un ans, elle aurait signé tout de suite !

Comme elle s'y attendait à moitié, l'examen clinique se révéla normal. Pendant que Mme McMahon se rhabillait, Jess s'assit derrière le bureau pour rédiger une lettre à l'intention d'un spécialiste.

— Je pense que vous souffrez d'une cystite interstitielle, madame McMahon, expliqua-t-elle. En d'autres termes, d'un syndrome de la vessie douloureuse, mais sans infection. Je vous prescris quand même des antibiotiques par sécurité, mais il faudrait aller voir un urologue. Il confirmera le diagnostic et trouvera quoi faire pour soulager vos symptômes. Est-ce que cela vous embête d'aller sur le continent ?

— Non, pas du tout. Je me ferai accompagner par ma fille.

— Super ! Le problème devrait vite se régler.

— Merci beaucoup pour votre gentillesse, docteur.

— Je vous en prie, c'est tout à fait normal. Prenez bien soin de vous.

Après le départ de Mary McMahon, elle se laissa tomber dans son fauteuil en soupirant.

Elle avait réussi à se contenir, à se montrer « normale ». Mais la journée allait être longue !

Trois coups frappés à la porte la firent sursauter.

— Entrez...

Fiona, une des standardistes, apparut devant elle, un énorme bouquet à la main.

— Le fleuriste vient juste de les livrer pour toi, Jess ! claironna-t-elle. Il y a une carte.

— Un patient a dû me les envoyer... Merci, Fiona.

La jeune femme partie, elle prit l'enveloppe accrochée au ruban et en sortit un petit bristol.

Ce qu'elle lut lui coupa le souffle.

> *Je t'invite à dîner ce soir pour fêter ton départ à Cardiff.*
> *Rejoins-moi à 19 heures au Shrimpton.*
> *Fais-moi savoir si tu as un empêchement.*
> *Bisous.*
>
> *Adam*

Incrédule, elle sentit un sourire lui monter aux lèvres.

Beaucoup d'hommes se seraient vexés après son départ de la cafétéria. Ils lui en auraient tenu rigueur. Pas Adam. Il n'y avait que lui pour être aussi génial ! Même s'il se sentait triste et déçu, il voulait lui montrer qu'il se préoccupait d'elle, de son bien-être, de ses choix de vie. La femme qu'il épouserait un jour en aurait, de la chance ! Elle aurait un époux dévoué, plein de considération...

Si seulement cela avait pu être elle !

Elle se rendit soudain compte qu'elle était arrivée au bout de la route : Adam se montrait si merveilleux, si adorable, qu'elle devait arrêter les mensonges. Elle l'aimait, et il partageait sans aucun doute ses sentiments, puisqu'il faisait des pieds et des mains pour sauver leur relation. Il avait le droit de savoir.

Elle allait lui dire la vérité.

Lorsqu'il serait au courant, il parviendrait sûrement à lâcher prise. Après avoir perdu sa fiancée, il n'aurait pas envie de vivre un nouveau drame. Il méritait d'avoir une relation tranquille, sereine, de fonder une famille. Il se rendrait bien compte que rien n'était possible entre eux.

« Si tu aimes quelqu'un, laisse-le partir. »

Ce proverbe s'appliquait parfaitement à leur situation. Ils devaient se lâcher l'un l'autre, il n'y avait pas d'autre choix possible.

Mais la révélation ne pourrait pas se faire au restaurant. Il y aurait trop de monde, trop de témoins. Elle devait trouver une autre solution.

Elle réfléchit une minute, puis pianota le numéro d'Adam sur son portable.

— Coucou, merci pour les fleurs. Elles sont magnifiques… Écoute, je n'ai pas très envie d'aller au restaurant ce soir. Si tu venais plutôt dîner chez moi ? Très bien. On dit à la même heure ? Super. À plus tard.

Elle coupa la communication, le cœur battant.

Sa décision était prise. Elle ne pouvait plus reculer.

Adam avait l'estomac noué d'excitation en frappant à la porte de Jess.

Il allait enfin lui dire qu'il l'aimait et qu'il voulait partager sa vie ! Il voulait que cette soirée reste gravée dans leur mémoire à tous les deux. Pour une fois, il avait longuement réfléchi à sa tenue. Il ne s'était jamais considéré comme une *fashion victim*, mais là, il avait sorti le grand jeu. Il voulait que cette soirée soit belle, magique… Inoubliable. C'est fou, quand même, ce qu'on peut faire par amour !

Plus tard, Jess pourrait raconter à leurs enfants que papa portait un costume noir, une chemise blanche et une cravate bleue. Elle leur dirait peut-être qu'elle avait trouvé leur père très beau et qu'elle avait définitivement craqué pour lui…

Un bruit de pas léger lui indiqua que Jess se rapprochait de la porte. Cinq secondes plus tard, quand elle ouvrit, il eut le souffle coupé.

Elle était magnifique en robe portefeuille rouge et pieds nus !

Elle ne portait pas ses lunettes, et il remarqua qu'elle s'était maquillée avec soin. À l'hôpital, elle portait juste un peu de mascara, mais ce soir il trouvait ses lèvres brillantes de gloss infiniment désirables.

— Tu es superbe, chuchota-t-il.

— Merci. Tu n'es pas mal non plus.

— Comme je ne savais pas ce qu'on allait manger, j'ai apporté du vin blanc et du rouge, expliqua-t-il, lui tendant deux grands crus.

— Oh ! merci ! Entre. J'ai préparé du poisson, alors je pense qu'on boira plutôt du blanc.

Elle referma la porte de l'appartement derrière eux, et il la suivit dans le vestibule.

Elle semblait un peu gênée, probablement à cause de son départ précipité de la cafétéria, le midi. Ils ne s'étaient pas revus depuis, mais il avait pensé à elle sans arrêt.

Incapable de se retenir, il se pencha pour l'embrasser sur la joue. Elle sentait délicieusement bon, et il le lui dit.

— C'est gentil... Je ne mérite pas que tu sois aussi prévenant. D'abord les fleurs, puis le vin, et le reste, ajouta-t-elle en désignant son costume.

— Ça me fait plaisir, et on a tous les deux des choses à fêter. Ma thérapie, ton nouveau poste... Ça le vaut bien, non ?

— Tu as raison.

La délicieuse odeur d'aromates et d'épices qui flottait dans l'appartement lui mit l'eau à la bouche. Mais s'il avait faim, ce n'était pas seulement de nourriture. Il avait envie de dévorer Jess.

Par-dessus tout, il voulait lui révéler la place qu'elle occupait dans sa vie. Il voulait lui parler d'avenir, officialiser leur relation.

Le fait qu'elle soit nerveuse était plutôt un bon signe en soi. Cela signifiait qu'elle non plus ne prenait pas les choses à la légère. Qu'elle avait conscience des enjeux de cette soirée.

De son côté, il avait accepté de faire confiance au destin. Pour la première fois depuis son retour d'Afghanistan, il n'avait plus peur de se projeter dans les mois et les années à venir. Tout lui semblait possible maintenant que Jess était entrée dans sa vie.

— Je n'ai pas tout à fait terminé, dit-elle. On peut prendre l'apéritif dans la cuisine, si tu veux.

— Bien sûr.

Il la suivit, incapable de détacher le regard de sa silhouette parfaite mise en valeur par la robe rouge.

Il se rappelait chaque ligne d'elle, chaque contour. Il avait aimé étreindre son corps souple lorsqu'ils avaient culminé ensemble aux sommets du plaisir…

Mais s'il la désirait comme un fou, ses attentes allaient bien au-delà d'une union charnelle. Il voulait qu'elle soit sa femme et qu'elle partage son quotidien, ses joies et ses peines. Il les imaginait regarder des films en grignotant du pop-corn, ou faire la grasse matinée le week-end. Il rêvait de courir les agences immobilières avec elle à la recherche de la maison idéale. Ils y recevraient ses parents, leurs amis… Ils auraient une vie de couple, ni plus ni moins.

Voilà ce qu'il attendait de l'avenir, et rien ne lui ferait y renoncer.

Adam avait sorti le grand jeu !

Jess peinait à croire qu'il ait fait tout ça pour elle. Il était là, dans sa cuisine, en costume cravate, en train de la regarder comme si elle était la plus belle créature de la planète. Il devait pourtant avoir toutes les femmes à ses pieds…

Hélas ! elle n'avait rien à lui offrir à part une amitié sincère. Elle lui avait déjà annoncé son départ. Souhaitait-il la faire changer d'avis ? Elle espérait que non : ce qu'elle avait à lui dire était déjà bien assez difficile sans qu'il complique les choses.

Elle aurait pu lui faire cette confession d'emblée, mais elle ne pouvait pas encore s'y résoudre. Après ce soir, elle ne le verrait plus, hormis dans un cadre professionnel. Il n'y avait rien de mal à profiter un peu de sa présence et du bonheur d'être ensemble. Avant de tout gâcher, ils pouvaient au moins savourer un dernier dîner en tête à tête, une parenthèse volée au destin. À la fin du repas, elle lâcherait sa bombe, et alors tout serait terminé.

— Assieds-toi, proposa-t-elle, désignant l'espace dîner ouvert sur la cuisine.

— Puis-je t'aider à faire quelque chose ?

— Non... Ou plutôt, si. J'ai toujours été nulle avec ce truc, déclara-t-elle en lui tendant le tire-bouchon.

— Ah là là... Donne !

Troublée par son regard malicieux, elle pivota pour s'activer devant le four. Ainsi, il penserait peut-être que c'était la chaleur qui lui avait fait monter le rouge aux joues !

Elle entendit un pop, puis le tintement du cristal.

— Mission accomplie, annonça Adam.

Après avoir ôté ses gants, elle se retourna et prit le verre qu'il lui tendait.

Il y entrechoqua le sien en souriant.

— Aux nouveaux départs ! dit-il.

— Aux nouveaux départs...

Elle but une gorgée, puis elle alluma les bougies flottantes dans la coupe en verre qu'elle avait préparée. Cela fait, elle la déposa sur la table.

Les prunelles bleues d'Adam brillaient dans la semi-pénombre, et elle frissonna.

Cette soirée à deux, elle en rêvait depuis le début. Mais l'issue n'aurait rien de romantique, et rien qu'à y penser elle souffrait le martyre.

— Je... Comment va ta mère ? Je ne l'ai pas croisée aujourd'hui.

— Très bien. Quand elle a su que je venais ici ce soir, j'ai cru qu'elle allait se mettre à chanter !

Elle ne put s'empêcher de rire.

En bonne mère poule, Judy espérait voir son fils casé et heureux. Sans doute rêvait-elle toujours d'un happy end entre eux...

Le pouvoir de l'imaginaire est un élixir puissant. Jess s'était souvent projetée dans une vie idéale avec un homme merveilleux tel qu'Adam. Ils auraient habité un joli cottage, auraient eu deux ou trois enfants. Un chien. Un chat. Un jardin. En vieillissant, ils auraient pris soin l'un de l'autre. Ils auraient gardé leurs petits-enfants...

Quel mirage ! Adam fonderait sans doute un foyer plus tard avec quelqu'un d'autre. Une épouse qui serait capable d'exaucer ses vœux les plus chers. Pourvu qu'il ne s'imagine pas qu'*elle* puisse être la femme de sa vie ! Son attitude presque amoureuse lui faisait peur !

Elle but une nouvelle gorgée.

Le vin blanc était frais et délicieux, mais elle devait garder les idées claires.

— J'ai cuisiné de la lotte. Tu aimes, j'espère ?

— Mmm ! J'adore.

— Ce sera prêt dans cinq minutes.

Une vague de nausée lui souleva le cœur. Serait-elle capable de manger ? Son secret l'étouffait, elle ne pouvait plus penser qu'à cela. Elle devait se ressaisir !

Elle attrapa un couteau et piqua une pomme de terre pour en vérifier la cuisson. Elle les égoutta et les incorpora à sa jardinière de légumes, dont elle disposa deux parts en couronne sur de jolies assiettes. Elle sortit ensuite le poisson du four, le servit et ajouta quelques rondelles de citron qu'elle avait préalablement coupées.

— À table !

Adam ne se fit pas prier pour s'asseoir.

— Non seulement c'est joli, mais ça a aussi l'air délicieux. Merci beaucoup d'avoir cuisiné pour moi.

— De rien. Ça me fait plaisir.

Après s'être installée, elle picora au hasard dans son assiette et goûta un morceau de brocoli.

Elle n'osait pas regarder Adam, mais si elle baissait le nez constamment, il la trouverait impolie, à juste titre...

— C'est excellent, Jess ! Il y a longtemps que je n'avais pas mangé un poisson aussi finement cuisiné.

Elle rosit sous le compliment et abandonna ses couverts pour boire une gorgée de vin.

Elle devait respirer, garder son calme. Son cœur tambourinait dans sa poitrine, ses pensées se bousculaient. Pourtant, l'heure de parler n'était pas encore venue...

Soudain, Adam allongea le bras sur la table et lui pressa les doigts.

Là, c'était trop. Elle devait arrêter cette comédie. Lorsqu'il apprendrait la vérité, il n'aurait plus envie de la toucher ni de lui faire les yeux doux. Il enlèverait la main, reculerait sur sa chaise. Il se lèverait peut-être pour partir...

Elle inspira profondément, puis se concentra de nouveau sur son assiette. Cette fois, elle réussit à manger et parvint même contre toute attente à y prendre plaisir.

Comme s'il avait senti son malaise, Adam s'était mis à parler de choses et d'autres. La conversation avait roulé sur l'hôpital. Il lui expliquait maintenant que Jack voulait améliorer la formation de l'équipe en urgences et traumatologie.

Soulagée, elle opinait sans rien dire.

Au bout d'un moment, il secoua la tête en riant.

— Écoute-moi ça, je suis un vrai moulin à paroles ! Désolé... Je suis un peu tendu.

Elle sursauta.

— Ah bon ? Pourquoi ?

— À cause de toi, de nous. J'ai beaucoup réfléchi à notre histoire pendant ton absence.

— Ah ? fit-elle d'une voix tremblante.

— À mon retour d'Afghanistan, j'étais dans le brouillard. Je me suis raccroché au travail. Je ne pensais pas pouvoir me lier à une autre femme qu'Anoush, et pourtant c'est arrivé. Je veux que tu saches... à quel point tu comptes pour moi, Jess.

Elle devait le faire taire. Elle n'avait pas le droit de le laisser continuer !

Quand il lui reprit la main, elle eut l'impression de se liquéfier sur place.

— Je suis tombé amoureux de toi, reprit-il d'une voix grave. Passionnément, follement amoureux. Je pense à toi sans arrêt. Alors, même si tu pars... je me suis dit que, peut-être, tu ressentais les mêmes choses.

Il la dévisageait avec une telle tendresse qu'elle n'eut pas la force de mentir.

— Oui, chuchota-t-elle. Tu ne t'es pas trompé.

La joie qu'elle lut sur son visage lui déchira le cœur.

— Je ressens des choses très fortes pour toi, Adam, mais...

— Mais quoi ?

Elle retira doucement la main de la sienne et baissa les yeux sur la nappe.

— On ne pourra jamais être un couple. Du moins pas comme tu l'espères.

Une vive douleur lui cisailla la poitrine. Quel effort ça avait été de prononcer les mots et de ruiner les espoirs d'Adam !

— Pourquoi ? demanda-t-il, l'air perdu. Qu'est-ce qui t'arrive, Jess ? Je croyais que... Que tu voulais la même chose que moi, et...

— Je suis désolée, Adam. Si je t'ai donné cette impression, excuse-moi. Oh ! rassure-toi ! J'en rêve autant que toi, mais c'est impossible.

— Je ne comprends pas.

Elle le fixa droit dans les yeux. Cette fois, elle ne pouvait plus se taire. Ses explications les libéreraient tous les deux, définitivement.

— Je porte le gène de Huntington, dit-elle. Mon père l'avait aussi. Il a déclaré la maladie et, finalement, s'est suicidé. Il ne supportait pas l'idée de décliner sous mes yeux, Il refusait que je devienne un jour sa garde-malade. Je ne te ferai pas vivre ce cauchemar non plus, Adam !

— Jess...

Elle se leva et repoussa bruyamment sa chaise.

— Je n'ai pas d'avenir, reprit-elle. Fonder une famille est

impossible pour moi. Je ne prendrai pas le risque de transmettre Huntington à mes enfants. Et je n'imposerai pas cette maladie horrible à l'homme que j'aime.

Adam la dévisageait comme s'il la voyait pour la première fois. Il était visiblement sous le choc mais, déjà, elle lisait la pitié au fond de son regard.

De la pitié ? Jamais !

N'y tenant plus, elle courut se réfugier dans sa chambre, dont elle claqua la porte derrière elle.

Adam allait-il courir derrière elle ou continuer de fixer sa chaise vide ? Au fond, peu importait.

Elle avait si mal qu'elle se jeta sur son lit, le corps secoué de sanglots.

Elle s'était pourtant promis d'éviter ce scénario catastrophe. Depuis le diagnostic de Huntington, elle croyait avoir tiré un trait définitif sur l'amour, mais elle avait échoué. Elle était tombée amoureuse d'Adam Campbell, lequel, pour son malheur, partageait ses sentiments. Elle avait dû le blesser alors qu'elle l'aimait plus que tout…

Jamais elle n'avait autant souffert depuis la lecture de son bilan sanguin. La vie lui infligeait une double peine : la maladie et la perte de son amour. La trahison d'Eddie n'avait été qu'une anecdote, comparée à ce qu'elle vivait maintenant. Le chagrin, l'angoisse, l'impression d'être tombée dans un gouffre…

La seule solution, c'était de partir le plus vite possible.

En tant que médecin, Adam connaissait les effets de Huntington. S'il faisait preuve de bon sens, il respecterait sa décision. De son côté, elle essayerait d'avancer son départ au maximum, dans leur intérêt à tous les deux. Personne d'autre ne saurait qu'elle abandonnait son cœur et son âme à Thorney Island.

La vie était injuste, elle le savait depuis longtemps. Mais cette fois elle était l'unique responsable de ses malheurs.

13

Adam était cloué sur sa chaise.

Comme dans un film catastrophe, il avait vu Jess quitter la table. Son cerveau lui avait crié de courir après elle, mais ses jambes avaient refusé de lui obéir. Il était resté assis, bouleversé, sous le choc.

La chorée de Huntington est une maladie horrible. Les cellules du cerveau dégénèrent lentement. Pertes de mémoire et dépression nerveuse deviennent le lot quotidien des patients. Ils rencontrent parfois des difficultés d'élocution, des problèmes respiratoires, et dans tous les cas d'importants troubles moteurs…

Des troubles moteurs ! Voilà pourquoi Jess s'était affolée pendant la fameuse ablation du lipome !

À l'hôpital, son père – responsable de tout le personnel – devait forcément être au courant. Pourquoi ne lui avait-il rien dit ? Le sacro-saint secret médical avait ses limites, tout de même !

Il inspira à fond pour contenir sa colère.

Il devait se calmer, réfléchir, faire quelque chose…

Lentement, il se leva et tendit l'oreille.

Jess était en train de pleurer dans sa chambre.

Malgré son deuil et la découverte de sa maladie, elle avait relevé la tête. Elle prenait la vie en souriant. Elle était un vrai rayon de soleil pour tous les malades qu'elle croisait au quotidien – et pour lui, bien sûr. Quelle femme exceptionnelle c'était !

Jamais il ne l'abandonnerait malgré la terrible annonce qu'elle venait de lui faire. Il ne pouvait pas la laisser seule dans un moment pareil ! S'il baissait les bras, il perdrait la seule femme qu'il ait jamais aimée avec Anoush.

Après tout, la vie n'offre aucune garantie. On peut mourir bien avant l'âge de la retraite, d'un accident ou de dizaines d'autres causes. L'essentiel, c'est de goûter l'instant présent. La vie est un cadeau précieux dont il faut savourer chaque jour, chaque heure, chaque minute. Et qu'y a-t-il de plus beau que l'amour ?

Il aimait Jess. Il ne pouvait pas la laisser croire plus longtemps que tout était fini.

Une pensée s'imposait à lui comme une évidence : l'avenir s'ouvrait devant eux ! La maladie de Huntington ne les séparerait pas. Ils étaient jeunes, ils pouvaient espérer de longues années de bonheur. Et si tel n'était pas le cas, tant pis. Mieux valait un peu de Jess que pas de Jess du tout !

Le pire serait de retomber dans le brouillard d'une existence morose. Maintenant qu'il avait retrouvé le goût d'aimer, il n'abandonnerait pas la partie sans combattre.

Assise sur son lit, Jess avait pleuré toutes les larmes de son corps. Elle se sentait vidée, engourdie, perdue.

Rien ne s'était passé comme elle l'avait imaginé. Elle avait prévu de parler à Adam d'un ton calme, mesuré, mais elle s'était laissé emporter par l'émotion.

Jamais elle n'aurait cru qu'il lui ouvrirait son cœur de cette manière, et son aveu l'avait fait paniquer. Elle n'avait pas pu rester tranquillement assise à l'écouter, sachant qu'il n'y avait aucun espoir. Elle avait dû lui dire sans plus tarder à quoi il s'exposait.

Maintenant qu'il connaissait la vérité, il souhaiterait probablement garder ses distances. Il allait peut-être venir chuchoter un « désolé, Jess » derrière sa porte et s'en irait...

À quoi d'autre pouvait-elle s'attendre ? Après ça, il n'allait pas venir se mettre à genoux devant elle pour la demander en mariage !

Elle se leva en soupirant.

Un coup d'œil dans le miroir de sa coiffeuse la fit sursauter. Elle prit un paquet de lingettes démaquillantes et se rafraîchit le visage, faisant disparaître les traces de mascara et de larmes.

Il lui semblait qu'une autre personne agissait à sa place. C'était comme si elle était sortie de son corps. Comme si elle observait une inconnue de devant son écran de télévision...

Adam n'était pas venu. Il n'avait rien dit. Elle ne pouvait pas lui en vouloir d'être parti discrètement. Qu'aurait-il pu faire d'autre ? Elle avait rêvé que cet homme exceptionnel tombe amoureux d'elle, et ses souhaits avaient été exaucés au-delà de ses espérances. Pourtant, elle avait dû tuer cet amour dans l'œuf, sans retour en arrière possible.

Allons, inutile de ressasser. Le plus dur était fait. Demain, la vie continuerait. Elle irait travailler et reverrait Adam dans un cadre purement professionnel. Ils seraient gênés au début, mais ensuite cela irait mieux. Il *fallait* que cela aille mieux jusqu'à son départ, que...

Venait-elle d'entendre frapper ?

Adam. Il était encore là !

Elle hésita. Elle n'était pas sûre d'avoir le courage de l'affronter.

Autant régler le problème maintenant. Accepter sa pitié, ses excuses. Ce serait fait. Demain, ils pourraient passer à autre chose.

À pas lents, elle alla ouvrir.

Planté devant sa porte, Adam lui lança un regard implorant qui lui fendit le cœur.

— Il faut qu'on parle, Jess.

— De quoi ?

Elle sortit dans le couloir pour regagner la pièce principale, suivie par Adam. Là, elle croisa les bras sur la poitrine et lui fit face.

— Qu'est-ce que tu veux ?

Il secoua la tête, l'air incrédule.

— Mais enfin, je veux te parler ! On ne va pas arrêter la discussion comme ça !

— Il n'y a rien à dire de plus. Je porte le gène d'une maladie mortelle qui va me tuer à petit feu. Tu ne peux rien espérer de moi. Rien du tout. En tout cas, pas la vie dont tes parents ont rêvé pour toi. Pas la vie que tu mérites.

— Ah bon ? Qui a décrété ça ?

— La maladie.

— La maladie ne me dictera pas ma conduite, et à toi non plus ! Je suis un grand garçon. Je fais ce que je veux !

Elle le fixa, surprise.

Adam était en colère. Jamais elle ne l'avait entendu élever la voix. Elle s'était attendue à tout, sauf à cela.

— Tu as la maladie de Huntington, soit, reprit-il. Et alors ? Cela n'a aucune importance !

— Bien sûr que si !

— Non.

— Adam... Essaye de comprendre. Ta fiancée est morte dans tes bras, et tu as failli ne pas t'en remettre. Penses-tu que j'aie envie de t'infliger une autre épreuve ? Moi, je ne mourrai pas en trente secondes. Si la maladie se déclare, ce sera long. Tu me perdras semaine après semaine, mois après mois, année après année. Je *ne veux pas* t'imposer ce calvaire.

Elle s'était crue vide et engourdie, au-delà du chagrin, mais ce n'était pas le cas. Des larmes brûlantes lui montèrent aux yeux inopinément.

— Je suis maître de mon avenir, Jess, reprit Adam. Je veux aller là où mon cœur me mène. Oui, j'ai souffert après la mort d'Anoush. Oui, j'ai failli perdre la raison. N'importe qui aurait régi de la même façon. Mais je ne regrette pas de l'avoir rencontrée et aimée. Nous avons passé peu de temps ensemble, mais si c'était à refaire, et malgré l'issue, je le referais demain...

Il la regarda intensément, puis reprit plus doucement.

— Ton arrivée m'a montré à quel point ma vie était devenue

terne. Je n'existais plus, je me contentais de survivre. J'attendais que les journées défilent les unes après les autres. C'est *toi* qui m'as redonné le goût de vivre, *toi* qui m'as rendu heureux. C'est grâce à *toi* que je suis enfin redevenu moi-même. Peu importe qu'on ait deux, dix ou vingt ans devant nous, je signe, quelle que soit la durée. Un seul jour avec toi, ce serait mieux que rien !

Elle le dévisagea à travers le rideau de ses larmes.

Il disait des choses magnifiques, mais comprenait-il bien ce à quoi il s'exposait ?

Adam secoua la tête comme s'il avait deviné cette dernière pensée.

— J'ai déjà soigné des patients Huntington, dit-il. Crois-tu que j'ignore les effets de cette maladie ? Il est hors de question que tu vives ça toute seule, si les symptômes doivent se déclarer un jour. Je t'aime, et je veux être présent pour toi. C'est bien cela, l'amour, non ? Vivre avec les gens qu'on aime et se donner le droit au bonheur.

— Oh ! Adam ! J'en rêve aussi. Je n'ai jamais voulu quelque chose aussi fort, crois-moi. Mais l'idée que tu doives me soigner…

— Arrête. Des millions de gens s'occupent de leur partenaire et s'en portent très bien. Non seulement ils ne se plaignent pas, mais ils sont en plus heureux de se rendre utiles. Les épreuves renforcent les liens de nombreux couples. « Pour le meilleur et pour le pire », ce n'est pas une expression en l'air. C'est leur réalité, et ils vivent avec. Quand on aime quelqu'un, on l'aime quel que soit son âge, son apparence, son état de santé. Moi, celle que j'aime s'appelle Jessica Young. Cette fille géniale me donne envie de vivre, de me battre, de devenir meilleur. Elle rit avec moi quand tout va bien. Elle m'a déjà aidé deux fois lorsque j'allais mal, sans réfléchir. Si toi, tu peux m'aider, pourquoi l'inverse ne serait-il pas possible ? Maintenant, dis-moi seulement une chose, Jess. Est-ce que tu m'aimes ?

— Tu sais bien que oui, répondit-elle d'une voix étranglée.

— Alors, sois courageuse. Prends mon cœur, il est à toi.

Il lui tendit la main.

— Vas-y, prends-moi ! Il faut juste que je te prévienne : je suis non échangeable et non remboursable.

Elle ne put s'empêcher de sourire.

Adam était merveilleux. Il avait prononcé les mots qu'elle espérait, avec une évidente sincérité.

Oserait-elle faire ce saut dans l'inconnu ?

Lui, en tout cas, il ne manquait pas de courage. Il connaissait la vérité, et malgré cela il désirait s'engager avec elle et prendre ce que la vie leur offrirait. Elle avait beaucoup, beaucoup de chance.

Une chance qu'elle serait folle de ne pas saisir.

Lentement, sans le quitter des yeux, elle s'avança et prit sa main.

— Je te prends, chuchota-t-elle. Prends-moi aussi...

Le visage tendu d'Adam se décrispa d'un coup. Un large sourire illumina ses traits virils, puis il l'attira à lui et l'embrassa avec une infinie douceur.

— Je te tiens, Jess chérie. Je te tiens, et je ne te laisserai plus jamais partir.

Épilogue

Jess souleva son énorme valise et la posa au pied du lit en soupirant.

Elle n'avait jamais aimé défaire ses bagages en rentrant de vacances, mais après cette lune de miel idyllique elle trouvait la corvée encore plus pénible.

Adam et elle venaient de passer quinze jours de rêve à l'île Maurice. Durant leur voyage de noces, ils avaient profité de la vie, comme Adam le disait si bien. Entre la baignade, les flâneries sur le sable et les heures passées à s'aimer dans une chambre luxueuse avec vue sur la mer, ils avaient vécu un rêve éveillé, hors du temps et du monde.

Mais hélas ! la réalité avait repris ses droits. Il avait fallu rentrer en Angleterre, où les mots « rangement » et « lessive » n'étaient pas partis en congés, eux !

Alors qu'elle sortait ses robes de la valise, un bras musclé s'enroula autour de sa taille.

— Hé ! beauté ! Je t'avais dit que je te donnerai un coup de main…

Lorsque Adam butina son cou, elle frissonna de plaisir.

Le contact de son corps ferme, chaud et rassurant, lui procurait toujours une incroyable sensation de bien-être. Ils se complétaient parfaitement, comme s'ils avaient faits l'un pour l'autre…

Elle pivota dans ses bras en souriant.

— J'ai voulu commencer pendant que tu faisais les courses. Il nous reste un tas de choses à ranger. On n'a même pas fini de vider les cartons !

Adam lui avait promis de la suivre partout, et il avait tenu parole. Il avait décroché haut la main un poste de consultant aux urgences d'un grand hôpital de Cardiff. Leur seul regret avait été de quitter Jack et Judy, qui avaient presque dansé de joie à l'annonce de leur mariage.

— Nous reviendrons travailler à Thorney, Jack, avait promis Jess. Enfin, si vous voulez encore de nous…

Jack s'était exclamé que la porte de la clinique leur serait toujours ouverte. Puis ses futurs beaux-parents l'avaient étreinte avec chaleur.

Elle s'était retrouvée adoptée par la famille la plus aimante et la plus généreuse qu'elle ait jamais connue ! Elle savait maintenant que les Campbell la soutiendraient toujours, quoi qu'il advienne. Lorsqu'elle avait exprimé son désarroi à l'idée de ne pas leur donner de petits-enfants, Judy l'avait rassurée : « Oui, je rêvais d'être grand-mère, mais je veux surtout qu'Adam soit heureux. Et vous le rendez heureux comme il ne l'a jamais été de sa vie ! » avait-elle déclaré.

Le jour de leur mariage, Jess et Adam s'étaient unis dans une église pleine à craquer. Les gens leur avaient témoigné une affection touchante, et elle savait déjà qu'ils seraient accueillis à bras ouverts à leur retour.

Mais ils n'en étaient pas là. Il fallait s'occuper d'un avenir plus immédiat, et finir d'emménager dans l'appartement qu'ils avaient loué à Cardiff.

Elle soupira en voyant les cintres accrochés un peu partout.

Elle n'avait pas encore organisé le dressing, et son tailleur tout neuf suspendu à une poignée de porte lui rappelait que, le lendemain, elle commencerait sa formation en gynécologie obstétrique !

Adam avait dû deviner ses pensées, car il eut un sourire entendu.

— Toi, tu stresses, déclara-t-il.

— Un peu, je l'avoue.

— Il n'y a pas de quoi. Tu vas être formidable, comme toujours. C'est ton rêve, alors profites-en. Et quand nous rentrerons à Thorney, ces dames auront beaucoup de chance d'avoir une gynécologue aussi compétente que toi.

— J'espère que, d'ici là, tu n'auras pas trop le mal du pays. Cela me ferait de la peine, Adam…

— Aucun risque ! C'est toi, mon pays. Tant qu'on restera ensemble, je serai bien partout.

Elle lui encercla la nuque et se pressa plus étroitement contre lui.

— Je t'aime, Adam. Te l'ai-je dit aujourd'hui ?

— Hum… C'est possible, madame Campbell. Mais tu as le droit de te répéter !

Elle s'esclaffa, puis, reprenant son sérieux, riva le regard au sien.

— Je t'aime, Adam Campbell.

— Je t'aime aussi, Jess Campbell.

Oubliant la valise encore pleine, ils basculèrent sur le lit.

ALISON ROBERTS

Kate et le chirurgien

Traduction française de
CÉCILE LOMBARD

BLANCHE

HARLEQUIN

Titre original :
THE LEGENDARY PLAYBOY SURGEON

Ce roman a déjà été publié en 2020.

1

Que se passait-il donc ici ?

La pathologiste Kate Graham, émergeant du sous-sol où se situait son service, sortit de l'ascenseur. Les yeux écarquillés, elle observa le lino beige moucheté du couloir de l'hôpital. On y distinguait nettement des… traces de pneu ?

Invraisemblable…

Bien entendu, le St Patrick's possédait nombre d'appareils portables montés sur roues, dont certains étaient munis de pneus en caoutchouc, mais ces marques évoquaient plutôt un véhicule plus apte à rouler sur une autoroute…

Suivant les traces des yeux, elle constata qu'elles menaient à la salle de pédiatrie. Kate s'y rendait justement pour recueillir des échantillons sanguins pour une analyse urgente ; cependant, même si les traces avaient mené ailleurs, elle les aurait sans doute suivies de toute façon : tous les prétextes étaient bons pour retarder l'horreur qui l'attendait au sous-sol de l'hôpital, où elle devrait pratiquer une autopsie bien particulière. Et ce genre d'incident hors du commun et exigeant une explication lui permettait de relâcher un peu l'atroce tension qu'elle sentait monter en elle depuis un moment.

Bon sang ! Quel imbécile avait pu avoir l'idée d'apporter une *moto* jusque dans une salle pleine d'enfants gravement malades ? A présent qu'elle avait tourné le coin du couloir, elle pouvait l'apercevoir : une monstruosité d'un rouge étincelant, garée juste devant la double porte donnant sur la grande salle de jeux où les petits patients valides venaient se distraire.

Le bureau des infirmières, où elle venait chercher les tubes de sang, se trouvait sur le trajet, mais inutile qu'elle s'y arrête : l'équipe pédiatrique au grand complet ainsi que les patients étaient agglutinés dans le couloir, pour ne pas perdre une miette de l'étonnant spectacle formé par l'engin rutilant flanqué, elle le voyait maintenant, d'un motard bardé de cuir en train d'ôter son casque.

Connor Matthews.

Le chirurgien orthopédique du service, spécialiste en oncologie.

Elle aurait dû s'en douter… Séduisant, arrogant et sûr de lui, il attirait les femmes, et pas seulement, comme la lumière les papillons. Mais en dépit de sa prestance et de sa réputation de praticien brillant, il ne l'impressionnait pas.

Il était si atypique qu'il ne lui inspirait pas confiance. Peut-être excellait-il en salle d'opération, mais une fois son calot de chirurgie et son masque ôtés, il n'avait vraiment plus rien d'un médecin : ses cheveux noirs bouclés qui lui tombaient sur la nuque auraient eu besoin d'une bonne coupe et ses joues étaient bleuies d'une barbe de plusieurs jours. Et sans sa tenue de bloc, il avait carrément un air de *bad boy* : jean usé, T-shirt noir sous un blouson de cuir… et santiags aux pieds !

Kate fronça les sourcils. Plus encore que son apparence, elle détestait sa désinvolture et les libertés qu'il prenait vis-à-vis du règlement ; il semblait prendre un malin plaisir à ne jamais respecter les protocoles établis et à s'introduire dans les lieux où il n'avait pas à pénétrer. Elle avait appris que la semaine dernière, non content d'apporter lui-même des échantillons au labo pour passer devant tout le monde, il s'était incrusté dans le service pour coller son œil aux divers microscopes jusqu'à ce que le diagnostic ait été posé, en jouant de son charme auprès des techniciennes. Si elle s'était trouvée là, il ne s'en serait certainement pas tiré ainsi !

Sans doute avait-il employé le même procédé pour apporter sa machine jusqu'ici… L'équipe de pédiatrie, qui avait dû fondre sous ses regards séducteurs, semblait hypnotisée : la preuve, son arrivée à elle était passée totalement inaperçue et personne ne s'écartait pour la laisser passer.

Le Pr Matthews était imposant. Quand il s'accroupit devant un petit garçon en pyjama, le cuir de son pantalon se tendit sur des cuisses musculeuses, son blouson menaça de craquer sur son large dos et ses fortes épaules, et elle eut l'impression d'entendre un soupir général émanant de toutes les femmes présentes.

Quant à lui, bien entendu, il ne la remarqua pas, son casque serré dans une main en apparence trop grande pour être si habile en salle d'opération. On le disait attentionné avec les enfants, et elle ne pouvait que constater que c'était l'exacte vérité, en le voyant s'adresser à son petit patient comme s'ils étaient les deux seuls survivants sur la planète. Puis il posa le casque sur la tête du garçonnet, se redressa et le souleva pour l'installer sur le siège de l'engin avec force précautions pour ne pas compromettre le flux des perfusions ; cette fois, le soupir des spectatrices fut nettement audible. La maman refoulait tant bien que mal ses larmes en stabilisant la potence d'une main, tandis que le chirurgien expliquait à son fils comment faire démarrer la moto.

Ensuite, il fit une chose impensable : il tourna la clé de contact et le moteur rugit en émettant une bouffée de fumée noire par le pot d'échappement au chrome étincelant.

Kate en resta bouche bée. Avait-il perdu l'esprit ? Il y avait dans ce service des enfants qui souffraient de maladies respiratoires très graves, asthme, mucoviscidose ou déficiences du système immunitaire…

Et tout le monde sauf elle applaudissait en souriant ! L'une des infirmières prenait même des photos. Raide d'indignation, Kate s'apprêtait à faire une remarque quand Connor coupa le contact. L'enfant ôta le casque et sa mère l'aida à descendre et l'emmena. Les membres du personnel, se souvenant soudain qu'ils avaient des tâches urgentes à accomplir, se dispersèrent rapidement, et les jeunes patients, qui jetaient des regards en arrière, furent ramenés jusqu'à leurs lits respectifs. Kate, quant à elle, ne bougea pas. Elle n'allait pas se gêner pour lui dire ce qu'elle pensait de son comportement !

Il ne resta bientôt plus que Connor Matthews, qui accrocha le casque au guidon et fit sauter la béquille du pied. D'un mouvement qui sembla alléger la machine, il lui fit faire demi-tour et la guida le long du couloir en laissant une nouvelle trace de pneus sur le lino. Voyant cela, la jeune femme de ménage, un seau et une serpillière à la main, se contenta de lui adresser un sourire timide.

Kate leva les yeux au ciel en poussant un soupir exaspéré. C'est alors qu'il leva la tête et l'aperçut. Aussitôt, son visage exprima la réserve tandis qu'il s'approchait d'elle.

Grillé ! se dit-il. Et pas par n'importe qui : sa Majesté la Princesse Pimbêche de Pathologie en personne.

A l'idée de ce surnom, le sourire lui monta aux lèvres, mais il se retint juste à temps. D'abord parce qu'il savait qu'il aurait de sérieux ennuis si l'un des administrateurs de l'hôpital apprenait ce qu'il avait osé faire, mais surtout parce qu'il se trouvait devant une collègue qui manquait de la compassion nécessaire pour être émue par son geste.

D'ailleurs, à l'air revêche qu'elle affichait, il ne douta pas qu'elle s'apprêtait à lui faire une remarque bien sentie.

Il arbora son plus beau sourire — une tactique de diversion qui avait fait ses preuves — et haussa les sourcils pour suggérer qu'il était heureusement surpris.

— Katc, n'est-ce pas ? Si je m'attendais à vous trouver ici !

L'insinuation n'était pas des plus subtile : le service de pédiatrie était son terrain. Avec des enfants qui méritaient toute l'aide possible et leurs familles qui en avaient tout autant besoin.

Alors que le domaine de cette femme à l'air si ostensiblement désapprobateur, c'était le sous-sol de St Patrick's, au milieu des éprouvettes, des microscopes et des corps des malheureux qui ne ressortiraient pas vivants de l'hôpital.

Elle ne lui rendit pas son sourire, ce dont il ne s'étonna pas.

— J'aimerais vous rappeler qu'il est interdit d'apporter personnellement des échantillons dans le service de pathologie, dit-elle d'un ton sec.

Facile de comprendre le sous-entendu, pas plus subtil que le sien. Il la regarda droit dans les yeux.

— Il arrive parfois, dit-il en choisissant ses mots, qu'on se trouve dans une situation qui oblige à sortir des sentiers battus. A prendre des initiatives originales, si vous préférez.

Il la toisa lentement. Ses cheveux d'un noir brillant auraient pu la rendre attirante s'ils n'avaient pas été tirés en arrière et rassemblés en une tresse épaisse. Ses cils, visibles en dépit des verres épais de ses lunettes, étaient également noirs et fournis. C'était naturel, bien entendu, car il n'imaginait pas qu'elle puisse se maquiller.

Elle était chaussée de chaussures plates, et du bas de sa blouse blanche fermée jusqu'au cou dépassait un morceau de jupe droite toute simple. Une blouse, bon sang ! Plus personne n'en portait ! Et même ceux qui auraient eu envie de signaler leur appartenance au corps médical ne l'auraient jamais boutonnée de cette façon.

Quand il leva les yeux, elle le fixait avec des yeux ronds, comme s'il avait parlé en langue étrangère. Il réprima un soupir.

— Non, je ne crois pas que vous envisageriez de prendre ce genre de risque, n'est-ce pas ?

— D'apporter une moto dans ce service et d'empoisonner des enfants malades avec des gaz d'échappement ? En effet, vous avez raison. Je me refuse à croire que...

Quelqu'un qui courait vers eux l'interrompit dans sa diatribe.

C'était Jeannie, la mère du petit garçon qui était monté sur la moto, et qui laissait à présent couler les larmes retenues tout à l'heure.

— Merci, docteur, balbutia-t-elle d'une voix tremblante.

En maintenant la moto d'une main, il entoura les épaules de la jeune femme de son autre bras.

— Voyons, Jeannie, c'était la moindre des choses.

Retenant ses sanglots, la mère poussa un énorme soupir.

— Il faut que j'y retourne. Ce… ce ne sera pas long maintenant.

— Je sais.

Il s'efforça de montrer un visage serein, mais il sentit sa gorge se serrer d'une émotion qu'il ne connaissait que trop bien. Il lui fallait s'isoler un moment, et de préférence se griser de vitesse, peut-être faire un tour sur l'autoroute.

Jeannie resta un instant immobile et prit une profonde inspiration.

— Je tenais à vous exprimer ma gratitude, murmura-t-elle. Liam… s'est endormi en souriant.

— J'en suis heureux.

— Je crois qu'il ne souffrait même plus, assis sur votre moto. Les photos sont…

— Oui, vous les chérirez. Allez le rejoindre, Jeannie. Il a besoin de sa maman.

Quand elle fut repartie, ses traits se relâchèrent. Il prit une profonde inspiration et se raidit de nouveau : il avait oublié Kate, toujours à la même place, qui avait assisté à la scène et entendu la conversation. Impossible qu'elle n'ait pas compris de quoi il s'agissait et pourquoi il n'avait pas hésité à enfreindre le règlement…

En effet. Son visage avait pâli et, sous les verres de ses lunettes, ses yeux semblaient s'être encore agrandis. Il n'avait jamais remarqué qu'ils étaient aussi bleus…

— Je… je ne sais que dire.

— Eh bien, ne dites rien.

Il fallait qu'il s'échappe. Si jamais il se mettait à pleurer, ce devait être sur l'autoroute, où ses larmes pourraient être attribuées au vent qui lui fouettait le visage.

Il donna une secousse à la moto pour la faire avancer. Kate ne bougeait toujours pas ; elle ouvrait et refermait la bouche comme si elle voulait dire quelque chose mais ne savait pas quoi. Tel un poisson hors de l'eau.

Malgré tout, il percevait encore cette vibration de désapprobation… Peut-être avait-elle l'intention de le dénoncer auprès de l'administration ? Il se sentit coincé entre la rigidité dont elle faisait preuve vis-à-vis du règlement — son incapacité à comprendre qu'il puisse faire un geste pour un enfant mourant — et le poids de la douleur qu'il sentait sourdre de la chambre où une mère berçait son fils si malade.

S'il ne repoussait pas tout de suite l'une des deux barrières, il allait étouffer. Il la regarda dans les yeux.

— Je vais vous dire une bonne chose, Kate. Vous feriez mieux de vous trouver une vie. Vous êtes aussi guindée que votre blouse boutonnée jusqu'au cou.

Sa blouse ? Qu'avait-elle de spécial ?

Après le départ de Connor, elle alla chercher les tubes destinés à l'analyse. L'infirmière qui les lui remit avait les yeux rouges comme si elle venait de pleurer, et d'autres membres de l'équipe, regroupés près de l'ordinateur situé sur le comptoir central, se tamponnaient le visage avec des mouchoirs en papier. Soudain, une feuille sortit de l'imprimante et l'un d'eux la brandit. Kate entendit un sanglot.

Malgré elle, elle tendit le cou pour voir ce qu'ils regardaient : une copie grand format d'une photographie représentant un petit garçon au visage presque entièrement dissimulé par un casque trop grand d'où ne ressortait qu'un sourire. Et quel sourire ! Assez éblouissant pour occulter tous les autres détails du cliché, y compris le cathéter veineux central situé juste sous sa clavicule, et la pelote de perfusions qui en sortaient.

Sentant monter la panique, elle tourna vite les talons et s'éloigna. Certes, l'émotion était intense aujourd'hui en pédiatrie, mais ce qui l'attendait au sous-sol serait sans doute encore pire...

Aussitôt arrivée dans son service, elle distribua les tubes d'échantillons à ses collaborateurs.

— Analysez-les immédiatement et communiquez les résultats par téléphone. Une petite fille de trois ans, on soupçonne une méningite. Zut, il nous manque quelqu'un aujourd'hui ? Lewis n'est pas là ?

Peut-être une aubaine pour elle, une échappatoire...

— C'est très urgent, reprit-elle. Bon, je devrais peut-être m'en occuper moi-même...

L'un des techniciens lui adressa un sourire de compassion en désignant la porte qui donnait sur la morgue.

— Lewis vous attend à côté, Kate.

Tous savaient en quoi consistait son travail de l'après-midi, sans forcément avoir conscience de l'épreuve que cela représentait pour elle...

— Je crois que j'en suis incapable, Lewis.

Son chef de service, un homme d'une soixantaine d'années un peu grassouillet aux cheveux grisonnants, l'invita d'un geste à s'asseoir dans le petit bureau sans fenêtre.

Lewis Blackman la regarda un instant sans rien dire, calme et songeur.

— Rappelez-moi pourquoi vous avez choisi la pathologie, Kate ?

Oh, mon Dieu, allait-il lui annoncer qu'elle était incompétente ? Tout le monde s'attendait à ce qu'elle soit nommée à la tête du service quand il prendrait sa retraite. Elle aussi, d'ailleurs. Mais en avait-elle la carrure, puisqu'elle se révélait incapable de supporter le côté noir de sa spécialité ?

Elle se remémora l'époque où, simple infirmière, elle détestait n'être qu'une exécutante considérée comme inférieure par les médecins, ceux qui posent les diagnostics et décident ensuite du traitement à prescrire. Elle se rappela les longues et dures nuits de service qu'elle s'était imposées afin de financer ses cours de médecine ; durant son internat, sans doute l'avait-on respectée un peu plus que les autres parce que, étant plus âgée, elle avait davantage d'expérience, mais elle s'était toujours sentie mise à l'écart. Oui, elle avait travaillé dur pour avoir le poste dont elle rêvait...

Elle leva les yeux, et s'aperçut que Lewis la regardait avec étonnement, attendant qu'elle lui réponde.

— Pour moi, finit-elle par dire, la pathologie est centrale dans la plupart des cas critiques : aucun médecin, même le plus compétent, ne peut agir avant de savoir contre quoi il se bat. Il leur arrive à tous d'attendre avec impatience, en salle d'opération, les conclusions de l'analyse d'une tumeur...

Soudain, elle eut devant les yeux la silhouette de Connor Matthews.

Pas en tenue de bloc, son scalpel posé dans l'attente de résultats, non : tout habillé de cuir, buté et insolent, décidé à enfreindre le règlement pour réaliser le vœu d'un enfant mourant.

Elle poussa un long soupir.

Lewis acquiesça de la tête.

— C'est vrai ; toutefois, vous pourriez vous cantonner au labo pour effectuer ces analyses et vous tenir éloignée de la morgue pour ne pas avoir à pratiquer d'autopsies.

Son cœur fit un bond dans sa poitrine.

— A mon avis, c'est sans doute la partie la plus passionnante. Quand on découvre la cause d'une mort inexpliquée, on se sent vraiment utile à la science...

Le chef de service eut un sourire satisfait.

— C'est gratifiant, n'est-ce pas ? A mon avis, vous pratiquez les autopsies les plus précises et les plus poussées que j'aie vues, y compris les miennes. Vous auriez pu être un chirurgien brillant.

— Hmm… Non, je suis contente de mon sort ; ma vie est exactement telle que je la voulais.

Elle le vit hausser légèrement les sourcils. Que pensait-il d'elle ? Qu'à trente-cinq ans, elle était encore célibataire ? Qu'une femme seule qui se passionne pour les éprouvettes et les lames de microscope ou, pire, les dissections de cadavres a sans doute quelque chose qui ne tourne pas rond… Eprouvait-il de la pitié à son égard ?

— Vous avez pourtant besoin de nouveaux défis, d'énigmes à résoudre qui maintiennent votre curiosité en alerte. N'est-ce pas ce qui vous a poussée à vouloir devenir médecin légiste ?

Il la connaissait bien… Elle se mordit la lèvre et acquiesça sans mot dire.

— L'autopsie a souvent pour but de déterminer la cause de la mort à la suite d'une maladie ou d'un accident, poursuivit Lewis. Cependant, dans le cas d'un meurtre, nos conclusions sont déterminantes pour la découverte du coupable et le châtiment à lui infliger. Notre rapport peut être essentiel pour empêcher un meurtrier ou un violeur de sévir une seconde fois.

De nouveau, Kate se contenta d'opiner. Bien que la jugeant puérile, elle adorait l'excitation que procurait le fait de se trouver face à l'inattendu, d'ignorer qui on amènerait par la porte, enveloppé dans un sac en caoutchouc épais. Du moins, lorsque les victimes venaient directement du lieu du crime, car, souvent, elles étaient amenées à l'hôpital encore vivantes pour quelques heures. Il arrivait aussi que l'on ait à prendre la décision de débrancher les appareils, comme c'était le cas aujourd'hui…

A présent, le chef de service fixait un point au-dessus de sa tête.

— Vous êtes très maligne, Kate. (Il fit une pause.) Savez-vous qu'il m'a fallu un an pour m'apercevoir que vous évitiez avec soin les autopsies de jeunes enfants ? Vous avanciez toujours une bonne raison de ne pas être disponible, mais j'ai fini par voir clair dans votre manœuvre ; et quand vous avez demandé votre premier jour d'arrêt maladie, vous qui n'en prenez jamais, j'ai acquis la certitude que ce travail vous rebutait ; et j'aimerais bien savoir pourquoi.

Il la regarda dans les yeux, et son visage exprimait à présent une profonde sympathie.

— Voulez-vous m'en parler ?

— Non.

Il hocha la tête d'un air grave, visiblement pas étonné de sa réponse.

— Les enfants, et surtout les bébés, sont les patients les plus vulnérables, et ça me brise le cœur à moi aussi de devoir m'occuper d'eux ici...

Il désigna d'un geste la morgue adjacente.

— Malgré tout, quelqu'un doit le faire, que ce soit médical ou médico-légal ; c'est une obligation pour nous. Je vous ai laissé un délai aussi long que possible pour vous permettre de vous habituer à cette idée. Je veux bien être présent dans la salle si vous le souhaitez. Mais si aujourd'hui vous êtes incapable d'affronter cela, c'est qu'il est temps de prendre une décision, Kate. Vous avez tout à fait le droit de refuser, mais, dans ce cas, nous allons devoir vous réorienter.

Elle s'y attendait... Il y avait longtemps qu'elle s'accrochait au bord du précipice. Elle s'était préparée à traverser cette épreuve et pensait en avoir enfin trouvé le courage, jusqu'au moment où elle avait vu la tristesse et le désespoir assombrir davantage les yeux déjà noirs de Connor Matthews.

Cependant, si elle reculait maintenant, où irait-elle ?

Lewis avait raison, il lui fallait une motivation qui donne un sens à son existence. Elle n'avait aucune envie de rester enfermée à vie dans une prison qu'elle aurait bâtie elle-même : elle ne supportait plus de se voir évoluer dans un laboratoire, entourée d'éprouvettes, de bocaux et de rangées de lames de verre qui lui apparaissaient soudain comme les barreaux de sa cellule.

— Je vais le faire, murmura-t-elle.

— Voulez-vous que je reste ?

Elle leva les yeux pour rencontrer son regard anxieux : il lui offrait une corde de rappel pour qu'elle descende lentement dans le gouffre au lieu de s'y précipiter. Pourtant, elle ne pouvait l'accepter.

— Merci, mais je pense qu'il vaut mieux que je sois seule.

Elle le fit, d'un bout à l'autre, toute seule.

Toutefois, des heures plus tard, en route vers son cottage, loin d'être fière d'avoir surmonté l'épreuve, elle se sentait totalement démoralisée et avait dans la bouche un goût amer. Tout repassait en boucle dans son esprit, de ses tentatives pour repousser le plus possible l'autopsie de Peyton, ce bébé d'une semaine à peine, jusqu'au rapport final qu'elle avait dicté.

« Un enfant né à terme sans anomalies externes apparentes…

» Le scanner du cerveau ne montre pas de flux sanguin apparent, ce qui indique un état de mort cérébrale. Même s'il avait pu subsister une activité résiduelle du tronc cérébral et si la vie avait pu être prolongée par la respiration artificielle, il n'y avait aucune chance d'amélioration…

» Les extrémités des axones sont raccourcies comme si elles avaient été arrachées suite à de violentes secousses ou à une torsion. »

Une description clinique qui lui rappelait tant d'atroces souvenirs ! Sa gorge se serra. Elle avait quinze ans quand…

Elle secoua la tête, tentant de chasser ce souvenir. La mère de Peyton en avait dix-sept et avait dissimulé sa grossesse aussi longtemps qu'elle l'avait pu ; dans sa famille recomposée, visiblement peu soudée, personne ne voulait parler. Qui avait secoué ce bébé, causant ainsi les lésions fatales ? A la suite de quel stress ? Bien entendu, il était difficile de porter un jugement dans ce cas. Pourtant, elle-même était bien placée pour connaître les dégâts que pouvait causer la fureur…

Comme elle le redoutait, ce travail nécessaire qu'elle s'était imposé avait ravivé sa propre douleur.

D'avoir perdu un petit être à qui elle aurait donné tout son amour, et qui le lui aurait bien rendu.

S'efforçant de nouveau de chasser ces lugubres pensées, elle s'engagea dans la longue allée bordée d'immenses chênes dont la ramure formait un tunnel d'ombre en été. Au bout du chemin, elle allait retrouver son adorable cottage dont la lourde porte s'ornait d'un heurtoir ancien à tête de lion. Des marches de brique partaient du sentier et...

Et du perron, une silhouette se précipita vers elle alors qu'elle tournait le coin après avoir garé sa voiture au garage.

— Kate ! Oh ! Kate ! Je t'attends depuis une éternité !

2

— Bella ! Que fais-tu ici ?

Sa surprise initiale céda la place à un mélange de joie et d'appréhension. Elle connaissait bien sa nièce et avait remarqué sa valise posée près de l'entrée. Que fuyait-elle ?

— J'ai essayé de t'appeler, mais comme tu ne répondais pas, j'ai pensé que je pouvais te faire la surprise…

Bella arborait un large sourire et son visage était rayonnant. Kate ouvrit les bras pour y serrer sa nièce.

— J'ai réussi à te surprendre ?

— Oui, tu peux le dire !

Kate se recula un peu pour la regarder ; elle avait encore embelli depuis leur dernière rencontre. Ses cheveux blonds ondulés avaient poussé et sa minijupe ultracourte ne cachait rien de ses jambes interminables juchées sur de hauts talons. Impossible de ne pas lui rendre son sourire.

— Cela fait si longtemps, Bella. Nous avons tant de choses à nous raconter !

Bella rit et saisit sa valise.

— Eh bien, nous aurons tout le temps du monde. Entrons. Tu n'as pas envie de me demander des explications ?

— Je l'ai déjà fait.

Kate chercha sa clé. Elle se sentait un peu étourdie ; mais la perspective de passer une soirée tranquille pour tenter d'oublier les vicissitudes de sa journée de travail s'était évanouie.

Quand Annabelle Graham était là, c'était un autre monde.

La porte s'ouvrit sur un élégant hall lambrissé dont le plancher s'ornait d'un tapis persan qui ajoutait ses tons d'écarlate au bois foncé. Comme dans le reste de la maison, les beaux meubles anciens et les bibelots étaient soigneusement choisis, tout était bien en ordre et aucune trace de poussière ne ternissait les surfaces brillantes.

Il manquait une roulette à la valise de Bella qui tressautait sur le tapis précieux, mais sa nièce semblait ne pas s'en préoccuper.

— Oh ! Tu as toujours cette collection de vieilles clés ! Elles sont magnifiques ! Tu te souviens quand tu as trouvé la première chez ce brocanteur où tu te cachais, le jour où tu avais fugué ?

— Ce n'était pas une fugue, j'étais seulement partie me promener.

Bella lui adressa le même sourire complice et compréhensif que lorsqu'elle l'avait découverte dans ce magasin de brocante, des années plus tôt. Kate ne l'avait jamais oublié. Le lien très fort entre elles s'était forgé ce jour-là, même si sa nièce n'avait que six ans à l'époque.

Et ce sourire était peut-être justement ce dont elle avait besoin ce soir : l'ambiance raffinée qu'elle avait donnée à son intérieur ne pouvait compenser la chaleur et l'amour d'un être qui venait la tirer de sa solitude, au moment où elle s'y attendait le moins.

— Tu m'as manqué, Bella.

— Toi aussi, tu m'as manqué.

Sa nièce abandonna sa valise trop pleine pour l'enlacer de nouveau.

— Et j'ai tellement de choses à te raconter !

Arrivée dans la chambre d'ami, elle fit une pirouette en battant des mains.

— Dire que je vais de nouveau dormir ici !

Kate appuya sur l'interrupteur, révélant des murs jaunes bouton-d'or, un bow-window et un lit en cuivre ancien recouvert d'une couverture en patchwork multicolore.

— Bien sûr ! C'est la seule qui ait une salle de bains attenante. Combien de temps comptes-tu rester ?

Mais Bella ne répondit pas, occupée à ouvrir sa valise qui sembla pousser un soupir de soulagement : elle déborda aussitôt de dessous en dentelles, puis apparut une paire de bottes en cuir noir et aux talons pointus, digne d'une vamp.

— J'ai un cadeau pour toi, mais je ne le trouve plus... Bon, tant pis, je chercherai plus tard.

Elle sortit alors de la valise un vieil ours en peluche qu'elle déposa tendrement sur le lit entre les oreillers éclatants de blancheur.

— Mon Dieu ! Tu l'as toujours ?

— Bien sûr ! C'est toi qui me l'as offert. Je ne pourrais pas dormir sans lui !

En un clin d'œil, la chambre se transforma en un champ de bataille jonché de vêtements, de produits de beauté et de livres. Enfin, Bella exhiba triomphalement un petit paquet emballé dans un adorable papier jaune primevère, avec un ruban assorti au minuscule bouquet de fleurs séchées qui y était fixé.

Sa poitrine se serra. C'était tout sa nièce, songea-t-elle : inorganisée, désinvolte et pagailleuse, mais s'arrangeant toujours pour que du chaos surgissent des moments rares que l'on n'oubliait plus et qui vous rappelaient que la vie valait la peine d'être vécue.

— Vas-y, Kate, ouvre-le !

A l'intérieur du paquet se trouvait une photographie entourée d'un cadre en argent vieilli : celle d'une petite fille et d'une très jeune femme enlacées, assises sur une balancelle sous un arbre, qui se souriaient sans un regard pour le photographe.

— Tu t'en souviens ? Je l'ai trouvée dans un album, et papa m'a permis d'en faire un autre tirage et de la faire encadrer.

— Oh..., fit Kate.

L'émotion l'empêchait de respirer, et elle sentait que son sourire était tremblant.

— Quel âge avais-tu ?

— Je ne sais pas, huit ou neuf ans... Ce chêne a été abattu par une tempête l'année dernière, est-ce que papa te l'a dit ?

— Non. C'est bien triste.

Sa nièce haussa les épaules.

— Il devenait trop grand, de toute façon, et faisait trop d'ombre sur la maison. Pourquoi aimez-vous tant les arbres, papa et toi ? Tu es pratiquement enfouie dans une forêt, ici. Tu cherches à t'isoler du monde extérieur ou quoi ?

Kate eut un haussement d'épaules. Peut-être que c'était l'inverse : le monde était isolé d'elle et cela lui convenait.

— C'est une photo merveilleuse. Merci, Bella, mais tu n'aurais pas dû dépenser ton argent pour moi... Je pensais que tu économisais pour partir en Europe ?

— Oui, c'est pour cette raison que je suis ici. Les infirmières sont mieux payées en ville, et j'ai obtenu un poste à St Pat's. Super, non ?

Kate en resta bouche bée.

— Un poste ?

— Hmm. Pas là où j'aurais voulu commencer, d'ailleurs. Je dois faire un stage de trois mois au bloc opératoire, puis trois autres en gériatrie.

Elle fit une grimace.

— Mais si je tiens le coup, je pourrai enfin me retrouver dans le service que je préfère : en pédiatrie avec les enfants.

— Tu as donc un poste définitif ?

Bella s'esclaffa.

— Définitif ? Moi ? Non, je veux juste mettre assez d'argent de côté pour partir. Il me faudra un an, ou peut-être six mois si je réussis à me priver de tout.

Elle eut un large sourire.

— Et si mon adorable tante accepte de me loger.

Kate n'avait toujours pas refermé la bouche. Bella était un véritable tourbillon qui la rendait heureuse, mais à petites doses... Supporterait-elle qu'elle vive sous son toit pendant six mois, voire un an ? Elle en avait le vertige ; son univers entier lui semblait vaciller. Bella était tout l'inverse d'elle : impulsive alors qu'elle-même était prudente, prête à tout laisser tomber pour une offre plus alléchante alors qu'elle-même détestait changer ses habitudes, à prendre des risques alors qu'elle-même préférait la sécurité…

Bizarrement, elle se figura soudain Connor Matthews dans la pièce, en train de les observer, de la comparer à Bella en hochant la tête. Il dirait sans doute quelque chose comme : « Voilà une femme qui a une vie ! »

— Je peux rester, Kate ? S'il te plaît…

Kate prit une grande inspiration. Après tout, pourquoi pas…

— Bien… bien entendu !

— Je me ferai toute petite, je t'aiderai pour la cuisine et le ménage, et je ne serai sans doute pas souvent là. Tu ne remarqueras même pas ma présence.

Kate embrassa du regard le chaos qui régnait dans la chambre. Elle savait très bien à quoi ressemblerait sa cuisine si Bella se mêlait de préparer les repas. Evidemment, elle sortirait souvent, car elle se faisait toujours très vite des amis, mais quand sa nièce rentrerait à 3 ou 4 heures du matin, elle savait qu'elle s'inquiéterait pour elle et ne dormirait pas. D'un autre côté, Bella rendait la vie plus attrayante et colorée…

Et impossible de se sortir Connor Matthews de la tête. Il souriait à présent, d'un air approbateur mais un tantinet suffisant, comme pour dire : « Prenez-en de la graine, docteur Graham ! »

Soudain, l'image d'un couple la frappa de plein fouet. Bon sang, sa nièce et le chirurgien rebelle ? Non. Bella n'allait pas sciemment à l'encontre des règles, elle les ignorait ou tentait d'échapper aux reproches en jouant de son charme, ce qui réussissait la plupart du temps. Dans le pire des cas, elle acceptait la punition parce qu'elle avait conscience de sa responsabilité.

C'était sans doute pourquoi elle n'avait aucun remords d'avoir laissé derrière elle tant de cœurs brisés… Le jeu devait être joué selon ses règles à elle, et son avenir comptait plus que tout : elle n'avait pas l'intention de s'engager dans une relation sérieuse avant ses trente ans, sans doute. A ce moment-là, elle trouverait probablement un homme qui lui plairait vraiment, s'installerait avec lui et aurait une douzaine d'enfants.

Kate, qui l'avait vue grandir, la considérait un peu comme sa propre fille.

— Je meurs de faim ! Oh ! j'ai une bouteille de vin pour toi. Du rouge. Le caviste m'a assuré qu'il était excellent.

Kate reconnut l'étiquette : un délicieux chiraz de Nouvelle-Zélande.

— J'ai un jarret d'agneau qui mijote dans la cocotte. Super. Tu as bien choisi.

Bella rit.

— Un coup de chance ! Je ne suis pas spécialiste, comme tu le sais.

Elle brandit la bouteille tel un trophée.

— On l'ouvre ? Tu me diras tout sur St Pat's pendant le repas.

Kate ouvrit le chemin vers la cuisine en riant, certaine que sa nièce n'aurait pas besoin d'elle pour avoir très vite les renseignements qu'elle souhaitait. En fait, après réflexion, cela ne l'étonnerait pas du tout que d'ici deux semaines elle rentre de l'hôpital en moto, raccompagnée par Connor Matthews.

La nouvelle infirmière de bloc était très mignonne, songea Connor. Grande et blonde, avec des yeux bleus rieurs. Tout le contraire de ces femmes revêches aux yeux sévères et au regard désapprobateur qui ne prenaient à l'évidence jamais de bon temps dans la vie. Vraiment, il détestait ce genre de femme.

Dans ce cas, pourquoi n'avait-il pas réussi à chasser Kate Graham de ses pensées depuis quelques jours ?

Parce qu'il se sentait coupable, voilà tout. Il avait été odieux de lui dire qu'elle devrait se trouver une vie, et puéril d'ajouter que sa blouse blanche était ridicule. En réalité, il n'était pas méchant de nature. Il ne pouvait imputer sa réaction qu'au fait qu'il était très troublé à ce moment-là.

Il frotta plus fort ses mains avec la brosse imprégnée de désinfectant. Sous les ongles, entre les doigts, jusqu'à se faire mal.

Hier, il avait assisté à l'enterrement de Liam et, même pendant la messe, il n'avait cessé de penser à Kate. Peut-être un moyen de se distraire des tragiques souvenirs que lui rappelait la mort de son jeune patient...

Il s'était remémoré la transformation qui s'était manifestement opérée en elle quand elle avait semblé comprendre pourquoi, au mépris du règlement, il avait pris la liberté d'apporter sa moto dans une salle de pédiatrie. Elle était devenue blanche comme un linge et avait eu du mal à trouver ses mots... Et en se souvenant de son regard, il avait soudain revu une lueur dans ses yeux qui lui avait fait penser qu'elle avait peut-être elle-même enduré des moments tragiques dans sa vie...

Que lui était-il arrivé ? Des choses assez graves pour l'avoir rendue telle qu'elle était, incapable de communiquer avec les autres, d'imaginer qu'elle avait de la compassion, de l'amitié ou de l'amour à leur donner ?

Ce n'était pourtant pas une poule mouillée ; il fallait du courage et de l'intelligence pour étudier la médecine, surtout dans sa spécialité. Par ailleurs, elle n'était pas si laide que ça : si elle déboutonnait sa blouse, ôtait ces lunettes et défaisait cette tresse, elle serait sans doute agréable à regarder.

Il se surprit à sourire en passant ses mains rougies sous l'eau du robinet qu'il avait actionné à l'aide de la pédale : il se figurait Kate en secrétaire modèle qui relâche sa tenue peu à peu pour apparaître enfin comme une vamp devant un homme stupéfait mais charmé.

Lui, par exemple...

Son sourire se changea en grimace. Quel fantasme ridicule !

Par chance, la nouvelle infirmière était là pour lui attacher sa blouse ; au moins, elle ressemblait à la demi-douzaine de ses précédentes petites amies et serait certainement de très bonne compagnie.

L'intervention de cet après-midi sur Dillon, un ado de quatorze ans, n'allait pas être aisée : passager d'une moto conduite par son grand frère, il avait eu les jambes brisées, ainsi qu'un bras, et ce serait un défi de réparer ses membres de façon à ce qu'il ne reste pas handicapé à vie. Il faudrait aligner les os, poser des fixations externes et ressouder les ligaments lésés. Cependant, la complexité de la procédure offrait des avantages : à certains moments, il devrait laisser la place à d'autres chirurgiens spécialisés qui s'occuperaient des nerfs et des vaisseaux sanguins.

Juste le genre de chance qu'il savait saisir. La stagiaire, utilisée comme coursière pour cette première fois, bénéficiait de moments de répit pendant lesquels elle se tenait en retrait de la table pour observer.

Tandis que l'un de ses collègues intervenait, il se plaça à côté d'elle.

— Tiens, une nouvelle tête ?

Façon de parler, mais quand elle était entrée au vestiaire, il avait aperçu ses longs cheveux blonds, à présent dissimulés sous la coiffe jetable. Et même si son visage était à moitié caché par le masque, il avait eu le temps de la voir sourire aux autres membres de l'équipe avec qui elle était arrivée. A présent que seuls ses yeux étaient visibles, c'était encore plus excitant. Des yeux d'un bleu qui lui rappelait… Bof, pas mal d'autres femmes de sa connaissance, en fait.

— Je m'appelle Bella, murmura-t-elle. C'est mon troisième jour ici.

— Moi, c'est Connor. Enchanté de vous connaître, Bella.

Il vit de petites rides se former au coin de ses yeux.

— Connor ? J'ai entendu parler de vous.

— En bien, j'espère ?

Elle eut un petit rire qui lui valut un regard réprobateur d'une infirmière plus gradée.

— Tout dépend de ce que vous entendez par « bien »...

Mike, l'anesthésiste, le regarda en poussant un soupir résigné.

— Laisse-la tranquille, Matthews. Tu n'es pas obligé de les draguer toutes, tu sais !

— Eh alors, ça n'est pas interdit de lui souhaiter la bienvenue, non ?

— Evidemment ! intervint une autre infirmière.

Il y eut un éclat de rire général.

Connor s'y joignit, tout en se promettant de rétorquer en privé à Mike qu'il était franchement mal placé pour lui faire la morale. Peut-être ce soir pendant leur partie de squash...

Par la suite, il n'eut plus l'opportunité de reparler à Bella, d'abord parce qu'il était concentré sur son travail, ensuite parce qu'elle fut obligée de quitter la salle. Sans doute n'était-elle pas entièrement responsable de l'accident qui se produisit alors : se trouvant par inadvertance sur le chemin des techniciens qui déplaçaient du matériel, elle fit un bond de côté pour les éviter. Par chance, elle réussit à ne pas tomber dans le champ stérile, mais, dans son mouvement pour reprendre son équilibre, elle se renversa sur le pied le seau d'instruments souillés qui repartaient à la stérilisation. Le bruit de chute du métal lourd dérangea tout le monde, et elle sortit, l'air navré et boitant légèrement.

Quand il sortit de la salle d'opération, il la retrouva assise dans un fauteuil près des ascenseurs, en train de se frotter le pied.

— Quelque chose de cassé ? Vous avez peut-être besoin d'un chirurgien orthopédiste ?

Elle lui jeta un regard noir.

— Ne remuez pas le couteau dans la plaie, j'ai tellement honte... Ce n'est qu'un bleu, ça va passer.

Elle consulta l'écran de son téléphone portable qui venait de sonner, annonçant un message.

— Zut ! La collègue qui devait me ramener se décommande... Je crois que je vais devoir trouver un bus.

Manifestement, elle avait de la peine à enfiler sa chaussure.

Et nul doute que les escarpins à talons aiguilles n'étaient pas des plus indiqués dans cette situation…

Il ne put résister.

— Ne forcez pas, surtout ! Laissez votre pied nu et mettez de la glace dessus en arrivant chez vous.

— Pied nu dans le bus, j'aurai l'air malin !

— Vous pourriez appeler un taxi ?

— Pas question, je mets de l'argent de côté pour partir en Europe et chaque centime compte.

Encore une fois, il ne put résister. C'était trop tentant, presque trop facile.

— Dans ce cas, permettez-moi de vous raccompagner, j'ai un casque supplémentaire dans ma sacoche.

Il vit ses yeux briller.

— Un casque ? Vous venez à moto ?

— Hmm.

Elle le regarda d'un air intrigué.

— Je ne saisis pas : vous venez de rafistoler un motard en morceaux et vous utilisez le même moyen de transport que lui ? C'est de la folie !

— Certainement. Je vous emmène ?

Elle lui adressa un large sourire.

— Bien sûr !

Un peu trop facile, pensa Connor.

Il l'aida à se relever et, quelques instants plus tard, ils étaient en route pour les beaux quartiers de la ville et il suivait les indications de Bella, enlacée à lui pour se tenir. Il aurait dû être ravi de chevaucher sa machine avec cette beauté sur le siège arrière, une femme idéale pour lui, qui aimait la moto et avait le goût du risque. Et qui allait sans doute lui proposer d'entrer pour prendre un café, ce qui lui permettrait de lui offrir d'examiner son pied et, une chose entraînant l'autre…

Aucune difficulté là-dedans, à tel point que c'en était presque barbant… Soudain, il fut surpris de sa propre réaction :

pourquoi diable se mettre à juger que ce qui était prévisible était forcément ennuyeux ?

Ce fut à contrecœur qu'il accepta son invitation à entrer dans l'adorable cottage ancien devant lequel ils venaient de s'arrêter. Il devait être fatigué, ou la perte récente de son jeune patient l'avait affecté plus qu'il ne l'aurait cru. Si une soirée avec Bella ne lui remontait pas le moral, il saurait que quelque chose ne tournait pas rond.

— C'est joli, chez vous ! dit-il en ôtant son casque.

— Ma tante a la gentillesse de m'héberger tant que j'ai ce poste à St Pat's, où elle travaille aussi. Entrez, vous devez la connaître !

Fort possible, il comptait pas mal d'infirmières parmi ses amies... Encore heureux que Bella ne vive pas avec des collègues de son âge, sinon il aurait redouté de se trouver nez à nez avec l'une de ses ex...

Tandis qu'elle le précédait dans le hall en boitant, il eut tout le loisir d'observer l'intérieur, qui était encore plus agréable à l'œil que l'extérieur. Sa tante avait bon goût... Et, à en juger par l'arôme délicieux qui émanait du bout du couloir, vers où Bella se dirigeait, elle savait cuisiner.

— Oh ! mon Dieu ! s'exclama une voix de femme inquiète. Tu boites ? Qu'est-ce qui t'est encore arrivé ?

Pourquoi « encore » ? songea-t-il. Etait-elle spécialiste des accidents ? Elle avait peut-être vraiment besoin qu'on s'occupe d'elle...

— Quelqu'un a déplacé un appareil de radio, je me suis trouvée sur le trajet et, en tentant de m'écarter, je me suis renversé le récipient qui contenait les instruments à stériliser sur le pied. Mais ce n'était pas ma faute...

Elle se retourna.

— N'est-ce pas, Connor ?

Hélas pour elle, il fut incapable de répondre. D'abord parce qu'il n'avait rien vu de l'incident, et ensuite parce que c'était soudain devenu le cadet de ses soucis.

Il ne la regardait même plus, il regardait, stupéfait, Kate Graham.

Du moins, il supposait que c'était bien elle : la femme qui se tenait devant lui était très différente, tout en ayant avec elle une ressemblance frappante. C'était vraiment surprenant. La jumelle de Kate était en jean, pas n'importe lequel, un vieux jean élimé et décoloré, et elle marchait pieds nus. Elle portait aussi un ample T-shirt gris clair, assez grand pour laisser entrevoir une épaule dénudée et la ligne du cou. Pas de lunettes, et une chevelure brune descendant en rideau presque jusqu'à la taille, une chevelure humide, d'ailleurs, comme si elle sortait de sa douche.

Ou d'une scène de film.

« Silence, on tourne. La prude contre la vamp, première ! »

A sa grande horreur, il sentit ses joues le brûler, tandis que Kate, figée sur place, le fixait d'un regard qui le transperçait.

Bella les regardait alternativement, lui et Kate, comme si elle assistait à un match de tennis.

— Euh... je suppose que l'hôpital est immense... Kate, voici Connor... j'ai oublié son nom de famille. Il est chirurgien à St Pat's. Connor, voici ma tante, Kate Graham, qui travaille en pathologie. Je pensais que vous vous connaissiez ?

Il ne parvenait pas à définir ce qu'il éprouvait. De la gêne, probablement. L'impression qu'il voyait quelque chose qu'il n'aurait pas dû voir, comme s'il venait d'écarter un rideau en cachette. C'était pire que le sentiment de culpabilité qui lui restait de sa grossièreté de l'autre jour. Outre ces deux sensations désagréables, il y avait encore un autre sentiment qu'il se refusait à identifier, en rapport avec son fantasme de tout à l'heure, juste avant d'entrer en salle d'opération : la secrétaire modèle qui se change en femme fatale sous le regard éberlué d'un homme...

Il s'éclaircit la voix, tentant de masquer son trouble.

— Oui, nous... nous sommes rencontrés.

— Ah, bon ! dit Bella en se dirigeant vers le réfrigérateur.

Avons-nous de la glace, Kate ? Je pourrais en mettre sur mon pied. Connor a eu la gentillesse de me ramener parce que je ne pouvais plus remettre ma chaussure.

— Trois jours, murmura Kate sur un ton incrédule.

— Quoi ? Tu penses que je dois le faire pendant trois jours ?

— Pas du tout ! Si c'est toujours enflé demain, il faudra passer une radio. Tu as pu te casser quelque chose.

— C'est bien ce que je pensais, renchérit Connor. Ces seaux sont très lourds, surtout quand ils sont pleins.

Bella avait sorti un paquet de petits pois congelés.

— Je peux les prendre ? C'est encore mieux que de la glace.

— Bien sûr ! Mais ne les remets pas au congélateur après, nous risquerions de les manger par erreur.

— En parlant de manger, dit Bella en soulevant un couvercle, qu'est-ce que ça sent bon !

Elle sourit à Connor.

— Ma tante est un vrai cordon-bleu !

Il sourit.

— Je le crois volontiers.

Bella regarda de nouveau la marmite.

— Tu en as fait pour quinze ! On pourrait inviter Connor pour le dîner, non ?

— Euh...

Kate ne savait que répondre. Quelle situation abominable ! Aucun de ses collègues n'était encore entré chez elle. Sa vie privée lui appartenait totalement, et elle ne voulait personne ici, et surtout pas lui, le play-boy de l'hôpital ; qui de plus pensait qu'elle était *guindée* et avait besoin de se trouver une vie. Elle avait exactement la vie qu'elle souhaitait : sans liens avec l'extérieur.

Jusqu'à maintenant.

Et par-dessus le marché, elle sortait de sa douche et était à peine présentable ! Cela dit, même si elle avait été en vêtements de travail, elle se serait sentie à demi nue sous le regard brûlant qu'il lui avait lancé en entrant. C'était Bella qu'il avait ramenée, alors pourquoi la lorgner *elle* de cette manière ?

Elle n'avait pas douté une seconde que sa nièce ne tarderait pas à découvrir l'homme le plus sexy de St Pat's, mais elle n'aurait jamais imaginé que cela irait si vite… Trois jours, cela tenait du record ! Avait-elle une autre solution que de regarder croître et embellir sous ses yeux — et sous son toit — cette amourette qui ne mènerait sans doute nulle part, si ce n'était à la satisfaction d'un désir purement physique ?

Non, elle n'avait pas d'autre choix, à moins de paraître très impolie.

Connor, qui semblait aussi gêné qu'elle à la perspective de dîner avec elles, dut comprendre à son expression qu'elle n'y tenait pas.

— Merci, je ne peux pas rester. J'ai…

Il n'eut pas le temps de terminer sa phrase : Bella, qui s'était assise, venait de poser le sac de petits pois congelés sur son pied ; elle poussa un cri perçant et parut sur le point de s'évanouir. Il s'avança en hâte, la souleva et la jucha sur le comptoir de la cuisine.

— Ne bougez pas. Il faut examiner ce pied.

Il posa les mains dessus.

— Aïe !

— Vous souffrez beaucoup ?

— Oui.

— Vous avez certainement un hématome important. Encore heureux que vous n'ayez pas reçu ce seau sur les orteils ! Pouvez-vous les bouger ?

Elle les agita.

— Oui, sans problème.

Kate observait aussi : sa nièce avait en effet un énorme bleu sur le cou-de-pied, qui devait être très douloureux. Pourquoi se sentait-elle soudain… envieuse d'elle ? Ridicule ! Elle était tout simplement en colère ; elle voulait que ce type sorte tout de suite de sa cuisine. De chez elle, et de sa vie.

Connor avait passé la main sous le pied de Bella.

— Essayez de repousser ma main.

Puis il la posa doucement sur le cou-de-pied.

— Poussez dessus, allez-y.

Enfin, il se mit à palper tous les petits os et regarda Kate.

— A mon avis, il n'y a rien de cassé, mais la seule manière de s'en assurer, c'est d'aller aux urgences passer une radio. Je devrais peut-être la ramener...

— Inutile, je m'en charge ! Je ne crois pas que ce soit une bonne idée qu'elle fasse de la moto avec un pied peut-être cassé.

Kate s'en voulut d'avoir employé malgré elle ce ton autoritaire de professeur, mais les mots lui avaient échappé... Elle vit le regard que Connor et Bella échangeaient. Sa nièce souriait.

— Ne le prenez pas mal, Connor, elle est adorable, en réalité.

— J'en suis persuadé, murmura-t-il.

Son attitude et l'expression de son visage démentaient nettement cette affirmation. Il recula.

— Bien, alors tenez-moi au courant.

Kate éteignit le four. Le dîner attendrait. De toute façon, elle n'avait plus faim.

— Descends, Bella. Assieds-toi pendant que je vais m'habiller. Ensuite, nous irons à l'hôpital nous assurer que tout va bien.

Curieusement, sa maison lui paraissait changée, comme si quelque chose d'indéfinissable avait été brisé.

Connor avait beau être parti, elle sentait encore sa présence, et cela ne lui plaisait pas du tout.

3

— Connor ! Que faites-vous ici ?

Bonne question, se dit-il. Il y avait presque une heure et demie qu'il avait quitté le cottage de Kate pour s'engager sur l'autoroute et tâcher de réfléchir à ce qui lui arrivait.

Comme il était trop tard pour débuter une partie de squash avec Mike avant de dîner au pub, il en était réduit à se réchauffer un plat au four à micro-ondes chez lui. Il était repassé par St Pat's pour prendre le journal qu'il avait laissé sur son bureau, espérant se distraire à sa lecture. Pourquoi diable avait-il fait le détour par le service d'urgence en sortant ?

A présent, il se tenait sur le seuil du box où Bella attendait, allongée, les résultats des radios. Kate était assise près d'elle, le dos raide, collé au dossier de la chaise.

D'ailleurs, ici, ce n'était pas Kate, mais le Dr Graham.

Il se rendit compte qu'il brûlait de résoudre ce mystère : la pimbêche guindée, imperméable à tout sentiment, avait une double personnalité.

Sa maison était à son image, meublée avec goût, mais trop parfaite et terriblement impeccable, comme elle en ce moment : les cheveux tirés et les lunettes sur le nez, cinglée dans un tailleur strict.

Pourtant, il avait aussi vu *Kate*, en jean élimé et pieds nus, ses magnifiques cheveux laissés libres sur les épaules, qu'elle avait fort gracieuses.

Et depuis, il savait qu'il ne pourrait plus désormais croiser le Dr Graham dans un couloir de l'hôpital sans se rappeler Kate…

Deux femmes dans un seul corps, voilà qui était mystérieux.

Non qu'il se sente attiré, certainement pas ! Mais c'était pour lui une énigme, un défi.

Bella répéta alors sa question, ce qui le tira de ses pensées.

— Ce que je fais ici ? Eh bien, j'ai besoin de connaître le verdict, dit-il. En tant que responsable de ma salle d'opération, si Bella s'est cassé quoi que ce soit, je vais devoir faire une déclaration d'accident et un rapport… Bref, ça signifie une montagne de paperasses à remplir.

Le pied blessé était surélevé sur une pile de coussins et recouvert d'une poche de glace.

— Eh bien, regardez ! s'exclama Bella en soulevant la poche.

— Hmm… L'hématome est devenu impressionnant, fit-il sur un ton professionnel.

Elle eut un petit rire.

— Nous revenons juste de la radio, dit Kate avec un air pincé. Nous attendons le résultat.

Surprenant, que l'équipe de radiologie les laisse attendre si longtemps… En principe, les membres du personnel passaient devant tout le monde, ce qui lui semblait normal, car c'était l'une des rares consolations que l'on puisse attendre d'un métier dans l'ensemble aussi peu gratifiant.

— Je pourrais jeter un coup d'œil aux clichés, si vous voulez.

— Ici, Bella n'est qu'une patiente et je ne suis que sa parente. Le service est bondé.

Comme d'habitude, elle n'avait manifestement pas l'intention de profiter d'un passe-droit et refusait qu'on le fasse pour elle. Parfait.

Il s'assit sur le bord du lit en souriant.

— Comme vous voulez. Comme je n'ai rien de mieux à faire pour l'instant, j'attendrai avec vous.

Malgré les grognements de son estomac lui rappelant sa faim, il se réjouit intérieurement : la contrariété évidente qu'il lisait sur le visage de Kate valait la peine qu'il patiente un peu. Visiblement, elle regrettait d'avoir refusé d'enfreindre les règles, à présent.

Après lui avoir lancé un regard noir, du genre qui vous fait vous sentir tout petit, elle tira un téléphone portable de sa poche.

— Je vais appeler Jackie pour lui donner des nouvelles. Bella, je sors, pour ne pas gêner le fonctionnement des appareils, ajouta-t-elle.

Il sourit à Bella pendant que Kate passait devant lui.

— Elle semble ignorer que tous les médecins ont leur portable allumé en permanence, en renfort de leur biper... dit-il malicieusement après que Kate eut quitté la pièce.

Les yeux de la jeune femme s'arrondirent.

— C'est vrai ?

— Bien entendu !

Il réprima un sourire. En fait, il n'en était pas sûr du tout... Lui n'hésitait pas, mais peut-être que tous les autres obéissaient au règlement ?

— Comment va votre pied ?

— Bien. On m'a donné des antalgiques et je n'ai même plus mal quand je remue les orteils, vous voyez ?

Il les regarda distraitement.

— Hmm. Qui est Jackie ?

— Ma mère, celle de Kate aussi, en quelque sorte.

— Ah ? Je ne comprends pas.

Il aurait plutôt imaginé que la mère de Bella soit pour Kate une sœur...

— Mon père est son frère aîné. Elle est venue vivre chez nous à l'âge de quinze ans. J'avais six ans à l'époque, mais j'étais déjà l'aînée de quatre, et j'ai eu l'impression qu'on me faisait cadeau d'une grande sœur. Un cadeau-surprise, car jusque-là j'ignorais que j'avais une tante.

— Comment cela se fait-il ?

Elle baissa la voix.

— Mon père n'avait plus aucun contact avec sa famille, qu'il avait quittée à dix-sept ans.

— Quel âge avait Kate à ce moment-là ?

— Environ cinq ans, je suppose. Il ne nous en avait jamais parlé. Il n'en parle toujours pas et Kate non plus, d'ailleurs. Comme s'ils avaient scellé un genre de pacte. Bref, c'était super d'avoir une tante adolescente. En plus, si elle n'avait pas été là, c'est moi qui aurais dû m'occuper de toute la marmaille...

Tout en sachant qu'il ne devrait pas encourager ce genre de confidences de la part d'une collègue, Connor ne put résister. Il y avait un vrai mystère là-dessous, qui pourrait expliquer le comportement de Kate. Pourquoi était-elle allée vivre chez son frère à un âge où la plupart des filles ont besoin de leur mère ? Pourquoi son frère avait-il tourné le dos à sa famille alors qu'il était à peine plus âgé qu'elle ? Quelle sorte de parents avaient-ils pu avoir pour en arriver là ?

— Donc, vous n'avez jamais vu vos grands-parents ?

— Ma grand-mère est morte peu après l'arrivée de Kate chez nous ; papa et maman sont allés à son enterrement, et voilà tout. Ou peut-être...

Aussitôt, elle secoua la tête en se mordant la lèvre comme si elle en avait trop dit.

— Quoi ?

— Je ne devrais pas en parler, Kate n'est même pas au courant.

Il se pencha en avant.

— Je n'en soufflerai pas mot, je vous le promets. Vous pouvez me faire confiance, murmura-t-il.

— Eh bien... Dans un tiroir de mon père, j'ai trouvé une copie d'un rapport d'audience de mise en liberté conditionnelle.

— Quelqu'un était en prison ?

— Hmm... Je pense qu'il y est toujours.

— Mais qui, « il » ?

— Mon grand-père.

— Pour quelle raison ?

— Aucune idée. Mais il me semble qu'il a été emprisonné l'année de la mort de ma grand-mère, c'est-à-dire…

Elle se tut et parut réfléchir.

— Mon Dieu ! Il y a au moins dix-sept ans ; il avait dû faire quelque chose de vraiment grave…

— Qu'est-ce qui est vraiment grave ?

Tous deux sursautèrent à l'entrée de Kate dans le box.

— Mon pied, répondit Bella en hâte. S'il est cassé, ce serait une drôle de façon de débuter dans mon nouveau poste !

Connor ne put s'empêcher d'admirer sa vivacité d'esprit, mais l'air réprobateur de Kate suggérait qu'elle avait entendu davantage que les derniers mots de la conversation…

Elle lui jeta un regard méfiant. Nul doute qu'elle serait hors d'elle si elle savait le genre de détails que sa nièce venait de lui confier. Il n'aurait pas dû l'encourager dans ce sens ; et tout bien réfléchi, il n'aurait même pas dû être là.

— Ne t'inquiète pas. Je viens de parler au spécialiste, qui a déjà vu tes radios et en a discuté avec le radiologue : tu n'as rien de cassé. Il va venir te le confirmer lui-même. Malgré tout, tu devras porter un bandage de compression et prendre des anti-inflammatoires pendant quelques jours. Il faudra garder ton pied en hauteur et rester au repos et, si c'est trop douloureux de t'appuyer sur ton pied, tu utiliseras des béquilles.

— Rien de cassé ! Super !

Bella eut un large sourire.

— Je pourrai bientôt retourner danser !

— Bonjour, je suis Gemma, dit une infirmière qui entrait. Je viens bander votre pied.

Elle salua Kate d'un signe de tête et sursauta en s'apercevant qu'il y avait quelqu'un d'autre dans le box.

— Tiens ? Connor ? Que fais-tu ici ?

— Eh bien, je me sens un peu impliqué dans l'histoire…

— Je n'en doute pas !

Gemma lui adressa un sourire malicieux avant de se tourner vers Bella.

— Il paraît que vous vous êtes blessée au bloc ?

— Mmm… Dans *ma* salle, intervint Connor.

Il s'en voulut aussitôt. Pourquoi diable éprouvait-il le besoin de justifier sa présence dans ce box auprès d'une infirmière ?

Parce qu'il craignait que Kate ne s'imagine que sa nièce l'intéressait, ce qui était faux : Bella était vive, amusante et débordante d'énergie, mais beaucoup trop jeune. Et… trop franche ? Pas assez mystérieuse ?

Ses pensées l'emmenaient vers un terrain glissant, songea-t-il. Mieux valait quitter les lieux sans tarder. Cependant, puisque Gemma allait poser le bandage, il pourrait rester une minute pour s'assurer que son travail était bien fait…

— Oh ! quel beau bleu ! s'exclama l'infirmière. Vous avez dit que vous comptiez danser bientôt ?

Bella observa l'étendue des dégâts avec une moue.

— Peut-être pas dans l'immédiat…

Gemma se tourna vers Connor.

— Dommage, il y a un bal samedi prochain qui s'annonce très sympa !

— Je n'ai pas prévu d'y aller, marmonna-t-il.

Encore une fausse idée que Kate allait se faire… Il voyait tout à fait l'image qu'elle devait avoir de lui : un type qui ne respectait pas les règlements, courait après tous les jupons qui se présentaient et ne résistait à aucune invitation dès qu'une réjouissance était en vue.

Gemma écarquilla les yeux.

— Quoi ? Mais c'est une fête de charité ! Pour financer la construction d'une piscine thérapeutique destinée à la rééducation. Et un bal costumé, en plus, avec comme thème « p » pour « piscine » !

L'infirmière regarda Kate.

— Vous viendrez, docteur Graham, n'est-ce pas ?

— Non.

Un « non » définitif, qui signifiait clairement qu'elle n'avait aucune intention de faire acte de présence à ce bal, ni à aucun autre, d'ailleurs.

Une lueur s'alluma dans les yeux de Bella.

— Pourquoi pas, Kate ? Ce sera sans doute amusant, bien que je ne sois pas sûre de comprendre cette histoire de « p ».

— On doit se déguiser en un personnage dont le nom commence par « p », expliqua Gemma. Un pirate, par exemple.

Elle regarda Connor.

— Ce qui vous irait comme un gant, à vous.

Kate regardait ses pieds. Elle comprenait très bien que les filles adorent son allure de « mauvais garçon ». C'est vrai qu'avec un air de maître du monde et un anneau d'or à l'oreille, il serait presque irrésistible...

Elle baissa les yeux, gênée par cette pensée incongrue. Quand elle les releva, elle croisa le regard illuminé de Bella.

— Une princesse ! Oh ! j'en rêve depuis si longtemps !

Kate ne put s'empêcher de sourire.

— Tu ne t'en es pourtant pas privée quand tu étais petite...

— Bien entendu, mais là, ce n'est pas la même chose ! Je ne veux pas rater ça, même avec des béquilles.

Avec ses cheveux blonds et ses yeux bleus, elle serait magnifique en princesse, songea Kate, et tous les hommes se précipiteraient pour la rencontrer. Connor pourrait s'habiller en prince, ils formeraient alors un couple superbe...

Elle se tourna vers lui pour lui suggérer son idée à voix haute, mais son expression l'arrêta. Il la fixait du regard, l'air intrigué.

Bizarre... Elle savait qu'ils avaient parlé d'elle pendant qu'elle était au téléphone avec Jackie. Sa nièce n'avait pas réussi à donner le change. Alors, qu'est-ce qui était « vraiment grave » pour elle ? D'avoir une tante qui vivait seule et coupée du monde ?

— Il nous reste encore beaucoup de billets, dit Gemma en enroulant la bande autour du pied de Bella. Vous devriez tous venir.

Elle regarda Connor.

— Surtout vous, puisque vous travaillez avec les enfants.

— J'irai si Kate vient.

Bella éclata de rire.

— Bonne idée ! Moi aussi !

Kate remarqua avec déplaisir le regard de conspirateurs qu'ils échangèrent. Bella s'était attiré les faveurs de l'homme le plus sexy de l'hôpital en deux temps trois mouvements, et voilà qu'ils s'entendaient tous les deux pour... l'obliger à sortir ?

— Pas question, marmonna-t-elle.

Gemma fixait le bandage à l'aide d'un crochet. Enfin fini ! Sa nièce et elle allaient pouvoir s'en aller.

— Tu n'assistes jamais à aucun événement social, n'est-ce pas ?

Pas si elle pouvait s'en passer. Et alors ? Bella pensait que rien ne devait rester privé, elle était ouverte et franche et se faisait vite des relations partout où elle passait... Tout le contraire d'elle-même, qui n'avait aucun ami proche.

Mais elle n'avait pas besoin qu'on le rappelle à ses collègues de travail, et surtout pas à Connor Matthews, qui avait assez mauvaise opinion d'elle comme cela.

Sa nièce poursuivit sans attendre de réponse :

— Dans un bal costumé, tu deviens quelqu'un d'autre. Ce n'est plus ta véritable personnalité.

Elle se tourna vers Connor.

— Vous pourriez vous déguiser en prêtre, par exemple !

Gemma s'esclaffa et Kate elle-même dut réprimer un sourire.

Qu'il ne manqua pas de remarquer.

— Mary Poppins ? « Poppins », ça commence par un « p », murmura-t-il.

— Inutile de vous déguiser, docteur Graham, intervint Gemma avant que Kate ait trouvé une réplique adéquate. « Pathologiste » aussi, ça commence par un « p ». Vous n'aurez qu'à venir en blouse...

Celle qu'elle boutonnait jusqu'en haut, comme sa vie ? « Pimbêche », « prude », tout cela aussi commençait par un

« p ». Kate se sentit vraiment piquée au vif, comme si on la mettait au défi de prouver qu'on se trompait à son sujet.

Oh ! après tout, ce n'était pas si difficile ! « Prostituée » aussi commençait par un « p ». Si elle empruntait ce lambeau de tissu que Bella appelait une jupe, se peignait les lèvres en rouge vif et n'attachait pas ses cheveux, personne ne la reconnaîtrait. Cette perspective était même… troublante et excitante.

Mais Connor n'aurait aucun doute, puisqu'il l'avait déjà vue avec ses cheveux lâches. Qui sait s'il ne prendrait pas cela pour un clin d'œil, voire une invitation ? Non… en fin de compte, ce n'était pas une bonne idée.

Elle fut soulagée de voir entrer le spécialiste, une paire de béquilles à la main, qu'il conseilla à Bella d'utiliser quelques jours tant qu'elle aurait des difficultés à marcher.

Enfin, il fut temps pour sa nièce et elle de repartir vers le dîner qui les attendait. De son côté, Connor s'apprêtait à disparaître dans la nuit après s'être déclaré heureux de ne pas avoir à faire une déclaration d'accident.

Cependant, il attendit en tenant la porte que Bella, qui procédait par petits bonds pour s'habituer aux béquilles, soit sortie du box, temps que Gemma mit à profit pour revenir avec une poignée de tickets à la main.

— Voilà. Trois, un pour chacun, d'accord ?

Il croisa le regard de Kate.

— Vous savez ce que j'ai dit.

— Moi, je n'y vais pas si vous ne venez pas tous les deux, renchérit Bella. Je ne connais personne ici à part vous. S'il te plaît, tante Katie…

Kate réprima un sursaut. « Tante Katie » ? Cela la ramenait à l'époque où sa nièce l'implorait quand elle n'était encore qu'une fillette. Elle secoua la tête, pressentant la défaite à l'horizon.

— Nous verrons.

— Ce qui veut dire oui ?

— Non, répondit-elle d'une voix qu'elle sentit faiblir. De

toute façon, nous allons acheter les tickets quand même, puisque c'est pour la bonne cause.

Belle s'arrangea pour se libérer une main pour taper dans celle de Connor.

— A samedi, alors !

Connor embrassa la salle de bal du regard et éprouva un petit choc au cœur. Elle était venue !

Il n'y avait pas vraiment cru, mais sa réaction dépassait la simple surprise... Pourquoi se sentait-il si heureux ?

Pour plus de sécurité, il l'évita pendant les deux premières heures, mais même du milieu de la piste de danse il ne put s'empêcher de jeter de temps à autre un coup d'œil dans sa direction. Quelle était cette tenue ? Une longue robe noire rayée de bandes blanches à intervalles réguliers.

S'était-elle déguisée en prisonnière ?

Un tantinet freudien, dans ce cas...

Non, l'uniforme des prisonniers avait des bandes beaucoup plus larges. Alors, en quoi était-elle donc déguisée ?

Il pourrait demander à Bella, si elle n'était pas en train de tourbillonner dans une jolie robe de mousseline rose, coiffée d'une tiare étincelante... Elle semblait ne pas avoir une minute de répit. D'ailleurs, Kate aussi trouvait toujours quelqu'un à qui parler. Qui était donc ce type costumé en panda ?

Ah, oui ! Lewis Blackman, le chef du service de pathologie, avec qui elle avait l'air de bien s'entendre. Bien que ce ne soit pas ses affaires, il se surprit à froncer les sourcils. De toute façon, ce sexagénaire était beaucoup trop vieux pour elle, qui devait être à peu près de son âge...

Il ne l'avait pas encore vue danser une seule fois.

Bella avait dû le remarquer aussi, car, lorsqu'il eut enfin une occasion de l'inviter, elle refusa.

— Demandez plutôt à Kate, s'il vous plaît.

Il faillit protester, mais une lueur dans les yeux de la belle princesse l'en dissuada.

— D'accord, je vais danser avec la prisonnière.

— Quoi ?

— C'est bien ce en quoi elle est déguisée, non ?

Bella éclata de rire.

— Pas du tout, c'est un costume de passage piéton !

Il en riait encore en s'avançant vers Kate. Original, comme déguisement. Il tendit le bras.

— Me permettrez-vous ?

— Merci, je ne danse pas.

Il s'en doutait... Cependant, le grommellement émis par Lewis le surprit.

— Voyons, Kate, allez-y, lâchez-vous, pour une fois !

Si elle avait pu au moins laisser ses cheveux libres sur les épaules... Il avait vu cette époustouflante cascade noire soyeuse, à présent de nouveau disciplinée, hélas ! Pas nattée, comme à son habitude, mais relevée en un chignon compliqué fixé derrière la tête. Pourtant, elle avait quelque chose de changé... Son visage s'était adouci.

S'était-elle maquillée ?

Non. Elle ne portait pas ses lunettes, tout simplement. Il vit nettement ses yeux s'arrondir quand elle entendit le grognement de Lewis. Et il y perçut une lueur de... chagrin ? De gêne ? Ou de peur ?

Peu importe, il s'en arrangerait. Il prit sa main en souriant.

— Et si je vous disais « s'il vous plaît » ?

Comment refuser une si aimable invitation ?

Elle sentait tant de regards braqués sur elle... Et elle pouvait aussi sentir l'étonnement et l'envie de toutes les femmes présentes.

Il s'était vraiment déguisé en pirate. Sa tignasse en broussaille était retenue par un bandeau rouge, et son ample chemise blanche aux poignets déboutonnés était serrée à la taille par une écharpe nouée, dont émergeaient le manche d'un poignard et un fourreau. Des bottes noires montant jusqu'aux genoux parachevaient sa tenue. Ses yeux étaient soulignés d'une épaisse couche d'eye-liner et ses joues bleuies d'une barbe de plusieurs jours complétaient le tableau à la perfection. Un authentique pirate, sombre, dangereux et séduisant...

Et voilà qu'il tenait par la main la seule qui avait utilisé un déguisement *a minima* en cousant des bandes blanches sur une robe noire.

N'importe quelle autre femme présente aurait sauté sur l'occasion de danser avec lui. Elle en était certaine, car en dépit de ses résolutions, elle n'avait pu s'empêcher de lancer un regard dans sa direction de temps en temps. Elle s'était dit qu'elle attendait de le voir danser avec Bella, mais elle l'avait vue refuser son invitation... Sa nièce, qui virevoltait à présent avec un Pinocchio, lui fit un petit signe. Voulait-elle lui indiquer qu'il était grand temps qu'elle se joigne à l'ambiance festive ?

Jusqu'à Lewis qui la fixait d'un air perplexe. Il venait même de lui conseiller de se lâcher, « pour une fois »... Etait-il du même avis que les autres ? Elle avait pourtant eu l'intention de ne pas céder à ces pressions, refusant de passer pour une idiote sur la piste de danse. Mais Connor lui avait pris la main en souriant...

Et ses yeux rieurs disaient : « Je comprends, faites-moi confiance. »

Ebahie, elle se laissa guider vers la piste et, pour la première fois de sa vie, elle accepta de satisfaire une prière qui ne lui semblait pas une menace.

Plutôt un cadeau.

En tenant Kate dans ses bras, Connor se dit qu'il s'était attendu tout à fait à cela.

Si le rythme de la musique avait été un peu plus entraînant, il aurait pu se tenir moins près d'elle et la faire tourbillonner une fois ou deux pour s'amuser, mais il s'agissait d'un slow, et il dansait avec une femme qu'il ne comprenait pas et qui ne l'attirait même pas.

Car c'était le Dr Graham qui s'efforçait de garder un rythme et une posture parfaits en évitant son regard. Une sensation bizarre...

Il n'existait qu'une échappatoire, décida-t-il. Il ferma les yeux, l'attira tout contre lui et se laissa porter par la musique.

Kate trouvait la situation intolérable. Non qu'elle ne sache pas danser... Il y avait longtemps, très longtemps, elle avait aimé se laisser envahir par la musique, mais aujourd'hui c'était impossible. D'ailleurs, tout à son effort pour garder ses distances, elle ne l'entendait même pas.

Elle était coutumière de cette attitude : il existait dans son esprit un lieu où elle pouvait se réfugier pour devenir une sorte d'observatrice de ce qui se produisait dans son corps.

Mais en ce moment, elle n'y parvenait pas tout à fait...

Elle percevait la chaleur de Connor à travers sa robe dont le tissu fin n'offrait aucune protection, son effluve musqué de mâle et la souplesse naturelle avec laquelle il se mouvait.

Quand il la serra contre lui, elle ferma les yeux et s'efforça de ne pas en tenir compte mais, curieusement, elle se mit à entendre la musique, à la ressentir même. Peut-être par ce qu'il possédait davantage qu'un grand sens du rythme, sans doute une sensibilité particulière...

Quelque chose fondit en elle, dont elle ignorait jusque-là l'existence. Au lieu de se sentir prisonnière des bras qui l'enserraient, elle eut l'impression d'être entraînée dans un champ de force, à l'abri du danger et où l'on pouvait s'abandonner.

C'était irrésistible.

Il sentit l'instant où elle se détendit. Pas de doute, elle savait danser ! Le bloc de béton qu'il tenait dans ses bras venait de se transformer en un être léger, ce qui l'autorisait enfin à se perdre dans la musique et à sentir les mouvements de sa cavalière épousant les siens, comme s'il évoluait avec son ombre… C'était fantastique.

Le morceau ne dura pas assez longtemps. Il ne voulait danser avec personne d'autre ce soir. Juste avec elle, encore et encore. Jamais il n'avait éprouvé une telle harmonie avec une femme, que ce soit pour la danse ou autre chose.

Bon sang, qu'est-ce que cela pourrait être au lit !

Hélas, la musique cessa brusquement, et Kate, après être restée une seconde collée à lui comme si elle ne s'en était pas aperçue, se recula, croisa son regard un bref instant, l'air aussi étonné que si elle prenait conscience de l'identité de son cavalier, et ses yeux s'emplirent de frayeur.

De terreur, même ?

— Je dois y aller, murmura-t-elle.

Puis elle se retourna et s'enfuit, disparaissant au milieu de la foule à la vitesse de l'éclair. Il ne fut pas assez rapide pour la rattraper et, quand il réussit à quitter la piste pour la chercher, elle avait quitté les lieux.

4

Ce n'était pas son problème, se disait Connor en parcourant le couloir à grandes enjambées.

Manifestement, quelqu'un avait fait du mal à Kate Graham et provoqué sa peur des hommes, mais il n'avait rien à voir dans cette histoire. Il n'était ni un monstre ni un assassin. Il ne méritait pas ce regard qu'elle lui avait lancé.

En tout cas, cela ne se reproduirait pas. Il n'avait pas eu de peine à l'éviter à l'hôpital ces derniers jours. En général, elle ne travaillait pas le week-end, et il n'était pas sorti de son service, sauf pour se rendre au bloc, où il avait croisé Bella, à qui il s'était contenté de ne pas adresser la parole.

En ce moment, il se rendait dans l'une des salles pour examiner une adolescente de treize ans, Estelle Montgomery, qui s'était cassé une jambe tôt ce matin.

Quand il arriva, il se retint d'émettre un sifflement admiratif.

Grande pour son âge, la jeune fille avait la peau hâlée et ses cheveux blonds décolorés par l'eau de mer indiquaient qu'elle passait beaucoup de temps sur la plage. Sa mère était avec elle et toutes deux feuilletaient des catalogues, visiblement de maillots de bain.

Il sourit.

— Bonjour, je suis Connor Matthews.

Le magazine glissa des mains de la mère et il la vit déglutir.

— Vous êtes le chirurgien orthopédique ?

— Exact. Excusez-moi de ne pas avoir pu venir plus tôt. J'espère que mon chef de clinique et son équipe se sont bien occupés de vous ?

Estelle fit oui de la tête.

— Tout le monde a été sympa. J'ai demandé si on pouvait me poser un plâtre pour que je puisse rentrer à la maison, mais on m'a dit de vous attendre. Je sais que je ne pourrai pas me baigner de sitôt, mais au moins je pourrai regarder les autres.

Son menton trembla un peu et elle regarda sa mère.

— Tu ne crois pas, maman ? Tu m'accompagnerais à la plage, non ? Shane s'entraîne pour la compétition du week-end prochain, et...

Sa mère fit un sourire résigné.

— Voyons ce que dit le Pr Matthews d'abord, tu veux ?

Connor examinait déjà la longue jambe bronzée posée sur le drap et entourée d'une fine coque de plâtre. La déformation était visible au milieu du tibia.

— Vous souffrez ?

— Pas si je ne bouge pas.

Sa mère soupira.

— Elle ne supporte pas d'être incapable de faire du surf. Il y a quelques années, quand elle s'est déboîté l'épaule, elle a pris la vague suivante comme si rien ne s'était passé.

— C'est votre passion, n'est-ce pas ? demanda Connor.

Le visage d'Estelle s'éclaira.

— J'ai gagné la compétition junior l'année dernière ; aujourd'hui, je me suis levée tôt parce que les vagues sont meilleures à l'aube et que je m'entraîne pour cette année.

— Je n'ai jamais réussi à rester plus de deux minutes debout sur une planche.

— Il suffit de s'exercer et d'avoir le sens de l'équilibre. Quand on fait de la danse, ça aide. J'ai commencé à trois ans et je prends toujours des cours. Vous savez danser ?

Connor sourit.

— Oui, j'adore ça.

Etait-ce toujours vrai ? Depuis qu'il avait tenu Kate dans ses bras sur la piste, il avait le sentiment qu'il n'aimerait plus le faire avec une autre.

Ce qu'il avait ressenti en la tenant dans ses bras, cette harmonie entre eux…

Une sensualité si intense qu'il en avait eu le souffle coupé. Il n'avait pas cessé de se poser la question depuis : et s'il existait quelque chose qu'il n'avait pas encore expérimenté, et qu'il n'avait éprouvé que parce que c'était elle ?

Il se concentra sur le moment présent et examina encore la jambe d'Estelle. Il secoua la tête : cette fracture était inquiétante, surtout par la façon dont elle s'était faite. La mère d'Estelle parut remarquer son air soucieux.

— C'est grave, n'est-ce pas ? C'est pour ça qu'on ne veut pas la laisser partir ?

Il avait prévu d'examiner Estelle et d'emmener sa mère quelque part pour une conversation privée. A présent, la mère et la fille le regardaient fixement. Il jeta à la première un regard éloquent.

— Pas question que vous parliez derrière mon dos ! s'écria Estelle. C'est ma jambe, je veux savoir.

La mère croisa le regard de Connor.

— Elle est très responsable pour son âge. Vous pouvez parler, docteur.

Avec un hochement de tête, il sortit un cliché du dossier qu'il portait et le tint devant la fenêtre.

— Tu t'es cassé le tibia, le plus gros des deux os de ta jambe. La fracture n'est pas sérieuse, bien qu'il faille la stabiliser avec une broche. Mais ce qui a inquiété les médecins des urgences, c'est qu'elle n'a pas été provoquée par un choc. Tu étais en train de monter un escalier, n'est-ce pas ?

— Hmm, je l'ai entendu craquer…

— Tu n'avais pas reçu de coup avant, avec ta planche ou autre chose ?

— Non.

— Ce ne peut pas être la maladie des os de verre, n'est-ce pas ? s'enquit la mère. Non, elle n'arrête pas de se cogner… Elle prend toujours des vagues énormes.

— Ce n'est pas normal qu'un os casse sans un choc préalable ; de plus, à la radio, on distingue un amas dans le tibia. Vous voyez que le bord de l'os n'est pas net ? Et qu'il forme une bosse à cet endroit-là ?

— Un… amas ?

La mère avait parlé sur un ton horrifié.

— Qu'est-ce que ça veut dire ? dit l'adolescente qui regardait sa mère. Oh ! comme… un cancer ?

Connor sentir sa gorge se serrer, mais il se devait de parler franchement.

— Cela indique que les cellules se multiplient d'une façon anormale, et c'est en général le signe d'une tumeur. Nous ne savons pas encore si elle est bénigne ou cancéreuse, mais vu ton âge et ta condition physique, il y a de fortes chances qu'elle soit sans gravité.

— Il faut faire une biopsie, n'est-ce pas ? J'ai vu ça à la télé.

— Certainement, pour savoir exactement de quoi il retourne. De toute façon, comme il faut opérer pour placer la broche, nous la ferons à ce moment-là. Je vais commencer par t'envoyer passer une IRM.

— Ah ?

— C'est un examen approfondi qui nous montrera tous les détails. En principe, on fait une biopsie et, si les cellules ne nous plaisent pas, on commence une chimiothérapie ou une radiothérapie pour réduire la tumeur avant d'opérer. Selon le résultat, le mieux est d'ôter la tumeur pendant l'opération et d'utiliser la chimio après si c'est nécessaire.

— Il faut enlever une grande partie de l'os ?

— Tout dépend de ce que nous aurons découvert. Si c'est bénin, le moins possible pour permettre à ta jambe de continuer à grandir normalement. Si c'est cancéreux, cela dépendra du type de cancer et de sa rapidité à s'étendre…

Il n'avait pas envie d'entrer dans les détails avant que le diagnostic ne soit confirmé. Il adressa à la mère un regard serein.

— Je sais que ce n'est pas agréable, mais je vais devoir vous demander de signer l'autorisation d'opérer, pour me permettre d'opter pour la meilleure marche à suivre.

Estelle serrait un pli du drap dans ses doigts.

— Je croyais que ça allait juste m'empêcher de surfer quelques semaines, et même si ça ne me plaisait pas je l'avais accepté.

Elle étouffa un sanglot.

— Mais ça... J'ai peur, maman, je ne pourrai pas le supporter. Je préfère mourir plutôt que d'avoir une jambe coupée.

— Ne dis pas ça !

La mère, elle aussi au bord des larmes, prit sa fille dans ses bras.

Connor ne pouvait nier que l'amputation était une éventualité, et il fallait en parler. Il avait pas mal de vérifications à effectuer avant de décider d'inclure Estelle dans son programme d'intervention du jour en urgence, mais il ne pouvait les laisser sans les rassurer au maximum. Bien que la probabilité soit extrêmement réduite, s'il fallait en arriver là pour sauver la vie de l'adolescente, il devrait l'amputer. Il s'appuya au bord du lit, prêt pour une longue discussion. Après tout, il était encore tôt et certains de ses collègues n'avaient sans doute pas encore commencé leur travail.

Les pathologistes, par exemple.

Quand une infirmière passa la tête par la porte, il la renvoya d'un regard. Il se chargerait de surveiller la circulation sanguine dans le pied. Il posa la main sur la peau hâlée au-dessus du cou-de-pied. Un peu fraîche, mais le pouls était fort et le rythme cardiaque semblait normal.

Connor la touchait... Sa main se posait sur la peau nue de son cou, puis descendait le long de sa colonne vertébrale, glissait sous son omoplate ; enfin, la sensation exquise se déplaçait vers la courbe de son sein.

Le plaisir était si intense qu'il en était douloureux. Une douleur assez forte pour la réveiller. Kate ouvrit les yeux, haletante.

Elle sortit du lit, se dirigea vers la douche et fit couler l'eau glacée sur son corps, mais la sensation du rêve s'attardait, plus violente que tout ce qu'elle avait pu éprouver dans la réalité. Elle ne le souhaitait pas, d'ailleurs. C'était incontrôlable et destructeur.

Elle n'aurait pas dû danser avec lui.

Elle avait reconnu le moment précis où quelque chose avait cédé en elle. C'était pour cette raison qu'elle s'était enfuie et elle avait cru avoir réussi à réprimer son désir, mais, malgré ses efforts, son subconscient la trahissait.

Toutes les nuits.

Elle passa un chemisier et une jupe étroite, se brossa les cheveux et les attacha en queue-de-cheval avant de les tresser. Ensuite, elle arrondit la tresse et la fixa en chignon par des épingles.

Elle voulait que rien ne dépasse aujourd'hui, surtout pas des sentiments inopportuns ; au moins, quand elle était éveillée, elle contrôlait la situation.

Après un petit déjeuner rapide, elle se rendrait à l'hôpital. Elle donnait un cours au laboratoire et la journée serait assez remplie pour lui occuper l'esprit.

Pendant qu'elle se préparait une tartine, Bella entra en titubant de sommeil dans la cuisine, en petit haut et boxer-short.

— Oh ! miam ! Il y a du café ?

— Sers-toi. Je bois du thé à la framboise.

— Tu fais tellement attention à ta santé !

D'après le ton de sa voix, c'était plutôt un reproche qu'un compliment. Elle regarda sa nièce.

— Eh bien, j'espère que tu en prendras de la graine, tu as l'air d'en avoir besoin.

— Je me porte très bien. Aujourd'hui, repos. Il faudra juste que je passe cet après-midi chercher mon nouvel emploi du temps. Je me suis levée pour te tenir compagnie.

Quand elle sourit, ce fut comme si le soleil pénétrait dans la cuisine. Comment lui résister ?

Kate l'observa tandis qu'elle repoussait une mèche blonde sur son épaule en bâillant. Sa nièce était très belle, même à demi endormie, avec le mascara de la veille dégoulinant sous les yeux.

— Tu t'es couchée tard ?

— Je t'ai réveillée ? Pardon.

— Non, mais tu as l'air d'avoir encore besoin de sommeil.

— Hmm. Je vais peut-être aller me recoucher un peu. Je ne suis pas rentrée si tard que ça, je suis juste allée au pub avec des collègues. Connor y était.

— Ah ?

Elle avait soudain du mal à avaler sa bouchée. Elle saisit sa tasse de thé. Bella allait-elle lui annoncer qu'elle sortait officiellement avec lui ? Cela signifierait qu'elle devrait le rencontrer plus souvent… peut-être même que sa nièce l'amènerait dormir ici ?

Hors de question. Avec les rêves qui hantaient ses nuits, penser qu'il était couché dans la chambre d'à côté avec Bella serait insupportable. Et obscène. Elle risquait de finir par être jalouse de sa propre nièce, la personne qu'elle aimait le plus au monde. Impossible de laisser mettre cette précieuse relation en danger.

Elle s'éclaircit la voix.

— Je crois qu'il est temps que nous établissions quelques règles, dans cette maison.

— Ah ? Tu veux dire instaurer une place fixe pour le dentifrice et la brosse à dents ?

— Je pensais plutôt aux visiteurs.

Bella remuait le sucre dans son café.

— Je ne te suis pas.

— Aux petits amis. A ceux qui voudraient rester pour la nuit, en particulier.

Bella eut un large sourire.

— En principe, je me limite à un à la fois, mais si ce n'est pas ton cas ça ne me dérange pas, tante Katie.

Kate reposa brusquement sa tasse.

— Je ne parle pas de moi, mais de toi ! Et de Connor. Pas question que je le trouve dans la cuisine le matin à mon réveil. Si tu veux passer la nuit avec lui, arrange-toi pour le faire chez lui, d'accord ?

Repoussant sa chaise, elle versa le reste de son thé dans l'évier et abandonna sa tartine à peine entamée. Bella la regardait, bouche bée.

— Tu plaisantes ?

— Pas du tout.

Elle prit la veste qu'elle avait posée sur le dossier de sa chaise.

Bella la regarda d'un air dubitatif.

— Impossible que tu parles sérieusement.

— Qu'est-ce qui te fait croire ça ?

Elle s'efforçait de ne pas perdre son sang-froid. Bella arborait à présent un curieux demi-sourire plein de sous-entendus.

— Tante Katie, ce n'est pas moi qui intéresse Connor, mais toi.

Elle ne s'attendait pas à l'onde de plaisir qui la submergea. Elle avait du mal à passer son bras dans la manche de sa veste. Son ventre brûlait tout entier. Une sensation violente, douloureuse et vaine.

— Ne sois pas ridicule !

Cette fois, elle avait presque crié, mais Bella se contenta de la regarder d'un air amusé.

— Je ne suis pas la seule à l'avoir remarqué, quand vous dansiez tous les deux l'autre soir. C'était aussi visible que... ce bouton que j'ai sur le nez.

Elle posa un doigt dessus.

— Bon sang, je ne suis plus une adolescente, ce n'est pas juste !

Kate sourit.

— Cesse de penser comme si tu l'étais, alors, et mange plus de fruits au petit déjeuner, lança-t-elle par-dessus son épaule en se dirigeant vers la sortie où l'attendait sa mallette. J'y vais, à plus tard.

Le laboratoire bourdonnait d'activité. Du coin de l'œil, Kate voyait Lewis Blackman qui supervisait l'équipe en attendant le moment où il devrait descendre au sous-sol pour pratiquer les autopsies prévues dans la journée.

Tous les microscopes étaient utilisés, soit par son équipe, soit par des stagiaires qui travaillaient sous sa houlette ; elle-même était en train de vérifier que son cours théorique avait été compris. Ses boîtes de lames étaient éparpillées sur les plans de travail et les jeunes internes tentaient d'en identifier le plus possible.

— Qu'avons-nous ici, Neil ?

— Un ostéome ostéoïde.

— Diagnostic différentiel ?

— Un ostéoblastome agressif, également bénin, ou un ostéosarcome.

— Pourquoi est-il important de les différencier ?

— L'ostéosarcome est l'une des tumeurs les plus agressives et les plus mortelles qui envoie des métastases au foie et aux poumons.

— Comment êtes-vous sûr qu'il ne s'agit pas de ça ?

— Je vois que le tissu lésé, le nidus, est bien démarqué de l'os environnant.

Kate se pencha au-dessus du microscope.

— Quelqu'un a-t-il en observation une lame qui indique un ostéosarcome ?

— Moi, je pense, dit Marie, une interne. On dirait de la dentelle.

Kate vérifia.

— C'est vrai. Je veux que tout le monde observe ces deux

lames avant que nous récapitulions les diagnostics différentiels et les comportements cliniques de ces deux types de…

— Kate ? interrompit une technicienne. Pardon de vous déranger, j'ai un examen urgent demandé pour la salle d'opération 3. Biopsie osseuse urgente sur une jeune fille de treize ans. L'intervention n'a pas commencé, mais voulez-vous que j'aille chercher l'échantillon ?

— S'il vous plaît.

Elle regarda ses étudiants.

— Ah, ça tombe bien. Vous allez assister à une biopsie osseuse en temps réel. Si elle est effectuée lors d'une opération, les résultats sont essentiels ; c'est à partir d'eux que l'on décide de sacrifier ou de sauver un membre.

Quand l'alarme incendie sonna quelques minutes plus tard, le groupe discutait autour des deux microscopes.

— Oh, non !

Il fallait peu de chose pour déclencher une alarme dans un hôpital, et cette interruption pouvait être désastreuse. Kate jeta un regard circulaire. Pouvait-elle se permettre de l'ignorer ?

Quelqu'un se précipita dans le laboratoire.

— Il y a de la fumée qui sort des cuisines. Tout le monde dehors !

— Mon Dieu ! dit Marie, d'un ton terrifié. Nous allons être coincés au sous-sol. Comment sortons-nous d'ici ?

— Suivez-moi.

En lui prenant la main, Neil renversa le plateau de lames qui se trouvait sur le plan de travail et quelques-unes des lames que Kate avait mis des mois à rassembler se brisèrent sur le sol.

Tout le monde courait à présent. Lewis tentait en vain de les faire sortir en ordre alors que certains s'obstinaient à terminer leur examen en cours et d'autres à protéger leurs échantillons de la panique ambiante.

Kate embrassa la pièce du regard. La plupart des étudiants enfournaient des notes dans leurs cartables et tentaient de rassembler leurs affaires personnelles, tandis que Lewis regardait dans sa direction. Il était pâle et se frottait le haut du bras gauche comme s'il souffrait.

— Laissez tout sur place, nous n'avons pas le temps !

Elle sentait la fumée à présent. Elle attendit sur le seuil que tout le monde soit sorti, y compris Lewis.

— Vous allez bien ?

— Tout à fait. Allons-y. Certainement des toasts qu'on a laissés brûler, mais nous ne pouvons pas prendre le risque.

Tous se hâtaient à présent. Elle entendit un craquement et un nouveau bruit de verre brisé, en même temps que le lointain hurlement des sirènes des pompiers.

Vaincue, elle suivit le mouvement jusqu'au point d'évacuation. Sa journée était définitivement gâchée.

Connor prenait son temps et se lavait avec un soin méticuleux. Ses mains étaient déjà rougies par le savon désincrustant et il se concentrait sur les points entre ses doigts. Il percevait les bruits familiers de la préparation de la salle, les chariots roulés vers leur position et les claquements métalliques des instruments que l'on disposait.

Parmi eux, une scie, qu'il espérait ne pas avoir à utiliser sur la jambe d'Estelle… Cependant, l'IRM n'avait pas donné d'indications précises. Il avait escompté voir une ligne bien définie autour de la tumeur, signe de croissance lente qui lui aurait prouvé que la tumeur était bénigne ; dans ce cas, il aurait envisagé l'intervention avec optimisme.

Au lieu de cela, il était rongé par une anxiété inhabituelle.

— Salut, Connor ! dit une infirmière en lui tendant la serviette stérile pendant qu'il se rinçait les mains et les avant-bras. Je t'ai vu l'autre soir, tu étais magnifique en pirate !

Il se contenta d'un grognement. Aucune envie d'en parler, il avait assez de mal à comprendre ce qui lui était arrivé.

Pourquoi Kate l'avait-elle regardé ainsi ? Il avait été choqué, voilà tout. La seconde d'avant, elle était dans ses bras et il avait été submergé par cette extraordinaire sensation de...

Il saisit la serviette en soupirant. Impossible de la définir. Une chaleur réconfortante et à la fois une excitation qui annonçait l'extase. Avec un sentiment de... d'intense satisfaction, comme s'il venait de placer la dernière pièce du puzzle le plus compliqué du monde.

Une sensation qu'il avait envie de retrouver...

Inutile d'y songer : le regard de Kate et sa fuite lui avaient fait l'effet d'un seau d'eau froide renversé sur la tête.

Avait-elle éprouvé la même chose que lui ? Mais si oui, pourquoi s'était-elle enfuie ?

Il ne comprenait pas, pas plus que le hasard qui avait fait qu'une gamine de treize ans qui vivait pour le surf et la danse doive perdre une partie du corps qui rendait ses rêves possibles. Il ressentit un pincement au cœur à cette idée.

Il ne pouvait qu'espérer et faire de son mieux. La technicienne du laboratoire attendait déjà dans un coin de la salle. Eh bien, elle devrait s'armer de patience, il n'avait aucune intention de se précipiter.

Il avait envoyé un message pour demander à ce que le plus expérimenté des pathologistes disponibles analyse l'échantillon. Il ôterait le plus de volume possible à la tumeur, mais le spécialiste devrait en faire une radiographie et le découper en tranches pour identifier le tissu lésé. Ce serait alors à son tour d'attendre, au cas où il aurait besoin d'autres échantillons pour compléter son examen. S'il y avait une chance pour que ce soit bien un ostéome ostéoïde... Il était prêt à patienter le temps qu'il faudrait.

Si seulement ils pouvaient avoir un secteur de pathologie rattaché directement au bloc, les résultats seraient plus rapides ; il ne leur manquait que les fonds nécessaires pour le créer.

D'un autre côté, cela pourrait signifier qu'il travaillerait en collaboration étroite avec Kate...

Avait-il envie de la rencontrer tous les jours ? Oui. Non. Peut-être...

Il parvint finalement à la conclusion qu'il était prêt à supporter sa présence pour des raisons pratiques. C'était vraiment trop long cette fois !

Il y avait eu paraît-il une alarme incendie au sous-sol parce qu'un imbécile avait oublié des torchons au-dessus d'une résistance allumée dans la cuisine. Même après avoir pris son temps pour prélever l'échantillon, il avait attendu trois quarts d'heure qu'on lui communique le résultat par téléphone.

Et en même temps, ce n'était pas assez long, parce qu'Estelle était atteinte d'un ostéosarcome agressif qui s'était étendu au-delà de la partie de l'os qu'il avait déjà ôtée pour la biopsie.

Le cœur lourd, il réclama la scie à l'infirmière pour procéder à la phase suivante de l'intervention.

Kate observait la pagaille qui régnait encore dans son laboratoire. Le matériel était éparpillé, on balayait du verre cassé et quelqu'un épongeait du sang. En revenant chercher ses affaires, Marie avait glissé sur quelque chose de mouillé et, dans sa chute, s'était coupé la main sur une éprouvette cassée.

Elle était harcelée par les techniciens qui voulaient savoir que faire des analyses qui avaient été interrompues, et si de nouveaux échantillons devaient être prélevés.

L'appareil de radiographie ne fonctionnait pas quand l'échantillon pour la biopsie osseuse urgente était arrivé de la salle d'opération, et il avait fallu un moment pour découvrir que la panne provenait d'un fusible qui avait sauté.

L'occasion n'étant désormais plus très bonne pour faire participer les stagiaires au milieu de cette pagaille, elle les avait renvoyés avant de sectionner l'échantillon elle-même pour poser le diagnostic avec son propre interne, Mark.

A ce moment-là, elle avait remarqué que Lewis, au lieu de s'affairer à remettre de l'ordre dans le labo, se tenait immobile dans un coin, l'air préoccupé, le teint gris, et cette fois la main pressée sur son cœur.

En une seconde, elle fut à côté de lui.

— Vous avez mal à la poitrine ? Ça irradie ?

Il hocha la tête.

— Au bras gauche et à la mâchoire.

Il avait de la peine à parler et devait souffrir horriblement. Il transpirait. Tous les symptômes de l'infarctus.

— Vite, ordonna-t-elle à un jeune technicien. Allez chercher un chariot ou un fauteuil roulant. Il faut conduire le Dr Blackman aux urgences.

Elle savait que ce serait beaucoup plus rapide si elle l'emmenait elle-même.

Son interne était en train de nettoyer une zone près des microscopes qu'elle avait utilisés avec ses étudiants, en vue de terminer la biopsie osseuse. Bien que tout nouveau dans le service et la spécialité, Mark était assez compétent. Malgré tout, elle devrait signer le rapport elle-même, mais…

Mais elle ne pouvait pas laisser Lewis mourir ici. Il était son chef, son mentor, et un ami qu'elle appréciait.

Et le technicien arrivait avec un fauteuil roulant.

— Je reviens le plus vite possible, Mark. Continuez. S'il y a le moindre doute, attendez-moi pour le diagnostic.

Il ne lui fallut pas longtemps pour amener Lewis aux urgences, où on le transféra tout de suite en réanimation.

— Allez-y, Kate, dit-il d'une voix faible. On a besoin de vous en bas.

— Je reviendrai le plus tôt possible. Tenez le coup.

Quand elle arriva au sous-sol, Mark venait de communiquer le diagnostic par téléphone à la salle d'opération.

— Qu'est-ce que c'était ?

— Ostéosarcome, dit Mark, l'air sombre. Classique, au dernier stade.

— Quoi ? Mais la radio...

Elle secoua la tête pour se maîtriser.

— Montrez-moi.

Sans aucun doute, l'examen au microscope révélait une tumeur maligne et agressive.

Pauvre enfant... Treize ans, et elle allait perdre une jambe. Ou peut-être allait-on essayer une chimiothérapie avant de l'opérer de nouveau ?

« On » ? Soudain, l'évidence s'imposa à elle : ce devait être Connor qui tenait le scalpel. Il était spécialiste du cancer des os chez les enfants. Le meilleur. La fillette avait au moins une chance de sauver sa vie, sinon sa jambe.

Elle était toujours incrédule. Elle retira la lame du dessus du microscope pour en examiner une autre. Pour avoir une preuve supplémentaire. Et c'est alors qu'elle vit quelque chose qui lui glaça le sang.

Un point minuscule dans le coin de la plaque de verre, un marqueur qu'elle utilisait pour ses lames d'exemple.

Le temps parut s'arrêter, et pourtant son cerveau et ses mains travaillaient à la vitesse de la lumière. Il lui fallut une seconde pour confirmer son soupçon : certaines de ses lames s'étaient mélangées à celles qui avaient servi à la biopsie.

L'analyse de la bonne lame révélait que la fillette n'avait pas de cancer du tout. C'était une tumeur bénigne, aisément soignable.

Elle se précipita au téléphone et composa le numéro du bureau qui jouxtait la salle d'opération. La sonnerie se prolongea pendant une éternité. Pourquoi personne ne répondait-il ?

Elle passa le combiné au technicien le plus proche.

— Attendez jusqu'à ce qu'on décroche. Dites-leur d'arrêter immédiatement, qu'il y a eu erreur de diagnostic.

Elle ne pouvait plus attendre. Elle se précipita vers la porte en déboutonnant sa blouse pour pouvoir courir plus aisément.

Elle était en bonne forme physique, et quatre étages ne lui

faisaient pas peur ; elle monterait deux marches à la fois, ou trois, même.

Impossible qu'une chose pareille se produise, pas sous sa responsabilité !

Connor avait tergiversé le plus longtemps possible, examiné de nouveau les résultats de l'IRM, tenté de décider de l'endroit exact où il devait amputer. Il avait appelé un spécialiste en oncologie pédiatrique pour discuter de la possibilité de débuter d'abord une chimio avant le stade fatidique.

A présent, sa décision était prise.

Il saisit la scie électrique et l'essaya. Son grincement lui rappela celui d'une roulette de dentiste, juste avant qu'elle ne touche le nerf d'une dent cariée. Une seconde, ce bruit noya le faible signal du téléphone qui émanait du bureau et auquel apparemment personne ne se précipitait pour répondre. La mort dans l'âme, il posa la scie et reprit un scalpel. Il devait d'abord dénuder l'os avant de le scier.

Le scalpel en l'air, ébahi, il vit les doubles portes de la salle s'ouvrir d'un seul coup. Quelqu'un se tenait sur le seuil, le visage dissimulé par un masque dont les cordons pendaient ; une silhouette en blouse blanche. Déboutonnée, et pourtant il n'eut pas de doute, il s'agissait de Kate. Ses yeux écarquillés exprimaient la terreur et elle haletait si fort qu'il lui était difficile de parler.

— Arrêtez ! Tout de suite !

5

— Tu n'y es pour rien, Kate !

— Bien sûr que si !

Elle ne cessait de faire les cent pas dans son salon, une pièce tout en longueur comportant deux portes-fenêtres qui ouvraient sur une petite cour et un jardin bordé par les grands arbres vénérables qui couvraient la propriété.

Bien qu'il ne soit que 7 heures du soir, il faisait encore plein jour. Une magnifique journée d'été qui ne se terminerait pas de sitôt. La plus longue de sa vie. Elle grommela.

— C'est mon service, et vu que Lewis n'est pas en état, je dois prendre l'entière responsabilité de ce qui s'y produit.

Bella, lovée sur le sofa, l'observait d'un air inquiet.

— Ce n'est pas ta faute s'il y a eu une alarme incendie et si tes lames ont été mélangées !

— Bien sûr que si ! C'est moi qui aurais dû effectuer cette biopsie. Mark n'a pas assez d'expérience. Il ne pouvait pas se rendre compte que quelque chose clochait, et il n'a pas pensé à refaire une radio pour vérifier son résultat.

— Tu n'étais pas là pour le lui rappeler, et tu sais bien qu'on ne peut pas garder quelqu'un sous anesthésie pendant des heures en attente d'un résultat. Tu n'avais pas le choix, tu devais emmener Lewis aux urgences ; d'ailleurs, tu lui as probablement sauvé la vie. Il est tiré d'affaire, non ?

Elle eut un hochement de tête distrait.

— On lui a posé un stent presque immédiatement. Il paraît que les dégâts sont minimes et qu'il pourra reprendre son poste dans une semaine.

Elle soupira.

— Il a eu beaucoup de chance. Il a failli faire un arrêt cardiaque peu après son arrivée, et s'il avait été ailleurs…

— Tu vois bien !

Kate secoua la tête.

— Tu ne comprends pas. Cette erreur était catastrophique. Une ado a failli perdre sa jambe pour rien ! Si ça s'était produit, ma carrière était terminée, ainsi que celle de Connor, sans doute.

— Mais ça ne s'est pas produit. Heureusement.

Une nuance dans la voix de sa nièce la fit s'arrêter.

— Tu étais au bloc cet après-midi, Bella ? Tu as entendu parler de quelque chose ?

— On ne parlait que de ça. Apparemment, ton arrivée-surprise dans la salle est l'événement le plus excitant qui se soit jamais produit là-haut. Quelqu'un a dit qu'il ne te manquait plus qu'un cheval blanc !

Kate ferma les yeux. Elle n'oublierait jamais le regard de Connor, le scalpel à la main. A ce moment-là, elle ne savait pas si elle arrivait à temps… Le silence qui régnait après qu'elle eut parlé lui avait laissé croire qu'il était trop tard.

— Il y a eu une erreur. On a confondu les lames.

Hors d'haleine, elle pouvait à peine émettre un son, et la douleur était si vive qu'elle tenait ses mains plaquées contre ses côtes.

— Ce n'est pas une tumeur maligne, c'est un ostéome ostéoïde !

Un nouveau silence, encore plus choqué, comme si tout le monde venait de comprendre l'abomination que cette méprise aurait pu engendrer. Ce n'était qu'alors que l'horreur l'avait submergée : le service de pathologie, son service, avait commis une erreur monstrueuse. Et elle était restée là, les bras ballants et la respiration si hachée qu'on aurait cru entendre des sanglots d'enfant.

— Merci, docteur Graham. Veuillez quitter la salle, s'il vous plaît.

C'était tout ce que Connor avait dit.

Elle avait dû patienter des heures pour apprendre qu'elle était arrivée à temps et que la jeune fille, Estelle, n'avait pas été amputée. Son angoisse ne s'était pas calmée pour autant, car elle s'attendait à ce qu'il vienne dans son service en tempêtant. Sa fureur aurait été on ne peut plus justifiée ; ensuite, il y aurait la chaîne entière des plaintes officielles, jusqu'à son passage devant une commission de discipline, avec toutes ses répercussions.

Un désastre auquel elle n'aurait jamais envisagé d'être mêlée, et elle ne savait pas comment y faire face.

Mais comme l'orage n'éclatait pas, elle finit par en être gênée et, pour se distraire de son angoisse, alla rendre visite à Lewis, qui se remettait de son opération ; bien entendu, pas question de lui faire part de l'événement pour l'instant. Il l'apprendrait bien assez tôt, quand il serait rétabli.

En sortant du service de cardiologie, elle avait piétiné un moment devant les ascenseurs, hésitant à monter parler à Connor pour en finir.

Difficile de trouver le courage… Pendant qu'elle se tenait là, elle avait reçu un texto de Bella qui lui annonçait qu'elle préparait le dîner ce soir, et elle s'était aperçue que le seul endroit où elle avait eu envie d'être, c'était sa maison. Son refuge.

Elle secoua la tête, s'efforçant de chasser ces pensées de son esprit.

— Tu as vu Connor au bloc cet après-midi ?

Bella secoua la tête et son visage exprima la compassion.

— J'ai entendu dire qu'il était vraiment furieux. Personne ne l'avait jamais vu dans cet état.

— Je comprends parfaitement. J'aurais dû aller lui parler, mais j'avais…

Les mots s'étranglèrent dans sa gorge, comme si elle ne parlait plus que pour elle-même.

— J'avais trop peur.

Bella n'avait jamais vu Kate si malheureuse, si effrayée, depuis que sa jeune tante était arrivée pour vivre avec eux. Enfin, il y avait vingt ans de cela... Pouvait-elle faire confiance à ses souvenirs ?

Oui, tout de même. Elle avait beau être une très petite fille à l'époque, elle avait perçu en elle la tristesse et l'angoisse que générait un événement très grave. Si elle n'avait jamais réussi à découvrir pourquoi Kate avait atterri sur leur seuil avec une valise qui contenait tout ce qu'elle possédait, elle avait par instinct ressenti sa détresse et sa solitude.

C'était ce qui l'avait poussée à la suivre le premier jour quand elle était sortie. Tout le long du chemin, jusqu'à cette brocante où elle l'avait trouvée serrant dans sa main une vieille clé rouillée découverte dans un tiroir. Elle s'était approchée sur la pointe des pieds et avait glissé sa main dans la sienne.

— Reviens à la maison, Kate. Nous t'aimons.

Le brocanteur était intervenu.

— Garde la clé, si tu veux, de toute façon, elle ne vaut rien... avait-il dit.

Pourtant, Bella savait qu'elle valait quelque chose pour sa tante.

Quand sa mère, Jackie, s'était exclamée en changeant les draps qu'il y avait des marques bizarres sous l'oreiller de Kate, elle n'avait pas douté de leur provenance : c'étaient des traces de rouille à l'endroit où la clé avait été cachée.

Sa tante, d'ailleurs, collectionnait toujours des clés. De belles clés anciennes qu'elle rapportait de ses voyages, une énorme qui venait d'un château en Allemagne, une française au dessin compliqué, et beaucoup d'autres, en cuivre poli ou en fer. Aucune n'était rouillée, mais Bella avait la certitude que celle trouvée chez le brocanteur faisait toujours partie de la collection ; elle avait été simplement nettoyée, puis gardée et chérie.

Avait-elle représenté l'évasion ? Ou la détermination à verrouiller le passé pour aller de l'avant ? Elle ne le lui avait jamais demandé. Inutile, car le lien qui s'était forgé entre elles lorsqu'elle lui avait pris la main pour la ramener à la maison était au-delà des mots ; et cet attachement n'avait fait que s'intensifier au long des années.

En sa compagnie, Bella se sentait souvent paresseuse, désordonnée et sans réelle ambition, mais elle adorait sa tante et détestait la voir dans cet état. Cela lui ressemblait si peu d'avoir peur ! Pour Bella, c'était comme si le monde ne tournait plus rond.

— Ne t'en fais pas, Kate. Tout le monde connaît ta compétence et personne ne te tiendra pour responsable. Tu seras chef de service dans peu de temps.

Bella l'entendit pousser un soupir, sans nul doute sincère. Sa tante avait conscience de sa valeur et de son aptitude à maîtriser totalement ce qui se passait autour d'elle. Dès son arrivée chez eux, elle avait pris sa vie en main, fréquenté un nouveau collège et réussi brillamment. A l'école d'infirmière aussi, elle avait terminé première ; personne ne pouvait se mettre en travers de son chemin. Elle était farouchement indépendante et très déterminée, et Bella savait que le plus sûr moyen de se la mettre à dos était de lui dicter sa conduite, surtout quand elle savait ce qu'elle avait à faire.

C'était, comme elle le lui avait expliqué à l'époque, ce qui l'avait poussée à faire médecine : elle ne supportait plus que les médecins lui donnent des ordres. Même si elle ne comprenait pas trop ses motivations, Bella l'admirait d'y être parvenue. Elle était destinée à être en haut de l'échelle, et cela lui allait très bien.

— Je suis si fière de toi, tu sais ! C'est un autre qui a commis l'erreur, et en revanche c'est toi qui t'es précipitée au bloc pour la réparer ; pourtant, tu es prête à accepter le blâme. Ce qui prouve une chose : tu es vraiment attentive aux gens qui travaillent avec toi, ainsi qu'à des patients que tu ne connaîtras même pas.

Il y eut un silence. Kate pensait-elle à cette adolescente qu'elle ne rencontrerait jamais ? Et à Connor qui l'avait opérée ?

En l'observant samedi dernier sur la piste de danse, Bella avait été heureuse de la voir si en accord avec lui. Bien entendu, elle était très indépendante, mais tout le monde avait besoin d'être aimé...

Ou d'aimer ?

Elle savait combien sa tante l'aimait, mais ce n'était pas la même chose. Surtout si elle partait à l'autre bout du monde. Elle resterait peut-être absente des années, et elle ne tenait pas à se faire du souci à l'idée que Kate était seule.

Connor était adorable. Bien entendu, elle-même était trop jeune et insouciante pour lui, mais elle était convaincue que c'était vraiment un type bien. Outre son physique avantageux, il possédait une confiance en lui dénuée de toute vanité, ce qui était rare. Un genre de rebelle, ce Pr Matthews, un pirate moderne.

Elle regardait Kate qui avait recommencé à marcher de long en large. Elle était en jean, mais n'avait pas défait son chignon tressé, et ses mouvements, bien que gracieux, étaient farouches. On aurait dit un chat sauvage arpentant sa cage.

Bella était perplexe : pourquoi diable s'était-elle imaginé que Connor et elle iraient bien ensemble ? Ils étaient à l'opposé l'un de l'autre.

Peut-être justement pour cette raison ? Connor était l'homme dont Kate avait besoin pour trouver un équilibre, pour mettre un peu de fantaisie dans son monde trop bien ordonné. Mais pourquoi un type comme lui serait-il attiré par une femme aussi rigide ? Bien qu'elle l'adore, elle ne pouvait nier que Kate était trop guindée, et sans doute un peu trop braquée contre les hommes en général.

Elle soupira. Sans doute que ça ne s'améliorerait pas dans l'immédiat.

La sonnette de l'entrée les fit sursauter toutes les deux. Elles se regardèrent.

— Non, ce n'est pas possible, murmura Kate. Ou alors…

Bella déglutit. Exactement le genre de choses que Connor pourrait faire : pourchasser quelqu'un jusque chez lui pour réclamer des comptes.

La sonnerie retentit une seconde fois, un long coup, exigeant. Bella s'éclaircit la voix en se levant du sofa.

— Veux-tu que j'aille voir qui c'est ?

— Non, répondit Kate en inspirant profondément. J'y vais.

A force d'appuyer sur la sonnette, Connor avait mal au doigt. Il était très conscient que c'était une bêtise de venir relancer Kate ici, mais quand il s'était enfin senti assez calme pour se préparer à l'affronter, en ayant au préalable glané tous les renseignements possibles sur les événements, il ne l'avait pas trouvée dans son service. Comment avait-elle osé rentrer chez elle comme si de rien n'était ?

Eh bien, il allait lui expliquer en termes choisis toutes les conséquences possibles de l'erreur qui s'était produite.

S'il ne s'était pas senti aussi impliqué au plan personnel, il serait allé directement se plaindre à la plus haute autorité qui veillait au bon comportement des médecins dans le système hospitalier. Mais en l'occurrence, il préférait d'abord s'expliquer avec Kate avant d'effectuer les formalités auprès de la commission disciplinaire. Il était trop bouleversé pour le moment.

Bon sang, c'était arrivé à une de ses patientes !

D'accord, tout n'était pas la faute de Kate. On l'avait mis au courant du désordre créé par cette alerte incendie et il savait que si Lewis Blackman n'avait pas « choisi » ce moment-là pour avoir un infarctus, les dégâts auraient été réparés très vite, et l'erreur ne se serait sans doute pas produite.

Mais...

Sur le point d'appuyer pour la troisième fois sur le bouton de la sonnette, il hésita.

C'était tout de même elle qui avait découvert cette méprise et s'était précipitée au bloc si vite qu'elle pouvait à peine respirer en arrivant. D'autre part, quand il avait entendu le téléphone qui sonnait dans le bureau attenant, il aurait pu envoyer quelqu'un répondre... Il aurait pu être averti plus tôt.

Il eut un frisson rétrospectif. Heureusement qu'il n'avait pas commencé à se servir du scalpel ! Même après qu'il eut procédé à l'ablation de la tumeur bénigne, Estelle s'en tirerait avec une légère cicatrice, comme s'il n'avait eu qu'à réduire la fracture. Elle garderait sa jambe.

En fin de compte, cela n'avait pas été si grave. Grâce à Kate.

Bien entendu, sa colère ne pouvait se dissiper d'un coup, mais elle s'était diluée dans le trouble qui l'envahissait. Lorsque la porte s'ouvrit, il essayait de remettre de l'ordre dans ses pensées. Il se trouva nez à nez avec Kate, dont le visage exprimait clairement la peur.

Pas la même que le soir du bal, mais assez proche. Cependant, cette fois, il percevait sa détermination à affronter ce qui l'attendait. Elle n'avait visiblement pas l'intention de s'enfuir.

Difficile de se mettre à lui hurler dessus... S'il le faisait, il justifierait sa réaction de l'autre soir, il lui fournirait un motif pour l'assimiler à la brute qui lui avait fait du mal autrefois. Pour une raison inexplicable, il lui parut essentiel de ne pas se laisser aller à la rage.

De toute façon, était-il bien utile de passer sa colère sur elle ? Il ferait mieux de la remercier.

Manifestement, elle attendait qu'il se mette à hurler. Durant quelques secondes interminables, ils restèrent les yeux dans les yeux et, soudain, son expression changea et elle sembla aussi hésitante que lui.

Kate percevait la colère de Connor, tel un léger bourdonnement dans l'air. Une colère amplement justifiée, qu'elle s'était préparée à recevoir en pleine figure ; elle le méritait. Elle ne pouvait même pas lui en vouloir d'enfreindre les règles en la traquant jusque chez elle, puisqu'elle n'avait pas eu le courage de l'affronter dans l'arène professionnelle.

Elle se raidit en attendant l'orage. Elle n'avait pas le droit de se défendre, cette fois.

Mais... il avait l'air changé en statue, et la regardait comme s'il avait oublié le but de sa visite. Encore plus bizarre, elle eut l'impression que la tension entre eux s'était allégée. L'atmosphère était plus douce, plus...

Impossible de déterminer ce que c'était. Et que dire à cet homme muet devant sa porte ? Il n'avait même pas l'air en colère, et elle ne savait plus quelle attitude adopter. Elle était experte dans l'art de se protéger de la fureur ; les leçons de son enfance, bien que pénibles à supporter, lui avaient servi. Pourtant, en ce moment, toute sa science paraissait inutile.

Dans quel but était-il venu, si ce n'était pour souligner son incompétence ? De toute façon, il aurait pu se contenter de remplir un dossier...

— Kate ? dit une voix derrière elle. Tout va bien ?

Connor parut se réveiller alors que Bella s'avançait à côté d'elle.

— Pas de problème, Bella.

Kate en resta bouche bée. Que se passait-il ?

— Je suis venu chercher Kate. Il y a quelque chose que j'aimerais lui montrer.

L'incompréhension laissa aussitôt place à l'indignation. La chercher ? Croyait-il qu'il lui suffisait d'apparaître pour qu'elle le suive Dieu sait où sans protester ? Il avait encore des choses à apprendre... Elle ne recevait d'ordres de personne, encore moins d'un type qui incarnait la virilité même.

Le regard de Connor se fixa de nouveau sur elle, et elle y lut avec étonnement une profonde incertitude, comme s'il ne savait ni ce qu'il faisait ni pourquoi. A ce moment-là, elle comprit qu'il était vraiment venu dans l'intention de lui chercher des noises, mais que pour une raison inconnue il avait changé d'avis. Une raison qu'il ne comprenait manifestement pas lui-même.

— J'aimerais vous emmener là-bas, murmura-t-il. Si vous n'y voyez pas d'inconvénient ?

Bella regardait le casque qui pendait à son poignet.

— A moto ? Super !

Il fit un bref hochement de tête.

— J'ai toujours un second casque pour un passager éventuel.

Bella se tourna vers elle.

— Tu devrais y aller, Kate. De toute façon, le dîner ne sera pas prêt avant des heures, j'ai oublié d'allumer le four quand j'ai mis le poulet à rôtir.

Kate l'entendit à peine. Si Connor lui avait intimé l'ordre de le suivre, il lui aurait été facile de refuser. Mais il l'en priait, et ses yeux étaient suppliants. Comme s'il avait besoin qu'elle l'aide à comprendre son trouble. Où voulait-il l'emmener ? Et dans quel but ?

Incroyable, songea-t-elle. Hier encore, il aurait été impensable qu'elle accepte de monter derrière lui sur sa moto, et soudain c'était devenu un détail...

C'était incompréhensible, et pourtant cela lui parut, après cette journée chargée en émotions, d'une extrême simplicité.

Partir avec lui pour une destination inconnue, à moto, cela lui allait tout à fait.

Son hochement de tête fut aussi bref que le sien tout à l'heure.

— D'accord, je vais chercher une veste.

Ils sortirent de la ville et se dirigèrent vers l'ouest. C'était la première fois qu'elle montait sur une moto et, au début, elle était terrifiée. Obnubilée par la pensée du peu de vêtements qui les protégeaient, par les véhicules qui les environnaient et le goudron de la route sous eux qui défilait si vite qu'elle ne pouvait même pas compter les lignes blanches discontinues situées au milieu, elle sentait le vent lui fouetter le visage et les mains.

Quant au reste de son corps... Eh bien, il était en contact étroit avec celui de Connor. Elle avait passé les bras autour de sa taille, et bien qu'une épaisse couche de vêtements sépare sa poitrine de son dos puissant, elle avait conscience de la chaleur et de la solidité qui émanaient de lui au milieu de cet univers brouillé par la vitesse.

Cependant, le trajet durait, et peu à peu elle sentit la terreur refluer. Elle prit conscience de la décontraction de Connor, de la réactivité et de la puissance de la machine. L'excitation la gagna : elle, Kate Graham, se trouvait sur une moto à grande vitesse ; quelle audace, pour quelqu'un qui ne sortait jamais de sa routine !

Etait-ce ce qu'on appelait la « vie » ?

Enfin, elle perçut ce qui les entourait et reconnut l'endroit : dans la lumière de ce jour d'été finissant, ils approchaient de l'une des plus fameuses plages de Nouvelle-Zélande : Piha.

Fameuse pour son décor et son surf. Bien que l'océan puisse y être dangereux pour nager, cela ne décourageait pas des dizaines de milliers de personnes d'y venir de façon régulière. Et pourtant elle, qui vivait non loin depuis des années, n'avait encore jamais foulé son sable d'un gris ferreux qui étincelait sous le soleil du soir tandis que la mer se retirait.

En réalité, il y avait ici deux plages, celle du nord et celle du sud, séparées par une ancienne formation rocheuse appelée Lion Rock à cause de sa ressemblance avec un lion assis sur le sable, et qu'elle reconnut immédiatement sans l'avoir jamais vue. Elle n'avait toujours pas idée de la raison pour laquelle Connor, qui descendait par la route d'accès à la plage, l'avait amenée ici.

— Nous devons nous dépêcher, dit-il, sinon ce sera trop tard. En forme ?

Elle aspira l'air marin à pleins poumons.

— Pas de problème.

Il se mit à traverser la plage à pas vifs et ralentit quand ils atteignirent le sentier qui conduisait au sommet, sur le dos du lion. Elle voyait qu'il la surveillait du coin de l'œil pour s'assurer qu'elle suivait. Enfin rassuré, sans doute, il reprit sa marche rapide, et elle se sentit heureuse de pouvoir tenir le rythme derrière lui. Si loin de la ville et dans cet endroit merveilleux, elle aurait été aux anges… si seulement elle était parvenue à comprendre ce qu'elle faisait là, et sans cette légère impression d'être prise au piège : ils étaient loin de tout et Connor pouvait dire ce qu'il voulait, elle ne pourrait ni répliquer ni s'en aller si cela ne lui plaisait pas.

Pourquoi s'était-elle laissé mettre dans cette position si vulnérable ?

Il s'arrêta brusquement, et elle se heurta à lui.

— Pardon.

— C'est ma faute, je n'aurais pas dû m'arrêter comme ça, mais ça a l'air bien, par ici.

Il sortit du sentier.

— Attention à ne pas glisser.

En effet, ils n'étaient pas loin des falaises à pic censées représenter la crinière de l'animal quand on regardait du bon côté. Un point de vue qui donnait sur l'océan en dessous, où pas mal de surfeurs profitaient au maximum de la lumière du jour. Sans s'éloigner trop du sentier, il choisit un rocher lisse, jeta par terre son blouson de cuir qu'il tenait à la main jusque-là et s'assit. Lorsqu'elle eut pris place sur le côté du rocher, ce qui la suréleva un peu, elle eut la sensation de maîtriser davantage la situation.

Il ne dit rien. La main en visière au-dessus des yeux, il observait les surfeurs. Se demandant toujours pourquoi il l'avait amenée là, elle se surprit à l'examiner.

Il avait l'air fatigué, mais calme, et ses joues étaient bleues de barbe. Son T-shirt à manches courtes laissait voir ses bras, la courbe de ses biceps et sa peau qui devait être si douce…

Son autre main était posée sur sa cuisse, tout près d'elle. Une belle main aux doigts longs et effilés, puissante et agile à la fois, et elle se souvint de sa caresse dans son dos le soir du bal…

A regret, elle détourna les yeux pour regarder la plage et les collines environnantes avant de se mettre à observer comme lui les surfeurs.

A califourchon sur leur planche, ils chevauchaient les ondulations au-delà desquelles les vagues se brisaient. De temps en temps, ils laissaient passer une vague qui paraissait très haute aux yeux de Kate. Qu'attendaient-ils ? Enfin arriva un rouleau qui semblait meilleur, pour une raison incompréhensible aux non-initiés, et ils se ruèrent tous pour se mettre en position, debout sur leur planche.

Ensuite, elle se régala de les voir glisser le long du mur d'eau, chassés par la frange d'écume de la vague qui se brisait. Au-dessus d'eux, le ciel changeait de couleur et une faible lueur rose apparut, suivie d'autres, dorées et orangées. Plusieurs surfeurs prirent le chemin de la plage, mais l'un d'entre eux produisit encore une magnifique performance, un véritable spectacle, avec plusieurs sauts réussis et un flip final où il parut voler, contre les lueurs du couchant.

— Vous avez vu ça ? s'écria-t-elle.

— Est-ce que ça vous plairait de faire la même chose ?

— On doit avoir l'impression de voler.

— Hmm, ou de danser.

Il croisa son regard, et elle sentit le sol s'évanouir sous elle, comme si elle flottait. Tombait…

Avait-elle réellement eu peur de ses reproches aujourd'hui ? C'était pourtant bien insignifiant à côté de ce qui s'était produit sur la piste de danse… Et pourquoi n'avait-elle encore pas pensé que la sensation qu'elle éprouvait pouvait être réciproque ?

— Kate…

Son nom resta suspendu dans l'air tel un écho grave et…

sexy. Incapable de respirer, elle ferma les yeux pour tenter de lui répondre et, quand elle les rouvrit, il fronçait les sourcils.

Ayant visiblement renoncé à poursuivre, il se retourna pour contempler les lumières du couchant et elle l'entendit prendre une profonde inspiration.

Connor était de plus en plus troublé. Que s'était-il donc passé ? Cette sensation… La même que lorsqu'il avait dansé avec elle. Il ne s'attendait pas à la ressentir de nouveau, et ne le souhaitait pas car il était toujours incapable de l'identifier. Malgré lui, il se tourna vers elle.

Le trajet en moto avait emmêlé ses cheveux. La tresse n'était pas défaite, mais elle était à présent libérée du chignon et pendait sur son épaule. Des boucles et des mèches folles qui s'étaient également échappées de sa coiffure encadraient son visage rosi par l'exercice et le plein air. Etait-ce le coucher du soleil qui faisait étinceler ses yeux ?

Pourquoi l'attirait-elle autant, en fin de compte ? Elle n'était vraiment pas son type. Si nette et si collet monté, fermée. Ennuyeuse.

Faux. Si elle avait la capacité de mettre sa vie et son esprit sens dessus dessous, impossible de la qualifier d'ennuyeuse. Le tout était de comprendre pourquoi elle le bouleversait à ce point.

Il soupira. Ce n'était pas son but en l'amenant ici. Non qu'il ait compris alors pourquoi il le faisait, parce qu'il l'ignorait encore en grimpant jusqu'ici, mais il le savait maintenant.

Il regarda de nouveau l'océan.

— Estelle Montgomery est passionnée de surf. Elle a gagné la compétition junior l'an dernier et veut représenter le Northland dans les compétitions nationales de cette année. Elle rêve de participer plus tard à la compétition internationale pour la Nouvelle-Zélande.

Kate, le regard tourné vers la mer, observait le dernier surfeur qui abandonnait enfin et regagnait le rivage. S'imaginait-elle voir Estelle à sa place tout à l'heure, comme lui-même l'avait fait ?

Etait-elle consciente de ce qu'aurait signifié pour l'adolescente la perte de sa jambe ?

Elle parut sentir l'intensité de son regard et tourna la tête pour plonger les yeux dans les siens. A cet instant, il sut qu'elle avait compris. Tout.

Il lui fit un sourire en coin.

— La vie est un labyrinthe, et il est parfois difficile de savoir quelle route prendre... Un faux départ, et il est impossible de revenir en arrière.

Elle soutenait son regard sans répondre.

— Une terrible erreur a failli se produire, qui aurait changé la vie d'Estelle à jamais.

Il la vit baisser la tête.

— Mais aujourd'hui, vous avez sauvé ses rêves, Kate ; ceux qui font que la vie vaut la peine d'être vécue.

Elle fut incapable de répondre.

Les mots de Connor s'étaient frayé un chemin jusqu'à un lieu où ils n'auraient pas dû pénétrer. Ils touchaient un sentiment si profond que son cœur saignait à ce contact pourtant si doux.

Il possédait une surprenante sagesse, et cette compassion pour une unique patiente la sidérait.

Elle connaissait bien le labyrinthe qu'il avait évoqué. Lui aussi, visiblement. A quel endroit avait-il fait fausse route ? Essayait-il de revenir en arrière ?

Et elle, quelle vie aurait-elle si elle le pouvait ?

Si elle était assise ici avec Connor Matthews dans l'état d'esprit de Bella, par exemple ?

Elle serait pleine d'espoir et saurait qu'elle était sur le point de tomber amoureuse d'un homme extraordinaire.

Ses rêves seraient différents, et il existerait un chemin qu'elle prendrait résolument avec joie.

Hélas, aucun tournant possible dans son existence, ou alors, il était barré par un obstacle qu'elle se voyait incapable de surmonter.

Sa poitrine se serra et la tristesse l'étreignit ; une larme roula sur chacune de ses joues.

Elle en fut la première surprise : elle n'avait pas pleuré depuis l'âge de quinze ans.

— Nous devrions descendre de cette colline avant que la nuit soit tombée, dit-il.

Elle acquiesça de la tête en essuyant furtivement ses larmes avant de se lever. Une chance qu'il commence à faire sombre !

— Prête ?

Il lui tendit une main pour l'aider à marcher sur les cailloux jusqu'au sentier, et elle accepta spontanément.

— Hmm, allons-y.

Le léger tremblement qu'il perçut dans sa voix le força à s'arrêter.

Il se tenait dos à la mer ; les derniers rayons du soleil étincelaient avant de se noyer dans l'océan. La lumière derrière lui était si éclatante que Kate ne devait distinguer qu'une silhouette obscure, alors que lui voyait nettement son visage. Ses cils étaient encore humides.

Bon sang, elle avait pleuré ?

La reine des glaces avait été émue aux larmes ? Par quoi ? L'histoire d'Estelle ? Le souvenir d'un traumatisme ancien ?

Peu importe. Il était convaincu d'avoir en face de lui la Kate authentique, celle qui dansait merveilleusement et était assez sensible pour pleurer. Et en même temps, il avait la certitude qu'il était l'un des rares privilégiés à la voir ainsi.

Il se sentit lui-même le cœur gonflé d'une ivresse soudaine et incompréhensible. Il l'attira contre lui, s'entendit soupirer et prononcer son nom à voix basse… Puis il l'embrassa.

6

La sensation de chute s'accentua pour devenir d'une intensité presque intolérable.

Peut-être à cause de la splendeur du crépuscule, ou de l'émotion réveillée par les mots de Connor. De toute façon, elle ne pouvait plus se raccrocher à rien et, quand ses lèvres touchèrent les siennes, elle ne protesta pas.

Sa bouche était douce et chaude, ainsi que son corps quand il l'attira plus près. La petite boule de désir qu'elle sentait dans ses entrailles enfla jusqu'à l'emplir entièrement. Ses lèvres s'ouvrirent sous celles de Connor, mais quand elle sentit sa langue toucher la sienne, elle s'aperçut qu'elle ne maîtrisait plus du tout la situation.

Elle plaqua les mains sur son torse et le repoussa.

— Il... il faut que nous partions. Il commence à faire noir.

— Hmm.

Sans rien ajouter, il lui sourit, et elle ressentit un violent pincement au ventre. Il reprit sa main et, cette fois, ils atteignirent le sentier.

Il ne la lâcha pas jusqu'à ce qu'ils soient arrivés à l'étroit escalier où on ne pouvait monter qu'à la file indienne ; ensuite, ils avancèrent côte à côte dans le sable, sans avoir prononcé un mot.

Il fallait qu'elle dise quelque chose. Ce baiser flottait toujours dans l'air entre eux : comment remonter sur sa moto et s'accrocher à lui pendant tout le trajet en se demandant s'il le considérait ou non comme le point de départ d'une relation ? Pensait-il que cela allait de soi et qu'elle mourait d'envie de se retrouver dans son lit comme toutes ses autres conquêtes ?

Et s'ils allaient jusqu'au bout et qu'elle le décevait ?

Pas question. Un lien très fort s'était noué entre eux ce soir, un lien trop précieux pour être remis en jeu.

— Connor… Je… je n'ai pas envie d'une relation.

— Pas de problème.

Etait-ce du soulagement qu'elle percevait dans sa voix ?

A son propre étonnement, elle en fut blessée.

— Je préférerais que nous soyons amis, si c'est possible.

— Tout est possible.

Arrivés à l'endroit où ils avaient laissé la moto, il lui tendit son casque. Elle vit ses dents briller quand il sourit dans les dernières lueurs du couchant.

— Vous me plaisez, Kate. Je ne sais pas trop pourquoi, mais… je vous trouve différente. Vous me surprenez.

— Vous aussi, Connor, vous me surprenez.

Il fermait son blouson.

— Ah ? Expliquez-moi ça…

— Eh bien, je m'attendais à ce que vous me passiez un sacré savon après ce qui s'est passé. Vous en aviez le droit.

Il haussa les épaules.

— Je me doute que vous n'avez pas eu besoin de moi pour vous faire des reproches. Que feriez-vous à ma place ?

Elle se mordit la lèvre.

— J'informerais certainement la commission disciplinaire de ce qu'il s'est passé.

Il enfila son casque et baissa la visière, ce qui le fit paraître soudain sombre et menaçant.

— Examinons les choses sous un autre angle : plutôt que de rejeter la faute sur un individu, on peut considérer ce dérapage comme une démonstration que le système est faillible ; un excellent prétexte pour exiger qu'un secteur de pathologie soit enfin créé au bloc.

— Oh ! je vois !

Une vague de reconnaissance et d'admiration la submergea ; impossible de ne pas apprécier cette capacité à changer si vite de point de vue...

— Je pourrais vous aider, en faisant des recherches et en répertoriant les cas où le temps passé à effectuer la biopsie aurait pu avoir une influence catastrophique sur l'issue de l'intervention.

— Bonne idée ! dit-il en enfourchant la moto. Il faudra qu'on en reparle.

Elle grimpa derrière lui et éleva la voix pour couvrir le bruit du moteur.

— Si Bella n'a pas oublié d'allumer le four, il y aura peut-être un poulet rôti qui nous attend. Si on en discutait pendant le dîner ?

En fin de compte, ils ne firent pas qu'en discuter : ils réussirent à mettre au point un plan d'action, qu'ils appliquèrent dès le lendemain en rendant visite au directeur d'exploitation de l'hôpital.

— Au moins, conclut Kate à la fin de sa présentation, si la nouvelle de cette erreur qui a failli être fatale se répandait dans les médias, ce serait utile de pouvoir annoncer que nous avons un projet précis pour éviter qu'elle ne se reproduise.

Connor fut impressionné par cet argument improvisé. Le directeur semblait songeur, mais séduit.

— J'ai besoin de faits et de chiffres pour les transmettre au comité de financement. Quand pouvez-vous me remettre un rapport ?

— A la fin de la semaine, au plus tard en début de semaine prochaine, dit Connor en jetant un coup d'œil à Kate, qui confirma d'un hochement de tête.

Le directeur les regarda alternativement tous les deux, secoua la tête et sourit.

— Je pense que ça pourrait marcher, mais, sincèrement, vous formez une drôle d'équipe !

En dépit de cette incrédulité, il s'avéra bientôt qu'ils faisaient du bon travail ensemble. Connor passa quelques soirées au labo avec elle pour l'aider dans ses recherches, ne serait-ce que pour renforcer leur argument au sujet du cas d'Estelle.

— Comment va-t-elle, au fait ?

— Très bien. Elle marche déjà avec des béquilles, je la laisserai bientôt rentrer chez elle.

— Quand pourra-t-elle reprendre le surf ?

— De toute façon, je ne suis pas du tout certain qu'elle tienne compte de mon avis. Je suppose que dès que sa fracture sera consolidée, elle se précipitera sur sa planche. Je la surveillerai quand même de près ces prochaines années pour m'assurer qu'elle ne fasse pas de récidive.

Kate sourit.

— Qu'est-ce qui t'amuse ?

— Rien, je t'imaginais en train de faire du surf pour mieux la surveiller.

— C'est une possibilité. Tu viendrais avec moi ?

Elle ne répondit pas, l'air gêné, et il comprit immédiatement pourquoi : il était question d'avenir, d'un avenir un peu lointain, même. Seraient-ils encore amis ?

Il l'espérait. Ou plus qu'amis ?

Non. Elle ne lui avait pas caché qu'elle n'avait pas l'intention d'avoir une relation. Et lui non plus, d'ailleurs. Pas avec quelqu'un comme elle, en tout cas. Il ne saurait pas par où commencer. Ni comment terminer... Il fallait toujours prévoir la fin, car il n'aurait pas été juste d'exiger d'une femme qu'elle reste longtemps avec lui, vu le peu qu'il avait à lui offrir. Mais avec elle, même une relation amicale était à prendre au sérieux.

C'était pour lui un privilège.

Il avait insisté pour la raccompagner jusqu'au parking de l'hôpital hier soir tard, alors qu'ils venaient d'achever leur rapport. Il se dirigeait vers sa moto quand il entendit les voix derrière lui. Il se retourna, vit un homme s'approcher d'elle et faire aussitôt demi-tour.

— Je veux de la monnaie pour prendre un ticket à cette foutue machine ! criait-il. Vous êtes médecin, bon sang ! Qu'est-ce que ça vous coûte ?

Connor était assez près pour sentir les effluves d'alcool émanant de ce type, en pardessus miteux bien qu'il fasse très chaud, et qui tenait à la main un sac en plastique visiblement plein de vieux vêtements. Un sans-abri qui tentait de se procurer un peu d'argent ? Peu importe, il était d'une carrure impressionnante et Kate n'avait pas l'air rassurée.

— Allez-vous-en, dit Connor. Et si je vous retrouve ici en train d'intimider des femmes, j'appelle la sécurité. Ou je vous emmène moi-même au poste.

— Ah oui ?

L'homme tituba un peu, le regarda de plus près et recula.

— Je ne voulais que deux ou trois dollars, marmonna-t-il en s'éloignant.

Connor se tourna vers Kate.

— Il serait sans doute parti si tu lui avais donné un peu de monnaie ; je ne pense pas qu'il t'aurait fait du mal.

— Hmm.

Elle semblait paralysée.

— Je n'insinue pas que tu aurais dû lui donner.

Il savait depuis le début qu'elle n'était pas du genre à accepter des conseils et qu'il fallait la traiter avec respect. Elle le méritait. Mais tout de même, son attitude était étrange : elle était si raide ! Il lui passa un bras autour des épaules.

— Tout va bien, Kate. Il est parti.

Il sentit qu'elle se raidissait à son contact et un frisson glacé lui parcourut l'échine. Loin de la lâcher, il l'obligea à se tourner pour lui faire face en la tenant par les épaules.

— Qu'y a-t-il, Katie ? Quelqu'un t'a fait du mal ?

Il n'eut pas de peine à faire le lien : son air terrifié le soir du bal costumé, son retrait du monde, plus le fait qu'il ait découvert que sous cette carapace rigide se dissimulait une femme sensible.

— Qui était-ce ? Qui t'a fait du mal ?

Elle lui jeta un regard désespéré, comme si elle avait honte de ce qu'elle allait dire, comme si elle se jugeait coupable.

— Ton père ? grogna-t-il. Un petit copain ?

Un hochement de tête réticent en guise de réponse.

— Mon père était... alcoolique. Cet homme sentait...

— Je sais.

Il l'attira plus près pour la rassurer. Il savait qu'il n'avait pas entendu toute l'histoire.

— Et le petit copain ?

Il la sentit se recroqueviller.

— Oh ! mon Dieu ! Il te battait ?

Elle tenta de se libérer, et il hésita : devait-il la lâcher ? Après tout, il avait gagné sa confiance, à présent.

— Tout va bien, Katie. Je ne te ferai pas de mal, j'en serais incapable. Tu me fais confiance, n'est-ce pas ?

Elle était toujours aussi raide, prête à lutter pour s'enfuir. Puis il la sentit se détendre et elle se serra contre lui.

— Oui, je te fais confiance.

Il finit assis dans sa voiture avec elle et ils parlèrent longtemps ; lorsqu'elle se décida à rentrer chez elle, elle lui fit promettre qu'il ne parlerait à personne de ses confidences.

— Surtout pas à Bella. Elle n'a jamais su pourquoi je suis allée vivre chez mon frère. Elle a bien dû deviner certaines choses, mais je n'ai jamais avoué à personne à quel point c'était affreux...

Connor desserra les poings. Il comprenait encore mieux, à présent : pas étonnant qu'elle ne tienne pas à avoir de relation avec un homme. Elle avait subi trop de mauvais traitements, et cela exigerait de la part de celui avec qui elle voudrait vivre beaucoup de force et de patience.

Et pourtant, c'était ce terrible passé qui l'avait faite telle qu'elle était. Unique...

Lui-même n'était pas exempt de tout traumatisme. Peut-être étaient-ils plus semblables sur ce point qu'elle ne l'imaginait.

Pourrait-il l'aider ?

« Attention à ce que tu fais, se dit-il. A ne pas la blesser davantage. »

— Alors, tu as couché avec lui ?

— Bella ! Je ne devrais pas te laisser boire du vin au dîner.

Sa nièce leva la tête.

— Pas encore, n'est-ce pas ?

— Nous sommes amis, c'est tout.

Bella s'esclaffa.

— Tu me prends pour une idiote ! Vous êtes fous amoureux. Vous vous retrouvez au café ou au restaurant depuis des semaines, et vous passez les soirées à travailler ensemble à ce rapport. Il a bien dû au moins t'embrasser !

La soudaine rougeur qui monta aux joues de Kate les surprit toutes les deux.

— Tu rougis ! Tatie Katie rougit ! Incroyable !

— Laisse tomber, Bella. Nous sommes amis, je te l'ai déjà dit.

Une amitié comme elle n'en avait jamais connu dans sa vie. Qui avait débuté par une balade à moto avec un tendre baiser au crépuscule.

Non, en réalité, elle avait commencé le soir du bal. Ou même... quand elle avait suivi ces traces de pneus sur le lino de l'hôpital.

Bien entendu, ce sentiment avait été renforcé par l'attitude de Connor lors de cette erreur de diagnostic qui aurait pu avoir de terribles conséquences. Cette semaine, ils avaient dîné au restaurant pour fêter l'approbation de leur projet de création d'un secteur de pathologie au bloc, même si le local qu'on leur avait alloué n'était pas très grand. Kate aurait le grand honneur d'être la première pathologiste à y travailler. C'était un énorme pas en avant pour toutes les parties intéressées, et elle en était aussi heureuse que lui.

Mais ce qui les avait définitivement rapprochés, c'était cet incident dans le parking. Il était le premier à qui elle parlait de son passé.

Et bien qu'elle proteste face à Bella, elle était convaincue qu'il y avait entre eux plus qu'une amitié. Cependant, ils avaient l'air de se retenir tous les deux d'aller plus loin. En avait-il envie ?

Et elle ? Craignait-elle de briser cette étonnante harmonie entre eux ? Elle la perdrait à coup sûr s'il apprenait les éléments de son passé qu'elle lui avait tus...

— Cesse donc de me harceler, Bella.

Mais sa nièce remplit leurs deux verres de vin, visiblement peu décidée à abandonner le sujet. Kate se leva pour débarrasser la table.

— Laisse, je le ferai après. Je veux vraiment te parler.

— Plus de Connor, alors.

Bella poussa un soupir exaspéré.

— Voyons, il est splendide, vous êtes seuls tous les deux et vous vous plaisez. Je ne comprends pas où est le problème.

— Nous ne voulons ni l'un ni l'autre nous engager.

— Alors, contentez-vous d'une aventure ! Une amitié avec de petits à-côtés... Amusez-vous. Je parie que Connor n'aurait rien contre.

— Moi aussi, et c'est bien ce qui me fait supposer que ça ne pourrait pas marcher. Vu sa réputation de don Juan, il est sans doute expert en « amitié avec de petits à-côtés ». Tu crois que j'ai envie de faire partie de sa collection ?

— Il n'a pas encore trouvé la femme de sa vie, voilà tout. C'est peut-être toi.

Sa nièce exagérait. Il fallait qu'elle mette fin à cette conversation.

— Je ne couche pas avec n'importe qui pour le plaisir.

Elle soupira en voyant l'air dubitatif de Bella, qui évitait de croiser son regard.

— Tu as entendu les rumeurs, c'est ça ? Ecoute, je ne suis ni vierge ni lesbienne, d'accord ? Les gens de St Pat's ont la mémoire courte. Tu as rencontré Tim, non ? Ce néphrologue avec qui j'ai vécu pendant deux ans ?

— Hmm. Il y a longtemps.

C'était vrai. Plus de trois ans, en fait. Tim avait quitté St Pat's peu après leur rupture, c'est-à-dire peu avant l'arrivée de Connor.

— Il m'a paru sympa, ajouta Bella. Qu'est-ce qui n'a pas marché entre vous ?

Kate haussa les épaules.

— Il voulait des enfants, moi non.

Par son insistance, Tim lui avait fait prendre conscience qu'elle ne voulait vraiment pas en avoir ; et comme elle se refusait à donner des explications, le fossé s'était peu à peu creusé entre eux...

Bella était bouche bée.

— Moi, j'en veux. Qu'y a-t-il de mal à ça ?

— Rien. Tu en auras sans doute au moins trois quand tu auras mon âge. Mon Dieu, je deviendrai... une grand-tante ?

— Une pathologiste célèbre, en tout cas. Je les amènerai te rendre visite et ils te rendront folle et mettront une pagaille pas possible dans la maison.

— J'ai l'habitude, j'ai vécu avec toi et tes frères !

Cependant, le fait de changer de génération la touchait beaucoup plus qu'elle ne voulait se l'avouer. Comme si elle manquait quelque chose d'essentiel. Finirait-elle par avoir des regrets ?

— Si nous téléphonions à Jackie, pour savoir ce qu'ils font, tous ?

Bella laissa sa tante composer le numéro.

L'un de ses frères devait être à la maison : Kate éclata de rire aussitôt. Ensuite, il dut lui passer leur mère, et Kate sembla ravie des nouvelles qu'elle lui donnait de son jumeau, Michael, qui était en troisième année de médecine à Dunedin et vivait loin de chez eux. Il avait dû déménager, parce que sa tante cherchait un papier et un stylo pour noter son adresse. Elle avait coincé le combiné contre son épaule pour continuer à parler.

Bella termina son verre et se dit qu'elle allait en profiter, puisqu'elle devait attendre son tour, pour réfléchir un peu.

Elle s'était sentie gênée que Kate soit au courant des rumeurs qui couraient à son sujet… Quand elle en avait entendu parler par des collègues, elle avait pris un malin plaisir à leur annoncer que sa tante sortait avec Connor Matthews.

Mais les autres étaient restées sceptiques, et elle ne pouvait les en blâmer. Elle-même était arrivée à la conclusion que Kate et Connor n'étaient pas faits l'un pour l'autre. Jusqu'à ce qu'il vienne la chercher pour cette balade à moto. Il l'avait ramenée tard, et elle avait perçu un éclat nouveau dans les yeux de sa tante… Elle avait revu cette étincelle de plus en plus souvent ces dernières semaines, mais Kate s'obstinait à dire qu'il ne s'agissait que d'une amitié, et elle l'avait presque convaincue.

Que pouvait-elle faire pour elle ? Elle eut l'impression d'entendre sa mère, ou peut-être Kate, il y avait bien longtemps.

« Ne t'en mêle pas, Bella, tu vas encore provoquer des ennuis. »

Avec un soupir résigné, elle s'intéressa de nouveau à la conversation.

— S'il n'est pas trop occupé, disait sa tante.

Au bout d'un instant de silence, son père dut prendre le relais.

— Salut, David ! dit-elle en souriant. Oh ! je vais bien, merci. Oui…

Elle regarda Bella.

— Pas de problème, elle s'adapte. Sa cuisine s'améliore, aussi. Et toi ?

En un clin d'œil, son expression changea du tout au tout.

— Quoi ?

Elle baissa la voix.

— Quand ?

Elle se tourna de l'autre côté, et Bella en fut réduite à regarder son dos, incapable désormais de deviner à l'expression de son visage quel était le sujet de la conversation. Pas très réjouissant, certainement.

— Tu n'as rien dit, au moins. Eh bien, espérons que c'est terminé une bonne fois pour toutes. Oui… elle est toujours là, je te la passe.

Elle se retourna et lui tendit le combiné.

— Qu'y a-t-il, Kate ? murmura-t-elle en couvrant le récepteur de sa main.

Un signe négatif de la tête lui répondit.

— Rien du tout.

Bella retira sa main et approcha le téléphone de sa bouche.

— Allô ?

— Bella ?

Son père avait une voix normale, pourtant.

— Ta mère me fait signe, elle veut savoir quand tu viens nous voir.

— Bientôt. J'essaierai de venir pendant mon prochain week-end de congé, si je trouve un billet à prix réduit. J'économise, tu sais.

— Nous paierons ton billet, donne-nous juste la date.

— D'accord, attends deux secondes.

Elle regarda le calendrier accroché au mur de la cuisine où elle avait coché ses jours de congé. Kate était assise à la table, le regard fixe.

— Hé, c'est déjà dans quinze jours !

— Super. Dis à Kate que ça nous ferait plaisir qu'elle t'accompagne.

Elle tourna la tête pour faire part de l'invitation à sa tante.

Celle-ci regardait dans le vague, une expression bizarre sur le visage, comme si elle venait de voir un fantôme.

— Elle a peut-être autre chose à faire, papa.

Certainement, même, se dit-elle en regardant Kate qui n'avait pas toujours pas bougé.

7

— Où est le Dr Graham ?

— A la morgue.

La jeune technicienne à qui Connor s'adressait faisait partie de la petite équipe qui travaillait encore au laboratoire pour terminer les analyses urgentes. En fond sonore, il entendait le bourdonnement d'un appareil électrique.

— Elle est occupée ?

Il savait qu'elle pratiquait la médecine légale. Peut-être y avait-il eu une mort suspecte qui exigeait une investigation immédiate ?

— Un essai clinique, je crois. Elle a dit qu'elle n'avait pas besoin d'aide. Vous pouvez y aller, elle a peut-être envie de compagnie !

La jeune femme eut un sourire malicieux.

— D'une compagnie capable de lui répondre, je veux dire.

Manifestement, elle ne visualisait pas bien ce qui se passait dans les tréfonds de l'hôpital. Les autopsies en général n'étaient pas familières à beaucoup de gens.

Et à lui ?

Mal à l'aise, il traversa sans enthousiasme le laboratoire jusqu'à la porte arrière qui donnait sur la morgue, où les cadavres étaient rangés dans leurs tiroirs réfrigérants. En réfléchissant bien, c'était étrange qu'il soit attiré par une femme qui s'y trouvait dans son élément. Qui était passionnée, même.

Il soupira. Manifestement, la logique n'avait rien à voir dans l'affaire. La preuve, la nouvelle qu'il lui apportait — que le nouveau microscope venait d'être livré au bloc — aurait pu attendre jusqu'à demain ; il aurait pu lui téléphoner ou lui envoyer un e-mail. Mais il avait préféré passer ici, en se disant que si jamais elle était déjà rentrée chez elle, il aurait un bon prétexte pour lui rendre visite.

Et cela ne l'aurait pas du tout gêné d'aller frapper à sa porte sans être attendu. Comme s'ils avaient rendez-vous. Ce qui n'était pas le cas, bien entendu. Ils avaient beaucoup travaillé ensemble, bu des litres de café et même dîné au restaurant, mais il restait prudent, car il ne savait pas trop où il allait avec elle.

Cela dit, il ne la fuyait pas non plus...

Il entra dans la pièce glacée qui semblait déserte au premier regard, mais ne se sentit pas seul pour autant. Par la vitre, il jeta un coup d'œil dans la salle d'autopsie.

Un corps était allongé sur la table en acier inoxydable située au centre, visiblement un homme d'une cinquantaine d'années dont la poitrine ouverte suggérait que l'autopsie était en cours. Kate, penchée sur lui et totalement concentrée sur sa tâche, portait ce qui ressemblait à une tenue de bloc, si ce n'était le tablier en plastique résistant passé par-dessus sa blouse. Tout cet équipement la faisait paraître plus petite. Ou était-ce parce qu'elle travaillait seule dans un endroit où il se sentait isolé et mal à l'aise ? Même de loin, il percevait le détachement clinique avec lequel elle travaillait. Elle avait appris à s'adapter à cet environnement en se fermant à toute réaction émotionnelle.

Et elle y excellait. Elle devait avoir appris depuis toute petite. En l'occurrence, heureusement qu'il existait des personnes comme elle, qui possédaient cette faculté de cloisonnement, parce que cette partie du travail était essentielle en médecine.

— Salut ! dit-il en passant la tête dans l'embrasure. Je peux entrer ?

Elle leva la tête, surprise.

— Oui, bien sûr !, dit-elle en souriant.

— Dois-je mettre une tenue spéciale ?

— Des bottes, seulement, à moins que tu n'aies envie de te salir les mains ?

Elle sourit devant son expression.

— J'ai presque fini, ne t'en fais pas. Je ne te demanderai pas de m'aider.

Elle souleva un organe.

— Voilà ce qu'il me fallait : le cœur.

Bien que l'odeur lui répugne, il s'approcha et la suivit jusqu'à une balance suspendue au-dessus d'un plan de travail. Son regard passa sur le cadavre allongé sur la table.

— Un cas intéressant ?

— Une partie d'un essai clinique.

Elle activa le Dictaphone pour enregistrer le poids et l'apparence extérieure de l'organe, puis le posa sur une planche à dissection.

— Nous étudions la mort subite liée au rythme cardiaque. On pense que dans la plupart des cas, le décès est dû à un rythme de plus en plus irrégulier, mais il apparaîtrait qu'un nombre important de ces patients — peut-être soixante-dix pour cent — ont été en réalité victimes d'un infarctus du myocarde. Si ça se vérifie, on pourra les protéger par un traitement approprié.

— Hmm... Un protocole international ?

— Oui. Ils observent des milliers de cas. Je vais présenter les résultats de notre contribution à Zurich dans deux mois environ.

— Super !

Il la regarda disséquer de façon méticuleuse les artères coronaires.

— Tu aurais fait un grand chirurgien.

Elle lui fit un sourire en coin.

— Ici, je ne risque pas de tuer qui que ce soit. Et j'aime travailler seule.

Elle aimait être seule, en général, se dit-il. Combien de gens avaient entraperçu la vraie Kate ? Celle qui se cachait sous la pathologiste respectée qui serait sans nul doute accueillie avec chaleur dans un important colloque international.

Celle qui était enfermée à l'intérieur de la carapace, la femme secrète et sensuelle...

Il eut soudain envie de se retrouver sur l'autoroute pour voir les kilomètres défiler sous les roues de sa moto. Avec les bras de Kate passés autour de sa taille et ses cheveux volant au vent sous le casque.

Ou plutôt... non. En fait, il préférerait une piste de danse dans un endroit désert, pour l'avoir rien qu'à lui. Avec des lumières tamisées. Le clair de lune suffirait.

Soudain, une pensée lui traversa l'esprit : il voulait davantage, il la désirait. Il avait envie d'elle.

Avait-il manifesté quelque chose par son expression ? Par chance, elle était absorbée dans sa tâche.

Bon sang, elle ne supportait même pas qu'on la touche ! Comment pouvait-il penser à lui faire l'amour ?

— Regarde cet affreux caillot ! Une preuve indiscutable ! Je vais chercher mon appareil pour prendre des photos. Je reviens tout de suite.

Il eut envie de s'en aller aussi, mais c'était grossier de partir pendant qu'elle était sortie. Il se sentait de plus en plus mal à l'aise.

Il fallait qu'il sorte de là. Quand elle revint, il ouvrit la bouche pour lui annoncer la livraison du microscope, mais son biper sonna. Il jeta un coup d'œil à l'écran.

— Je peux appeler d'ici ?

Tout en ajustant les paramètres de son appareil, elle fit un signe de tête.

— Le téléphone est là-bas.

Kate était perplexe, et agréablement surprise. Qu'était-il venu faire ici ? En principe, ils avaient épuisé presque tous les prétextes pour se rencontrer.

Il portait son blouson de cuir et avait l'air d'être simplement passé avant de rentrer chez lui.

Elle se mit à prendre des clichés. Plus vite elle aurait terminé, plus tôt elle pourrait sortir d'ici... et peut-être que Connor allait l'inviter quelque part. Elle entendait sa voix...

— Qui est-ce ? Quel âge a-t-elle ? En quoi ça me concerne ?

A l'autre bout du fil, on devait lui fournir de longues explications, au vu de son temps de silence.

— Qu'est-ce que vous prévoyez ? D'accord... Peut-être une anesthésie locale. Le plus tôt possible. Lundi, alors ? A 7 h 30 ? Très bien.

Il raccrocha et, curieusement, la regarda un moment sans rien dire.

— Un problème ?

— Pas pour moi, ce n'est même pas ma patiente.

Il s'éclaircit la voix.

— Une petite fille de sept ans, Lucy. Leucémique.

Elle aurait dû dicter ses dernières découvertes pour compléter son dossier, mais quelque chose l'intriguait : pourquoi avait-il demandé à son interlocuteur en quoi cela le concernait ?

— Tu la connais ?

— De vue seulement. Sa chimio l'a rendue chauve, mais elle a le plus beau sourire du monde.

Elle éprouva un pincement désagréable au ventre. Ce n'était pas la première preuve qu'il lui donnait qu'il aimait les enfants... Pourquoi ne l'avait-elle pas compris plus tôt ?

Il dut remarquer son expression, car il détourna les yeux.

— Il lui faut une greffe de moelle. Les membres de sa famille se sont tous proposés, mais ils ont trouvé un donneur plus compatible sur la liste. Moi.

— Quoi ? Tu es inscrit sur la liste des donneurs de moelle osseuse ?

— Hmm. Depuis longtemps.

— Tu en as déjà donné ?

— Non.

— Tu es certain de vouloir le faire ?

— Bien sûr ! Tu ne le ferais pas, toi ?

— Ça ne m'a même pas effleuré de faire un test en vue de m'inscrire.

— Pourtant... tu donnes bien ton sang, non ?

— Evidemment, mais c'est facile ! On n'est pas obligé de me perforer les os pour le prélever !

— Ça doit être un peu douloureux pendant quelques jours, c'est tout. Peu importe.

Il plaisantait, sans doute ! Ce n'était pas une petite affaire, même pour des membres de la famille proche, et il ne connaissait cette enfant que de vue. Par son sourire.

Quelle compassion ! Qu'en serait-il s'il avait des enfants à lui ? Il ferait un père fantastique...

Peut-être son engagement auprès d'enfants inconnus était-il dû à son impatience d'en avoir à lui ?

Son pincement au ventre s'accentua. Elle parla plus sèchement qu'elle ne l'aurait voulu.

— Incroyable, que tu t'impliques tant avec tes patients, et même avec des inconnus...

Il se redressa.

— Que veux-tu dire ?

— Je parle de ce que tu es capable de faire pour les enfants. Jusqu'à apporter une moto dans ton service.

— C'était une exception.

— Tu m'as emmenée à des kilomètres et fait asseoir en haut d'une falaise juste pour me faire comprendre l'importance de la jambe d'Estelle.

Curieusement, son expression se fit à la fois neutre et menaçante.

— Ça te pose un problème ?

— Il me semble que c'est malsain de s'impliquer autant.

Elle aurait souhaité ne pas s'être engagée dans cette conversation, mais impossible de revenir en arrière. Elle sentit la sensation désagréable grandir dans son ventre.

— Si les enfants t'intéressent tant que ça, tu devrais en faire toi-même.

Cette fois, elle l'avait choqué. Il la regardait comme si elle était une extraterrestre. Elle ne put chasser les visions qui s'imposèrent à son esprit.

Connor tenant son bébé nouveau-né dans ses bras, le passant à la femme qui lui avait fait ce cadeau, et qui n'était pas elle.

Oh ! bon sang, elle n'allait pas s'apitoyer sur elle-même ! Elle se remit à la table de dissection.

— Et si c'est ce que tu veux, tu ne devrais pas être en train de perdre ton temps ici avec moi.

Elle ne supportait pas ce silence dans son dos. Elle se retourna.

— Kate... Tu ne me connais pas du tout, n'est-ce pas ?

Elle aurait cru que si... Bien entendu, il ne pouvait deviner qu'il avait si souvent partagé son lit dans ses rêves, mais elle sentait qu'elle le connaissait très bien.

Trop bien, du moins assez pour savoir qu'elle ne le toucherait jamais d'aussi près dans la réalité...

Mais pas question de le lui avouer. Après un long moment, il émit une sorte de grognement de colère qui semblait aussi un aveu d'échec.

— C'est la dernière chose que je souhaite.

Il perçut l'amertume dans sa propre voix et vit le visage de Kate devenir pâle. A l'évidence, elle en avait totalement oublié le travail qu'il lui restait à faire.

Elle semblait aussi choquée que lui quand il avait compris que quelqu'un l'avait maltraitée dans son enfance.

Ce soir-là, elle avait été sincère avec lui. Ne méritait-elle pas qu'il lui rende la pareille ?

— Pardon, Kate. Tu as touché un point sensible.

Elle hocha la tête, mais son regard était toujours dans le vague. Il poussa un long soupir.

— Je suis le cadet de quatre frères, et le premier souvenir

que j'ai, c'est d'avoir vu arriver ma petite sœur de l'hôpital. J'avais trois ans ; elle s'appelait Philippa, mais on la surnommait Trésor, parce qu'elle était précieuse et chérie, la petite fille que ma mère avait toujours rêvé d'avoir…

Kate semblait retenir son souffle, comme si elle ne savait pas comment réagir à ses confidences. Devinerait-elle qu'il n'en avait jamais parlé à personne avant aujourd'hui ?

— Puis Trésor est tombée malade et, à l'âge de quatre ans, j'ai appris le mot « leucémie ».

A présent, il lisait la compassion dans ses yeux. Il détourna le regard. Il était beaucoup trop tard pour ça.

— On a réussi à la soigner pendant quelques années ; chimiothérapies, séjours à l'hôpital, transplantations de moelle osseuse. Tout le monde croyait qu'elle allait s'en tirer. Rien d'autre ne comptait. On ne pensait plus qu'à elle.

Oh ! bon sang ! Percevait-elle son apitoiement sur lui-même dans sa voix ?

Quel égoïsme, après toutes ces années, de faire sentir qu'il avait été injustement mis à l'écart !

Il tenta de se reprendre, et sa voix se fit monocorde.

— Jusqu'à ce qu'elle ait six ans. J'étais inscrit en tant que donneur de moelle, aussi bien que tous les autres membres de la famille. C'est de là qu'on tenait mes coordonnées, je suppose, bien qu'on ne m'ait contacté que lorsque j'ai eu dépassé dix-huit ans pour que je m'inscrive sur la liste.

Il tourna de nouveau la tête et la table entra dans son champ de vision ; il se souvint qu'un cadavre se trouvait dans la pièce.

— Quand elle est morte, six mois plus tard, ce qui restait de la famille a éclaté. Je n'avais pas dix ans. A quinze ans, je savais déjà que je ne voulais pas d'enfants. C'est une bombe potentielle qui peut exploser et détruire une famille entière. Je ne prendrai jamais ce risque.

Le silence était intolérable.

Il se dirigea vers la porte.

— Oh ! En fait, j'étais venu t'annoncer une bonne nouvelle :

le nouveau microscope est arrivé. Je leur ai dit de le laisser dans son emballage, parce que je pensais que tu voudrais en superviser le montage demain.

Il ne lui laissa pas le temps de répondre.

— A plus tard.

Et il sortit.

Elle travaillait à présent comme un automate, en prenant son temps pour pouvoir mettre ses idées en ordre.

Son esprit était confus, les sentiments se mêlaient, et elle appréciait d'avoir les mains occupées à des tâches concrètes : suturer, nettoyer les instruments, la table et les plans de travail...

Une chose était sûre, il ne recherchait pas sa compassion. Il ne lui avait pas laissé une chance d'intervenir, et la tristesse de son expression avait achevé de lui briser le cœur.

Elle imaginait sans peine les sentiments d'un petit garçon qui apprend que sa mère avait toujours rêvé d'une fille. Dès lors, plus personne d'autre n'avait compté lorsque sa sœur était tombée malade... Cela aussi, elle se le figurait très bien.

Ses frères étaient-ils beaucoup plus âgés que lui ? Assez pour être liés entre eux par une solidarité qui avait survécu à la mort de leur petite sœur ?

En tout cas, Connor s'était senti abandonné, et elle savait ce que c'était. Elle aurait voulu remonter le temps, prendre ce petit garçon dans ses bras pour lui dire que lui aussi était aimé.

Il l'était à présent... Elle s'en apercevait, parce qu'elle n'avait envie que d'une chose : le retrouver, le tenir serré contre elle et lui dire qu'elle compatissait. Qu'il était l'homme le plus merveilleux qu'elle ait jamais rencontré.

Pas étonnant qu'il aille si loin pour ses petits patients et leur famille !

Elle comprenait également qu'il ait décidé de ne pas avoir d'enfants et d'éviter toute relation à long terme pour ne pas courir ce risque. Il avait une bien meilleure raison qu'elle pour cela. Encore un point commun. Subitement, elle comprit : ils étaient faits l'un pour l'autre.

Peut-être pouvait-elle... Après avoir éteint les lumières, elle ferma la porte de la morgue derrière elle. Comme elle marchait la tête baissée, elle entendit à peine l'au revoir de la jeune technicienne en traversant le labo. Puis elle se surprit à se redresser et à lever les yeux, et ralentit le pas.

Oui, elle pouvait. Mais comment provoquer les choses ?

Bella avait vérifié deux fois que le four était bien en marche, inutilement, car la cuisine fleurait bon la viande en train de rôtir. Kate serait impressionnée ! Un jarret d'agneau accompagné de petites pommes de terre nouvelles, et elle avait même pensé à acheter de la sauce à la menthe.

Quand le téléphone sonna, elle s'essuya les mains sur son jean et décrocha.

— Je suis bien chez Kate Graham ? demanda une voix masculine, qui n'était pas celle de Connor.

— Oui, mais elle est absente pour l'instant. Puis-je prendre un message ?

Un bref silence.

— Vous pourriez lui dire... que son père a appelé ?

Elle eut un hoquet de surprise.

— Vous êtes son père ?

— Oui. Kevin Graham.

— Je suis Bella, Annabelle Graham, la fille de David. Donc, vous êtes mon grand-père !

— Exact.

Il y eut un petit rire à l'autre bout du fil.

— Surprise, hein ? J'étais parti très loin.

« Quel euphémisme », songea Bella. Mais sans doute avait-il honte de son long séjour en prison. Soudain, il lui sembla urgent de raccrocher. Cet appel ne plairait pas à Kate, elle en aurait mis sa main à couper.

Pourtant, elle ne comprenait pas pourquoi : quels que soient ses antécédents, cet homme faisait toujours partie de la famille. Pourquoi ne pas lui donner une seconde chance ?

— Je voulais juste m'excuser auprès de Kate. Je ne sais pas ce qu'on vous a dit à vous, les enfants, mais c'était ma faute. A cause de l'alcool. Et je ne bois plus maintenant. Je me suis fait désintoxiquer, et il est inclus dans le programme qu'on doive s'excuser auprès de ceux à qui on a fait du mal.

Elle en avait entendu parler, en effet. Mais qu'est-ce qui était sa faute, exactement ? Et Kate serait-elle touchée par ses excuses ?

Peut-être, sauf si ce qui s'était passé continuait à l'affecter. A l'empêcher d'avoir une relation avec Connor, par exemple...

Kevin Graham sembla avoir lu dans ses pensées.

— Je sais qu'elle refusera de me parler, mais peut-être que vous, elle vous écoutera. C'est très important pour moi de la revoir et de lui dire à quel point je regrette.

Après tout, Kate avait peut-être besoin de ça pour aller de l'avant. Et si c'était l'occasion de rendre un grand service à sa tante ?

— Vous avez un numéro de téléphone ? Je ne peux rien vous promettre, mais je vais voir ce que je peux faire.

8

Kate savait exactement comment organiser les choses. Et ce serait le week-end où Bella partirait rendre visite à sa famille.

— J'aurais tant aimé que tu m'accompagnes, dit sa nièce la veille de son départ. Il est sans doute encore temps de trouver un billet...

— C'est gentil, Bella, mais je suis occupée.

— A quoi ?

Hors de question qu'elle lui confie ses projets, et inventer un mensonge n'était pas dans ses habitudes... Par chance, le sort était avec elle : elle pencha la tête sur le côté pour mieux écouter le son aigu qu'elle avait tout à coup perçu.

— Qu'est-ce que c'est que ce couinement ? On dirait une bestiole.

Cela venait de la chambre de Bella... En soupirant, Kate monta l'escalier et ouvrit la porte sur un chaton à l'air clairement mécontent d'être enfermé.

Une petite boule de poil gris fumée, avec des taches blanches sur les pattes et la tête, dont la gueule minuscule était ouverte sur un miaulement de colère.

— Bella ! Tu sais que je ne veux pas d'animaux ici !

Sa nièce, qui arrivait, prit le petit chat dans ses bras.

— Mais je...

— Ramène-le tout de suite où tu l'as pris !

— Euh... Je ne l'ai pris nulle part, il était assis sur le perron quand je suis rentrée.

— Appelle la SPA.

Elle entendait à présent le ronronnement étrangement sonore émis par ce un petit chat. Il grimpa sur l'épaule de Bella et frotta sa tête à sa joue.

— Ils doivent avoir un refuge pour les garder en pension. Bon sang, tu pars demain matin ! Tu pensais qu'en le laissant enfermé dans ta chambre, je ne m'apercevrais pas de sa présence ? Tu es totalement irresponsable !

— Bien sûr que non, j'allais t'en parler !

Sa nièce lui jeta un regard noir.

— Tu devrais boire un peu plus souvent du vin, ça te met de meilleure humeur !

— Ne t'occupe pas de mon humeur, ce n'est pas un verre de vin de plus ou de moins qui va la changer. Je travaille toute la journée, je ne peux pas envisager d'avoir un animal pour le laisser seul à la maison.

— Ce n'est pas un chien !

— Et j'ai horreur des chats.

— Tu aimais Fluffy, pourtant.

— Ce n'est pas la même chose, il faisait partie de la famille.

— Eh bien, celui-ci aussi pourrait faire partie d'une famille, la tienne.

— Je ne veux pas de famille !

Se rendant compte des paroles qui venaient de lui échapper, elle s'arrêta net.

Pas de famille. En était-elle certaine ?

— Alors, moi non plus, tu ne me veux pas ?

Les yeux de Bella s'étaient emplis de larmes.

— Ce n'est pas ce que j'ai voulu dire, tu le sais très bien.

Sa nièce avait baissé la tête. Elle caressait le chaton qui sortit une langue rose vif et se mit à lui lécher le menton.

— Je ne veux pas d'un... animal de compagnie, c'est tout.

Pourquoi cette idée l'épouvantait-elle à ce point ? Elle avait adoré Fluffy, l'énorme chat roux qui régnait sur la famille de son frère. Parce qu'elle considérait cela comme un substitut d'enfant ?

— Mais il nous a choisies, ou plutôt il t'a choisie toi. Il est perdu, il est venu chez toi, et c'est ici qu'il veut vivre.

— Quelqu'un est peut-être en train de le chercher.

Bella leva les yeux.

— Alors, nous le gardons jusqu'à ce que nous ayons découvert qui.

— Je... euh...

— S'il part à la SPA, on l'enfermera dans une cage, et il y aura des chats adultes qui risquent de lui vouloir du mal. Et il aura froid la nuit...

— Oh ! Arrête !

Kate ne put réprimer un sourire.

— D'accord, je suppose qu'il peut rester un peu. Occupe-toi de trouver de quoi le nourrir. Heureusement que je ne pars pas avec toi, n'est-ce pas ?

Bella eut un large sourire.

— Tu vas tomber amoureuse de lui, tu verras. Il va remplir le vide de ta vie.

— Quoi ?

— Tu as très bien compris, Kate. Tu refuses d'en prendre conscience, c'est tout.

Cette fois, c'en était trop ! Elle se retint cependant de répliquer vertement : pas question de se disputer avec sa nièce. Et à présent, Bella lui tendait le chaton...

— Je te présente la patronne. Il faudra être sage et gagner ta pitance en lui tenant compagnie pendant mon absence. Tante Katie ne doit pas rester seule la nuit.

Ce n'était pas tout à fait l'être que Kate avait en tête pour partager sa solitude, mais, en fin de compte, elle reconnut que cette arrivée inattendue lui avait calmé les nerfs.

Bella et elle étaient allées acheter des croquettes, de la litière, un panier et quelques jouets.

— Ridicule, avait-elle murmuré sur le chemin du retour. Tout ça pour quelques jours !

Sa nièce n'avait pas répliqué.

Le samedi matin, elle avait amené Bella à l'aéroport et, en revenant, elle s'était arrêtée pour acheter de quoi manger et du bon vin, car elle avait l'intention de préparer un repas qui démontrerait ses dons de cordon-bleu. Il y avait si longtemps qu'elle n'avait pas invité quelqu'un à dîner !

Mais avant, la journée allait être chargée : elle avait prévu de faire le ménage à fond et de changer les draps.

Ce chaton était une vraie terreur : il sauta sur le lit et se suspendit aux draps qu'elle ôtait pour les mettre dans le lave-linge.

— Oh ! Mais tu vas t'arrêter, sale petite bête !

Malgré tout, elle souriait. De toute façon, s'il n'avait pas été là pour la distraire, elle se serait sans doute demandé si c'était bien utile de se donner cette peine ; Connor n'aurait sans doute pas l'occasion de s'en apercevoir... Il n'avait même pas encore répondu à l'e-mail qu'elle avait envoyé pour l'inviter.

La dernière fois qu'elle l'avait vu, c'était quand il était sorti de la morgue après s'être épanché auprès d'elle. Le regrettait-il ? Elle ne l'avait pas vu de la journée hier.

Après une nuit d'insomnie, elle avait été tourmentée tout le vendredi par le besoin de le voir. Ayant maintes fois passé en revue ses confidences et leurs implications, elle se rendait compte qu'elle était vraiment amoureuse de lui et avait fini par reconnaître qu'ils pouvaient avoir un avenir ensemble.

La journée était magnifique. Elle ouvrit les portes-fenêtres du salon en grand pour laisser pénétrer le soleil de l'après-midi et balaya la cour. Bien entendu, le chaton courut après son balai.

— Tu es libre, tu peux rentrer chez toi si tu veux !

En réponse, le bébé chat frotta sa tête contre sa cheville.

Elle alla s'assurer qu'il restait du gaz dans la bouteille du barbecue. Le filet marinait déjà dans un mélange d'épices — herbes de Provence, ail et gingembre. Les pommes de terre étaient pelées, prêtes à rôtir. Ce serait à la fois très simple et irrésistible pour un homme affamé.

Connor avait fini par lui répondre.

« Avec joie ! J'attends l'occasion d'expérimenter tes talents de cuisinière depuis le jour où Bella les a évoqués. »

Depuis, elle se sentait plus légère. Vers 19 heures, juste avant l'heure prévue de son arrivée, elle prit tranquillement un verre de champagne. Bizarre impression, de se lancer pour la première fois de sa vie dans l'entreprise de séduire un homme...

Le décor était parfait, songea Connor : au crépuscule, les flammes des grosses bougies allumées sur la table se reflétaient sur les verres en cristal et l'argenterie étincelante. Le barbecue était ouvert, les plats recouverts étaient disposés sur la desserte, prêts à cuire, et déjà un délicieux fumet en émanait.

Les chênes vénérables qui bordaient la cour et le jardin les isolaient du reste du monde, et il se sentait étrangement nerveux depuis que Kate lui avait ouvert la porte. C'était la seconde fois qu'il la voyait avec les cheveux tombant librement sur ses épaules, et tant de choses avaient changé depuis ! Il la connaissait bien, et elle le connaissait bien.

Peut-être mieux que n'importe qui au monde, et cette pensée l'effrayait.

Elle portait une jupe de mousseline qui tournoyait autour de ses chevilles quand elle marchait, et le bout de jambe qui dépassait des plis du tissu était si féminin... si sexy... Bien qu'elle soit chaussée de ballerines bleu pastel, il aurait parié que ses ongles étaient vernis en rouge vif.

Bon sang ! Il fallait qu'il se retienne de tout mouvement impulsif. Il avait envie de poser la main sur cette chevelure soyeuse qui ne demandait qu'à être caressée. Ou plutôt de l'agripper pour attirer à lui son visage et l'embrasser sur la bouche.

Il déglutit et jeta un regard circulaire.

— Bella n'est pas là ?

Kate tentait de déboucher une bouteille de vin.

— Elle est partie chez ses parents pour le week-end. Tu veux du vin ou tu préfères de la bière ?

— Du vin. Donne, je vais le faire.

Il tendit la main vers la bouteille, mais elle se recula.

— Merci, je me débrouille.

Toujours cette façon de rejeter ce qui pouvait ressembler à un ordre… Il lui était impossible d'accepter de l'aide rien que pour satisfaire l'ego d'un homme.

Cela lui plaisait : elle était forte et indépendante, son égale en de nombreux domaines… Et pourtant, elle avait tout de même besoin d'être protégée, puisque la violence l'effrayait au point qu'elle n'osait se laisser approcher.

Il avait du mal à la comprendre, et à cerner ses sentiments envers elle. Pourquoi avait-il accepté son invitation ? En tout cas, à présent qu'il était là, une chose était sûre : il la désirait.

Et peut-être était-ce réciproque, sinon pour quelle raison aurait-elle préparé tout ça ? Quand elle l'avait invité, elle savait déjà que Bella partait pour le week-end et avait fait des efforts pour lui être agréable, à lui seul.

Soudain, il sentit une légère morsure à la cheville et sursauta en poussant un juron involontaire.

— Je te présente le chat, dit Kate en riant.

L'animal grimpait le long de son jean, et malgré la toile épaisse il sentait ses griffes aussi acérées que des aiguilles. Il attrapa prudemment la petite boule grise, pas plus grande que sa main, et regarda Kate.

— Je n'aurais jamais cru que tu aies un chat !

— Il n'est pas à moi, c'est Bella qui l'a trouvé devant la porte hier. J'attends que ses propriétaires viennent le réclamer.

Il sentait la vibration du ronronnement sous sa main.

— Il a l'air satisfait. J'ai l'impression qu'il se sent bien ici.

— C'est aussi l'avis de Bella, soupira-t-elle en lui tendant un verre de vin, mais je n'ai jamais eu l'intention d'avoir un animal à la maison.

— Pourquoi ?

— Oh ! tu sais bien... Je suis sans doute encore plus décidée que toi à ne pas avoir d'enfants, puisque je refuse même tout substitut.

Le calme étrange avec lequel elle avait parlé était presque gênant. Toutes les femmes de sa connaissance voulaient des enfants. Et le mariage. Voilà pourquoi il avait toujours rompu...

Déjà, il savait qu'elle était différente, et à l'instant il venait de comprendre qu'elle était sur la même longueur d'onde que lui. Etaient-ils faits l'un pour l'autre ?

Il éprouva un bizarre pincement dans les entrailles. Pas de désir, cette fois. Une sorte de contentement intérieur...

Une sensation nouvelle et fragile, cependant. Avait-elle compris qu'il était un peu perdu ? Elle prit un objet sur la table.

— Regarde !

On aurait dit une télécommande d'ouverture de portière, mais lorsqu'elle appuya sur le bouton, le chaton sauta de ses mains tel un éclair et se mit à bondir comme un fou sur les dalles de la cour.

Alors, il vit le point rouge du laser que le petit chat tentait d'attraper. Kate riait.

— Tiens, amuse-toi pendant que je m'occupe de mettre le repas à cuire.

Entre son second verre de vin et la partie avec le chaton, sa tension avait disparu, et il s'aperçut qu'il s'amusait vraiment. Il prit la petite bête dans le creux du bras et la caressa sous le menton.

— Tu devrais le garder, Kate. Il paraît que les meilleurs chats sont ceux qui nous choisissent.

— Je vais y réfléchir. Je mets les steaks à griller tout de suite ou tu préfères attendre un peu ?

— Rien ne presse.

Il jeta un regard autour de lui.

— C'est si agréable, ici, si paisible...

Il lui sourit et elle lui rendit son sourire.

Soudain, le silence se fit lourd. Kate semblait aussi nerveuse que lui un peu plus tôt.

— Zut, j'ai oublié la musique. J'y vais.

— Mieux vaut tard que jamais !

A présent, il se sentait à l'aise, certain d'être au bon endroit au bon moment.

— Que veux-tu écouter ? J'ai un peu de tout, sauf de la country et de la western.

— Tant mieux !

Il la suivit jusqu'au porte-CD, regarda ce qu'elle choisissait et eut un hochement de tête satisfait. Une musique romantique, c'était parfait.

Sa sensation de contentement s'accrut. Lorsque les notes de la première balade s'élevèrent, il tendit la main.

— On danse ?

Les yeux de Kate s'arrondirent, mais il les vit s'assombrir et comprit subitement qu'elle le désirait. Elle se laissa enlacer et se mit à danser le slow à la perfection, comme le soir du bal costumé.

Il la tenait serrée, la tête penchée au-dessus de son épaule jusqu'à toucher de ses lèvres la peau douce de son cou.

Et elle tourna la tête, et sa bouche était à portée...

Il ne l'avait pas embrassée depuis leur soirée sur la plage, mais à présent leur relation avait changé. Elle semblait en avoir envie. Il approfondit le baiser, trouva sa langue, et le monde se mit à tourner.

Jusqu'à ce qu'elle l'interrompe pour reprendre son souffle.

— On va dîner ?

— Oublie, grogna-t-il. Où est ta chambre ?

Kate n'avait jamais rien désiré avec une telle intensité. Quand elle leva les bras pour lui permettre de lui ôter son haut, ses cheveux le frôlèrent et il plongea les mains dedans.

— Tu as une chevelure merveilleuse.

Puis il posa de nouveau ses lèvres sur les siennes, et elle oublia tout sauf le désir fou qu'elle avait de lui.

Et lorsqu'il lui lâcha les cheveux, elle sentit qu'il dégrafait son soutien-gorge et qu'il posait les mains sur ses seins, les pouces jouant sur ses mamelons ; c'était exactement comme dans ses rêves. Ou mieux encore.

Maintenant, il avait ôté sa chemise, exposant les muscles bien dessinés de sa large poitrine, avec juste un peu de duvet sur le ventre, à l'endroit où il était en train de déboutonner son jean. Ses yeux étaient rivés aux siens et elle ne pouvait détourner le regard.

Puis il fut nu, et elle eut la preuve de son envie d'elle. Il cessa de la regarder dans les yeux pendant qu'elle achevait de se déshabiller. Elle entendait sa respiration haletante. Ils se retrouvèrent peau contre peau et elle le laissa l'allonger sur le lit. Ensuite, il se mit sur un coude et caressa tout son corps de sa main libre.

Sa clavicule et sa poitrine, le creux entre ses seins et enfin son ventre. Lorsque ses doigts descendirent encore, elle sentit les premiers symptômes de la panique la submerger.

Non ! C'était Connor, elle pouvait le laisser faire...

En même temps, elle savait qu'elle était en train de perdre la bataille, qu'elle se réfugiait dans cet endroit secret d'où elle n'était plus là qu'en spectatrice. Elle n'éprouvait plus aucune excitation. Au moment voulu, elle devrait simuler un orgasme. Comme d'habitude.

— Katie ? Que se passe-t-il ?

Elle ouvrit les yeux. Il avait retiré ses mains et la regardait attentivement.

— Rien. Ne t'arrête pas...

Il prit ses mains dans les siennes.

— Parle-moi. Dis-moi pourquoi tu es devenue insensible d'un coup.

Ces paroles l'horrifièrent, car les quelques hommes avec qui elle avait couché n'avaient jamais rien deviné. Mais elle les avait si peu désirés... Pas comme lui.

— Je ne comprends pas ce que tu veux dire.

Il ne répondit pas, et elle eut honte de lui mentir.

— Je suis désolée.

Atrocement mal à l'aise d'être allongée nue devant lui, elle s'assit et entoura ses genoux de ses bras. Elle s'aperçut à peine qu'il disparaissait de son champ de vision. Elle enfouit son visage dans ses genoux.

— J'ai cru que ça pourrait marcher avec toi. Je te demande pardon.

— Je ne comprends pas.

Elle l'entendit soupirer.

— Dis-moi, ce petit ami dont tu m'as parlé, il ne s'est pas contenté d'être violent, n'est-ce pas ?

— Non, répondit-elle dans un sanglot.

— Il t'a violée, c'est ça ? Mon Dieu, Kate, quel âge avais-tu ?

— Quinze ans... Je refusais de coucher avec lui, j'avais trop peur.

Elle hésita à poursuivre. Pouvait-elle lui donner tous les détails ?

— Comme il me frappait, j'ai essayé de m'enfuir, mais il m'a rattrapée et... il m'a forcée.

Si au moins elle avait pu pleurer, cela l'aurait soulagée, mais elle s'en sentait incapable.

Il gémit. Un son qui exprimait désespoir et tristesse.

— C'était trop tôt, tu n'étais pas prête.

Elle secoua la tête.

— Même maintenant, ça ne marchera pas.

— Ne dis pas ça !

Elle sentit le lit bouger ; il se levait. Elle le regarda à travers ses cils, debout au pied du lit où il resta un long moment immobile. Ensuite, à sa grande surprise, il tomba à genoux et leva les yeux vers elle.

— Kate, j'ignore ce qui se passe entre nous, mais c'est une chose qui me semble importante, plus qu'une simple attirance physique. Nous allons arranger ça. Tu avais envie de faire l'amour avec moi, n'est-ce pas ?

— Oui.

— Et c'était bon jusqu'à ce que...

Jusqu'à ce qu'il touche un endroit particulier, oui.

— Alors, ça peut le redevenir.

— Tu ne comprends pas. Le seul moyen que j'ai trouvé pour parvenir à faire l'amour avec un homme, c'est de sortir de mon corps, de m'en abstraire en imagination. Un peu comme quand je pratique une autopsie. Avec toi, je ne voulais pas que ça se produise...

— Pourquoi ?

— Parce que... je t'aime beaucoup. Je pensais qu'avec toi...

Son visage s'était assombri. Peut-être avait-il envie d'en finir ? Elle détourna les yeux, mais il ne bougea pas. Attendait-il d'autres explications ?

Eh bien, autant lui en fournir un minimum...

— Ce viol a eu des conséquences. Je suis tombée enceinte.

— Oh ! mon Dieu ! Et...

— J'ai perdu mon enfant.

Elle pinça les lèvres. Elle n'en dirait pas plus.

— Je suis désolée, Connor.

Un ton qu'elle voulait définitif, cette fois.

Elle passa de l'autre côté du lit et s'assit.

— Je vais prendre une douche. Tu ferais mieux de t'habiller et de t'en aller. Ne te sens pas obligé de rester, je sais que la situation est aussi gênante pour toi que pour moi.

— Tu préfères être seule...

C'était plus un constat qu'une question.

— Oui, s'il te plaît.

Elle tenta d'avaler la boule qu'elle avait dans la gorge, en vain. Ce terrible échec était si mortifiant qu'elle préférait ne plus en parler. D'ailleurs, cela n'arrangerait rien.

Même si elle lui tournait le dos et que sa chevelure formait un écran conséquent, elle ne supportait plus d'être nue devant lui. Elle avait essayé, elle avait échoué. Impossible de revenir en arrière, ni d'aller de l'avant non plus.

— Oublions ça, Connor.

Elle perçut des bruits qui suggéraient qu'il ramassait ses vêtements. Comme elle ne tenait ni à le voir s'habiller ni à le raccompagner jusqu'au seuil, elle entra dans la salle de bains attenante et referma la porte derrière elle.

Le barbecue était éteint, le repas intact emballé dans le réfrigérateur, la musique coupée et les portes-fenêtres étaient fermées à double tour. Elle avait soufflé les bougies, mais ne songeait même pas à allumer le salon.

Elle était lovée à une extrémité du canapé, les genoux remontés contre elle, comme tout à l'heure dans le lit pour cacher sa nudité.

A présent, bien qu'elle soit habillée, elle se sentait toujours aussi nue et exposée, ramenée une fois de plus à la prison d'où elle ne pourrait jamais s'enfuir.

Le jour où elle avait découvert cette vieille clé rouillée chez le brocanteur, elle avait cru pouvoir verrouiller ses souvenirs. Comment penser, à cet âge, qu'ils reviendraient la hanter et seraient un obstacle à sa volonté ?

Eh bien, elle devrait s'en accommoder. Mieux valait rester seule et ne plus risquer d'éprouver ce genre de souffrance et de manque.

De ce que Connor aurait pu lui donner, de ce qu'elle-même aurait pu lui donner, cette magie bien plus grande que la somme de deux êtres : la force et le pouvoir engendrés par un amour partagé.

Si Bella avait vu juste en disant qu'il existait un vide dans sa vie, elle s'était trompée en ajoutant qu'elle n'en avait pas conscience.

Elle souffrait trop pour remarquer que le chaton, grimpé sur le canapé, s'était blotti sur ses genoux, ni qu'elle s'était mise à le caresser...

Soudain, elle s'aperçut qu'il y avait quelque chose de réconfortant dans ce geste : la douceur de sa fourrure, les petites bosses de la colonne vertébrale et la vibration du ronronnement qui se répercutait dans sa main et même son bras pour arriver à l'épaule ; qui parvenait jusqu'à son cœur.

Alors, elle comprit que Bella avait eu raison sur un autre point : elle était en train de tomber amoureuse du chaton. Et en lui, rien ne la menaçait.

Enfin, les larmes jaillirent, des torrents de larmes amères versées sur des dizaines d'années de sa vie perdues.

9

Bella se réjouissait en son for intérieur : personne n'était venu réclamer le chaton.

Kate semblait désireuse de le garder, à présent, et lui avait même donné un nom, Star, à cause de la tache blanche en forme d'étoile qu'il avait sous le cou.

Pourtant, elle sentait que quelque chose clochait.

Quand elle était rentrée dimanche soir, un dîner délicieux l'attendait : steak mariné grillé et petites pommes de terre rissolées. Mais Kate s'était contentée de la regarder manger en chipotant dans son assiette ; alors à quoi bon avoir cuisiné tout ça ?

Toutefois, Bella n'avait pas mis longtemps à comprendre ce qui chagrinait sa tante : elle avait perdu cet éclat qui émanait d'elle depuis quelque temps. Lorsqu'elle lui avait demandé si elle avait passé un bon week-end, Kate avait répondu que oui sur un ton faussement enjoué, comme si la véritable réponse ne la regardait pas.

Or elle avait horreur d'être mise à l'écart. C'était d'ailleurs ce qui l'avait poussée à se précipiter à la suite de sa jeune tante, le premier jour, alors que ses parents lui conseillaient de la laisser tranquille.

En fait, à l'époque, il s'était avéré qu'elle n'avait pas eu tort de suivre son instinct.

Mais cette fois, Kate n'avait visiblement pas l'intention

de fuguer. Elle était redevenue celle de toujours : ordonnée, organisée et travailleuse. C'était peut-être le problème. Il s'était passé quelque chose… avec Connor ?

Ou alors, elle avait appris que son père voulait la voir…

Bella avait tenté d'en parler à son père, sans évoquer le coup de téléphone. Feignant de s'intéresser à la généalogie de la famille, elle avait posé une question innocente sur son grand-père.

— N'en parle jamais, Bella, et surtout pas devant Kate.

Elle n'avait pas osé demander pourquoi. Savaient-ils, tous, qu'il avait fait une cure de désintoxication et était rongé de remords ? Qu'il voulait demander pardon aux membres de sa famille ?

Pas étonnant qu'elle se sente mise à l'écart. D'ailleurs, on l'avait contrariée à l'hôpital, où elle s'était aussi sentie rejetée. Et Kate avait dû le remarquer.

— Qu'est-ce qui ne va pas, Bella ?

— Une vraie teigne, ce type !

— Qui ?

— Oliver Dawson.

— Le chirurgien neurologue ? Pourquoi tu lui en veux ?

— Il m'a passé un savon.

— Ah ? Qu'avais-tu fait ?

— D'après toi, c'était forcément ma faute ?

En voyant sa tante sourire, elle se dit que c'était la première fois depuis quelques jours.

— Je ne suis pas infirmière de bloc et l'intervention n'avait pas commencé. Il n'y avait aucune raison que j'aie déjà attaché mon masque. Il a dit que sa salle d'opération n'était pas une nursery et que si j'avais envie de porter un bavoir, je n'avais qu'à me trouver une crèche. Ma parole, il se prend pour une star !

Kate sourit, et le chaton, qui avait dû reconnaître son nom, sauta sur les genoux de Bella, puis tenta de monter sur la table. Elle le souleva et se mit à le caresser.

— Il est vraiment pénible, ce vieil imbécile !

— Et vraiment compétent. En fait, il est plus jeune que moi, je ne crois pas qu'il ait dépassé trente ans.

— Il agit comme s'il en avait cinquante.

— Oui, il est un peu rigide, mais son éducation y est pour beaucoup.

— Il a été élevé dans un monastère ?

Kate s'esclaffa.

— Pas loin. Tu n'as jamais entendu parler de la famille Dawson ? L'une des plus riches d'Auckland. Il est fils unique, et on lui a sans doute inculqué le sens des responsabilités dès son plus jeune âge. C'est ce qui le rend exigeant envers lui-même et les autres.

— Je préfère les gens un peu plus cool, comme Connor.

L'atmosphère lui sembla glaciale soudain.

— Tu as fini, Bella ?

Kate se leva pour ramasser son assiette avant de se placer face à l'évier pour rincer la vaisselle.

Elle observa sa tante de dos : ses muscles étaient tendus à l'extrême. Ce n'était pas à cause de son grand-père, donc.

Machinalement, elle caressa Star, tout en réfléchissant à la situation ; comment aller de l'avant tant qu'on n'avait pas réglé ses comptes avec le passé ?

Elle repensa au morceau de papier sur lequel était noté le numéro de téléphone communiqué par son grand-père. Elle l'utilisait comme marque-page pour le livre qu'elle lisait. Un numéro de portable, auquel elle pourrait envoyer un texto en toute discrétion...

Pas question d'inviter le père de Kate chez elle, mais pourquoi ne pas lui fixer un rendez-vous dans un endroit neutre, un café, par exemple ?

Non. Soudain, elle eut la solution. Un endroit où sa tante se sentirait en sécurité : le service de pathologie.

— Tu as besoin d'aide ?

— Non, j'ai presque fini, merci.

— Je vais aller me coucher, alors. J'aimerais terminer mon livre.

Finalement, la solution était simple, songea Kate. Il suffisait de se replonger dans son travail et la vie normale reprenait son cours. Comme avant qu'elle ne remarque ces traces de pneus sur le lino du couloir.

Autour d'elle, on avait dû remarquer sa concentration ; ses collègues semblaient plus professionnels et le rythme était plus rapide. D'accord, elle était sans doute moins tolérante, elle tarabustait un peu les plus jeunes, mais ils travaillaient aussi plus vite. Mark, en particulier, très désireux de lui faire plaisir, y avait tellement bien réussi qu'il avait droit à une récompense.

— Mark, ça vous dirait de travailler dans le nouveau secteur de pathologie du bloc ?

— Oui, beaucoup ! J'ignorais qu'il était déjà fonctionnel.

— Pas encore tout à fait, mais le matériel est arrivé. Vous pourriez aller vous occuper du montage du microscope et j'irai vérifier plus tard.

— Je pensais que vous vouliez vous en charger ? C'est un peu votre bébé...

— Voyons, ce n'est qu'un projet.

Cependant, c'était un peu plus difficile qu'elle n'aurait cru. Depuis qu'Estelle était sortie de l'hôpital, l'incident semblait oublié, mais il avait été la cause de son rapprochement avec Connor, et la création du mini-laboratoire les avait obligés à rester proches un bon moment.

Eh bien, c'était terminé. Pour éviter une rencontre prématurée, elle préférait envoyer Mark au bloc. Dommage, car elle était impatiente de prendre son tour dans le nouveau laboratoire situé dans les étages, au lieu d'être enfermée au sous-sol.

Il lui fallut beaucoup de courage pour aller vérifier que Mark avait monté correctement le microscope et le reste du matériel, mais elle n'aurait pas dû s'en faire : pas trace de Connor. En revanche, Bella était là.

— A quelle heure termines-tu ?

— Aucune idée. J'ai encore pas mal de choses à faire, y compris un rapport sur cet essai clinique en cours. Ne m'attends pas.

— D'accord.

Curieux... Sa nièce semblait plutôt contente qu'elle travaille tard.

Elle jeta un regard à la ronde.

— Inutile, Kate, il n'est pas là.

— Qui ? Oliver Dawson ?

— Connor.

— Qu'est-ce qui te fait penser que je le cherche ?

Bella haussa les épaules.

— Rien, c'était au cas où... On l'a renvoyé chez lui.

Le pincement à l'estomac qu'elle ressentit la prit par surprise. Etait-il malade ? Toutefois, elle se garda bien de manifester son inquiétude. Mieux valait attendre la suite.

— Il paraît qu'hier matin, il a donné de la moelle osseuse pour une petite patiente atteinte de leucémie.

Elle le savait, bien entendu... C'était ce qui avait achevé de la rendre amoureuse de lui.

— Il est revenu travailler ce matin, mais comme il souffrait trop on lui a conseillé d'aller se reposer.

— Oui, je suppose que c'est douloureux.

— Hmm... oui, sans doute.

Bella semblait l'observer de si près qu'elle se sentit gênée.

— A plus tard, alors.

Il fallait qu'elle s'occupe les mains et l'esprit le plus possible, quitte à se trouver du travail supplémentaire, pour ne pas penser à lui, pour ne pas se préoccuper des complications éventuelles d'un prélèvement de moelle osseuse. Prenait-il au moins des antalgiques ?

En fait, elle n'eut pas besoin de s'inventer du travail : il vint de lui-même sous la forme d'un examen médico-légal ordonné après une mort suspecte. Lewis Blackman, qui avait regagné son poste, avait beau clamer qu'il était en pleine forme, pas question de le laisser se surmener.

Un examen de ce genre était beaucoup plus détaillé qu'une autopsie. Dès le départ, il fallait prendre des photos du corps et noter tous les détails pour les enregistrer dans le rapport. C'était de toute évidence un homicide : les mains étaient enveloppées dans des sacs en plastique et, après les avoir libérées, il fallait recueillir, répertorier et analyser toutes les substances trouvées sous les ongles. Chaque vêtement devait être inventorié avant d'être ôté, et ce n'était qu'à partir de là que l'examen proprement dit pouvait commencer. Il fallait examiner les blessures et les photographier, puis, une fois le corps nettoyé, commencer à chercher la cause du décès.

Dans le cas précis de l'homme qu'on venait de leur amener, il était important de déterminer lequel des nombreux coups de couteau avait été mortel. Un travail fastidieux, qui exigeait que l'on mesure l'angle et la profondeur de chaque plaie. L'ensemble de la procédure prendrait des heures, et il en faudrait encore une ou deux de plus pour faire le rapport. Lewis se proposa pour cette dernière tâche, mais elle refusa.

— Vous avez l'air fatigué, et il est tard. J'avais prévu de rester pour remplir de la paperasse, de toute façon.

Après le départ de son chef, le service lui parut étrangement vide. Une technicienne était partie travailler dans le secteur des analyses de sang et les autres avaient dû sortir manger. Non que la solitude lui déplaise : elle n'aurait même pas besoin de fermer la porte ni les persiennes de la paroi vitrée de son bureau qui donnait sur le labo. Elle sursauta en entendant des pas rapides qui s'approchaient, sortit pour voir qui arrivait et s'arrêta, interdite.

— Bella ! Qu'est-ce que tu fais ici ? Je pensais que tu étais partie depuis longtemps !

— Je voulais te voir.

— Je suis occupée.

— Oh ! eh bien, je vais faire un petit tour, si ça ne t'ennuie pas. Je n'étais jamais descendue. C'est quoi, cette machine ?

— Elle mesure le taux d'oxygène dans le sang.

— Super. Et celle-ci ?

— C'est un appareil de radio pour les échantillons de biopsie avant que nous les coupions en tranches. Ecoute, Bella, j'ai un travail à terminer...

Sa nièce regarda par-dessus son épaule, consulta sa montre, se mordit la lèvre.

— Bon, alors je te laisse.

Mais elle ne bougea pas. Elle feignit de regarder, fascinée, tout ce qu'elle voyait autour d'elle. Puis on entendit d'autres pas qui approchaient et, quand la silhouette s'encadra dans l'embrasure, Kate sentit son sang se glacer dans ses veines et le vertige la saisit.

— Oh ! Bella, murmura-t-elle. Qu'as-tu encore inventé ?

Connor se sentait très mal. Pas à cause de sa hanche, qui allait beaucoup mieux ; d'ailleurs, il n'était même pas rentré chez lui se reposer, il s'était contenté d'essayer de s'endormir dans l'une des chambres réservées aux médecins de garde. Au bout de quelques heures d'insomnie, il s'était décidé à prendre un antalgique et avait pu dormir un peu. A présent, il aurait eu besoin de se raser et de manger quelque chose, mais il savait que cela ne lui ferait aucun bien. La pensée de sa soirée avec Kate ne lui laissait aucun répit.

Il avait été si lâche... Elle lui avait offert une échappatoire et il l'avait saisie.

Pas tout de suite, bien entendu. Il avait arpenté la chambre après s'être habillé en fixant la porte de la salle de bains.

Il allait rester. Impossible de laisser les choses en l'état, ils devaient en discuter encore. Mais par où commencer ? Et comment pouvait-il espérer réparer un dommage aussi grave ? Quand elle lui avait appris que son père, puis son petit ami la maltraitaient, bien qu'il ait été glacé d'horreur, il s'était senti capable d'affronter le problème et même de le résoudre.

Mais le fait qu'elle ait été violée et qu'elle ne puisse plus supporter l'intimité avec un homme autrement qu'en s'imaginant ailleurs... cela avait été plus difficile à accepter. En outre, il avait cru que rien ne pourrait le choquer davantage, et pourtant cela avait été encore pire quand elle avait évoqué le bébé. Impensable.

Avait-elle fait une fausse couche parce que son père l'avait battue en apprenant sa grossesse, ou celle-ci avait-elle été menée à terme et l'enfant adopté ?

Quelle importance ?

Aucune. Ce qu'il avait compris d'essentiel, c'était qu'elle l'avait aimé.

« Je l'ai perdu », avait-elle dit. Son bébé.

Et avec lui bien d'autres choses. Les plaisirs de l'amour physique, si tant est qu'elle les ait découverts un jour, une partie de sa famille... Elle n'avait pas souffert de la même façon que lui, mais le résultat était identique : une aversion pour toute forme d'intimité dont pourrait résulter une souffrance. Ne pas avoir de relation avec un homme, ne pas avoir d'enfant ni même d'animal familier...

En fin de compte, il s'en était mieux tiré qu'elle. Au moins, les joies de l'amour physique ne lui étaient pas inconnues.

Il existait en elle une barrière plus solide que cette porte de salle de bains qu'elle avait fermée. Pas étonnant que sa maison soit toujours impeccable et qu'elle tienne les gens à distance... Elle avait besoin de tout avoir sous contrôle.

Et elle ne voudrait pas le trouver là quand elle sortirait. D'ailleurs, il avait besoin de réfléchir.

Il était donc parti, non sans hésitation, mais son cœur lui dictait de ne pas revenir sur ses pas. Elle avait si peur de souffrir si elle aimait qu'elle ne pouvait même pas s'abandonner... Oui, elle était plus atteinte que lui. Il lui manquait l'une des choses les plus importantes que la vie ait à offrir : une relation amoureuse qui donnait de la force, atténuait les chagrins et multipliait les joies.

Et à lui aussi, cela manquait.

Autant l'un que l'autre, ils pouvaient gagner beaucoup en prenant ce risque.

Et peut-être pourraient-ils le prendre ensemble…

Ayant dû être à l'hôpital très tôt pour le prélèvement de moelle, il n'avait pas eu l'occasion de la rencontrer lundi matin : comme il s'était senti plus mal que prévu, il était rentré chez lui pour la journée.

Aujourd'hui, il était revenu pour s'entendre dire qu'il avait une mine épouvantable… De toute façon, il boitait tellement et se tenir debout lui était si pénible qu'il aurait été incapable d'opérer.

Il avait donc écouté les conseils de ses collègues en allant dormir, et à présent, s'il boitait encore un peu, il était tout à fait capable de marcher.

Il était tard, mais s'il avait de la chance, il trouverait Kate encore en train de travailler. Il prit donc la direction du service de pathologie.

En voyant l'expression de Kate, Bella se dit qu'elle aurait terrifié n'importe qui. Son idée avait été très mauvaise, en fin de compte, mais il était trop tard pour revenir en arrière…

Suivant ses instructions, son grand-père était venu rendre visite à sa fille.

Beaucoup plus grand qu'elle ne l'imaginait, il ne ressemblait pas à l'image qu'elle s'en était faite : ses vêtements étaient miteux, ses traits durs et il sentait…

— Vous avez bu ! cria-t-elle. Vous m'aviez dit que vous étiez désintoxiqué, que vous n'aviez pas pris d'alcool depuis des années !

— Et c'était vrai, jeune fille.

D'une démarche titubante, il avança dans le laboratoire en agitant un sac en papier qu'il soutenait de l'autre main pour éviter que la bouteille ne tombe.

— Il m'en fallait juste un peu, pour me donner du courage.

Il souriait, mais son visage n'en était pas moins affreux à voir.

— Bonjour, Katherine. Longtemps que je ne t'avais pas vue ! Comment vas-tu ?

— Sors d'ici ! hurla Kate. Bella, téléphone à la sécurité, vite !

Les yeux de Kevin s'étrécirent et il s'approcha d'elle.

— Ne fais pas ça, Katherine, ce ne serait pas très gentil. Est-ce que ta nièce t'a dit que je voulais juste te demander pardon ?

Kate fit un pas en arrière.

— De quoi ? D'avoir assassiné ma mère ?

La bouche de Bella s'ouvrit en grand.

— Oh ! mon Dieu ! Vous... vous êtes un meurtrier ?

Elle se tourna vers sa tante.

— Désolée, Kate, je ne savais pas...

— Eh bien, maintenant, tu sais.

— J'ai accompli ma peine, tu dois au moins me laisser te demander pardon.

— Je ne te dois rien du tout. Je ne veux plus entendre parler de toi ni te revoir. Sors d'ici, sors de ma vie !

Il laissa échapper un juron.

— J'aurais dû m'en douter. Je perds mon temps, tu n'es pas décidée à écouter un mot. Une tête de mule, comme ta mère !

Bella le vit s'approcher de nouveau de Kate, qui s'était réfugiée derrière un plan de travail central, l'air terrifié.

Elle en avait assez vu. Puisqu'elle était responsable de la situation, à elle de sortir Kate de là. Elle se précipita vers l'homme.

— Fichez le camp ! Vous n'auriez pas dû venir...

La main de Kevin s'abattit si vite qu'elle ne put l'esquiver, et assez violemment pour la projeter au sol. Elle se releva avec peine, pour voir Kate tenter d'atteindre le téléphone accroché au mur tandis que Kevin essayait de lui barrer le passage.

Elle voulut s'approcher, mais une seconde bourrade la jeta de nouveau à terre.

— Sauve-toi, Bella ! Va demander de l'aide, vite !

Connor, à mi-chemin du couloir désert du sous-sol, vit une silhouette passer à travers la porte du service et s'affaler au sol en poussant un hurlement de peur. Oubliant sa propre douleur, il se précipita.

C'était Bella, et son instinct lui disait que Kate était en danger. Et à ce moment précis, il comprit à quel point il l'aimait.

10

— Connor ! Son père ! Il va la tuer !

Bella sanglotait en s'efforçant de composer un numéro sur son portable.

Il ne ralentit même pas l'allure.

Il y eut un bruit de verre brisé dans le laboratoire. Connor s'y précipita, ouvrant la violemment la porte.

Kate était derrière un plan de travail, et l'intrus de l'autre côté en train de balayer du bras le microscope et les éprouvettes. Soudain, il l'aperçut.

— Qui êtes-vous, vous ? Sortez. C'est entre ma fille et moi.

— Elle et moi, c'est pareil.

— Oh, oh ! répliqua l'autre sur un ton désagréable, insinuant. Elle vous plaît, hein ? Vous feriez mieux de vous tenir à carreau, c'est une teigne, comme sa mère.

Il leva le bras et frappa le bord du plan de travail avec un objet enveloppé dans un sac en papier : une bouteille cassée. Une arme aussi tranchante qu'un couteau, qu'il agita ensuite devant lui avant de se tourner vers Kate. Connor comprit son intention.

— Kate ! A plat ventre !

Mais elle ne bougea pas. Encore son refus d'obéir aux ordres ? Bon sang, cette fois-ci, c'était pour sa sécurité !

Elle se contentait de le fixer d'un air désespéré.

Sans réfléchir, il se jeta sur elle, l'agrippa par la taille et l'entraîna dans sa chute juste au moment où la bouteille cassée était propulsée dans sa direction. Il sentit les boutons de sa blouse craquer, et sut que ses lunettes avaient volé.

Il entendit un hurlement de rage et, sous les nouveaux projectiles qui fusaient, recouvrit Kate de son corps. Une douleur lui mordit l'épaule alors qu'un objet lourd le heurtait ; il tenta de se courber davantage, sentant Kate raidie sous lui. Il devrait la libérer pour pouvoir se lever et affronter l'agresseur, mais pas tout de suite, pas avant qu'il n'y ait une pause dans cette attaque féroce.

Puis il y eut de nouveaux bruits, des cris et des coups frappés à la porte. Il leva la tête pour voir deux gardes de la sécurité faire irruption dans le laboratoire. Bella, blanche comme un linge, pointait son nez dans l'encadrement.

— Qui est ce fou furieux ? demanda l'un des gardes. Et comment a-t-il fait pour entrer ici ?

— C'est ma faute, sanglotait Bella.

Elle entra dans la pièce.

— Kate, tu vas bien ? Oh ! mon Dieu !

Connor relâcha son étreinte sans toutefois se relever. Il s'agenouilla et tendit les mains vers son visage pour l'obliger à le regarder.

— Tout va bien, Kate ! Tu ne risques plus rien.

Elle se sentait en sécurité.

Ridicule ! Son pire cauchemar — devoir affronter son père dans une autre de ses nombreuses crises de delirium — venait de prendre vie. Il était encore là, à respirer le même air qu'elle. Connor lui avait hurlé dessus, s'était jeté sur elle, et elle se sentait en sécurité...

Parce que c'était lui, justement. Il était là, en train de la regarder comme si la protéger était la seule chose qui comptait au monde.

Comme... s'il l'aimait.

Autant qu'elle l'aimait ?

Il l'aida à se relever et elle prit les lunettes qu'il lui tendait. Pourtant, comme elle avait envie de prolonger le contact avec son corps, elle resta collée contre son flanc, ravie qu'il l'ait enlacée pour l'empêcher de s'éloigner.

— Je vais bien, Bella.

Pourtant, ses jambes et ses mains tremblaient.

— Qui est ce type, Kate ?

— Je suis son père ! hurla Kevin.

— Non ! Tu n'as jamais été mon père, je l'ai toujours su, même avant que tu assassines maman.

— Quoi ? intervint l'un des gardes. C'est un assassin ? Une chance qu'on ait appelé la police !

— Il est sans doute en liberté conditionnelle, expliqua Kate. Il a déjà été libéré une fois il y a longtemps, et on l'a renfermé parce qu'il a assommé quelqu'un dans le premier pub où il est entré.

— Je doute qu'il ressorte, maintenant, dit l'autre garde en poussant Kevin devant lui. Nous l'emmenons.

En passant le seuil, il regarda en arrière.

— La police aura besoin de votre témoignage à tous. Ne partez pas, d'accord ? Kate, voulez-vous que nous vous envoyions quelqu'un ?

Elle se pressa contre Connor.

— Inutile, je suis en sécurité.

— Pas de problème ! ajouta Connor à l'adresse des gardes. Je vous le garantis.

On avait apposé les scellés sur la porte du service de pathologie.

Bella regarda d'un air désespéré la bande rouge qui barrait la porte. Elle était déjà restée ici beaucoup plus longtemps qu'elle ne le souhaitait. D'ailleurs, elle n'aurait jamais dû venir, et encore moins suggérer à Kevin de rencontrer sa fille. Plus vite elle pourrait s'échapper, mieux elle se porterait, mais la porte donnant sur le couloir central était la seule issue. Elle se tourna vers l'officier de police qui gardait l'entrée.

— Nous pouvons rentrer chez nous, maintenant, inspecteur ?

— Rien ne doit bouger tant que le lieu n'a pas été photographié et qu'on n'a pas recueilli les empreintes digitales. Cette bande empêche les gens d'entrer, pas de sortir, mais vous feriez mieux de rester tous jusqu'à ce que ce soit terminé. Ça ne devrait pas être long.

En plus d'elle, il y avait là les deux policiers, sa tante et Connor. Et seulement deux sièges dans le bureau de Kate, qu'on avait réservés aux deux femmes. Connor était appuyé au bureau et sa jambe gauche frôlait la chaise de Kate. Ou Kate elle-même ? Elle avança la tête pour tenter de mieux voir, mais croisa le regard de sa tante, et se ravisa.

De nouveau, elle se sentit très malheureuse et les larmes lui montèrent aux yeux. Tout cela était sa faute, et si Connor n'était pas arrivé au bon moment, l'affaire aurait pu tourner au tragique.

Un inspecteur prenait des notes depuis un bon moment.

— Ainsi, votre père a été condamné pour assassinat ?

— Le jury n'a eu aucune hésitation. Je n'ai pas assisté au procès, mais mon frère aîné, David, y était. Un voisin d'en face a entendu la dispute et l'a vu pousser ma mère. Elle est tombée dans l'escalier, s'est fracturé le crâne, et est morte deux jours plus tard sans avoir repris connaissance.

Kate parlait d'une voix calme, mais Bella vit Connor lui presser doucement l'épaule.

— David a aussi témoigné qu'il était violent avec nous.

Bella baissa la tête. Si elle avait su... Elle comprenait à présent quel genre de pacte secret partageaient son père et sa tante. Pas étonnant qu'ils n'aient pas tenu à raconter ça. C'était trop horrible de penser qu'on avait pour père un monstre pareil, un alcoolique violent et aveuglé par la rage.

— Il a été condamné à quinze ans de prison, poursuivait Kate. Au bout de douze, il s'est arrangé pour se faire libérer sur parole en affirmant qu'il ne buvait plus, mais, deux jours plus tard, il a provoqué une bagarre dans un pub et a failli tuer quelqu'un.

— Il ne sortira plus jamais, l'assura l'inspecteur. Aucun juge ne prendra ce risque.

— Tant mieux.

Kate regarda Connor dans les yeux un long moment, et Bella retint sa respiration.

Que se passait-il entre eux ?

Le regard de Kate se posa sur elle et elle rougit.

— Je suis tellement désolée, Kate...

Ses parents déjà lui conseillaient de ne pas se mêler des affaires des autres... Eh bien, elle n'était pas près de recommencer.

— Ce que je ne comprends pas, c'est comment il a pu arriver jusqu'ici, dit l'inspecteur.

— C'est moi qui l'ai renseigné, répondit-elle d'un air piteux.

Elle raconta l'histoire du coup de téléphone qu'elle avait caché à sa tante et du message envoyé à son grand-père.

— Il avait l'air sincère et je l'ai cru. En principe, ma tante laisse toujours une seconde chance aux gens qui le méritent.

Kate regardait de nouveau Connor. Et cette fois, ils se souriaient. Un sourire complice et lourd de sens.

Enfin, on les autorisa à rentrer chez eux.

— Si nécessaire, nous ferons appel à vous avant le procès.

Bella se leva pour suivre les policiers. Quand elle se retourna, elle vit que Kate et Connor étaient les yeux dans les yeux... Encore ! Et cette fois, ils se tenaient par la main.

Elle toussota pour attirer leur attention.

— Ne m'attends pas, Bella, j'ai besoin de reprendre mes esprits et de me rafraîchir un peu.

Bella hésita.

— Ne t'inquiète pas, je m'occupe d'elle, ajouta Connor.

Oh ! elle n'en doutait pas ! Vu la façon dont ils se regardaient... Enfin une bonne nouvelle !

Malgré tout, elle ne se décidait pas à les laisser.

— Ne t'inquiète pas, je ne t'en veux pas. Tu crois toujours à la sincérité des gens et, au fond, c'est une qualité. Tu nous as peut-être rendu service, en fin de compte.

— Ah ?

— On dirait qu'ils vont boucler mon père pour un bon bout de temps, ce qui assurera notre sécurité. D'autre part, tu as dévoilé sans le vouloir quelques secrets, et ce n'est pas plus mal. Les secrets peuvent être destructeurs.

Elle se tourna vers Connor en souriant, et Bella se sentit cette fois-ci vraiment de trop.

— J'y vais. Je veux téléphoner à mes parents pour leur raconter ça avant qu'ils ne l'apprennent par la police. A plus tard !

L'extrémité de la bande rouge avait été décollée pour permettre le passage ; en sortant, elle se retourna pour voir Connor fermer la porte du bureau derrière lui, puis les persiennes descendirent contre la vitre.

En souriant, elle recolla la bande en travers de la porte. On ne pourrait pas dire pour autant qu'elle se mêlait des affaires des autres, n'est-ce pas ? Les agents du nettoyage attendraient.

Kate regarda Connor fermer la porte à clé et tirer les persiennes. Il ne s'était pas éloigné d'elle depuis qu'il l'avait plaquée au sol tel un rugbyman, lui évitant de recevoir cette bouteille cassée en plein visage.

A présent que c'était fini et que tout le monde était parti, elle semblait comprendre enfin que le danger avait été réel : elle tremblait comme une feuille.

— Oh ! Katie !

La tendresse dans sa voix la fit fondre.

Elle prit les mains qu'il lui tendait et le laissa l'aider à se mettre debout avant de l'attirer dans ses bras.

— Serre-moi fort, s'il te plaît, j'ai besoin de me sentir en sécurité.

— Tu l'es, puisque je suis là. Je ne vais nulle part. Je t'aime, Kate.

Oui, elle était rassurée en dépit de son tremblement. Plus qu'elle ne l'avait été de toute sa vie, car il connaissait ses secrets et… il l'aimait.

Elle se recula pour mieux voir son visage et y chercher confirmation de ces mots merveilleux.

Et elle la trouva. Dans son regard, car elle lisait l'amour dans ses yeux.

— Je n'aurais jamais dû te laisser me mettre à la porte l'autre soir, mais je ne savais plus quelle attitude adopter. J'avais besoin de réfléchir.

Il semblait si sincère, si assuré…

— Et alors ? Tes conclusions ?

— Je ne l'ai su que quand j'ai compris que tu étais en danger.

— Tu as su quoi ?

— A quel point je t'aimais.

La vue de Kate se brouilla.

— Je t'aime, Connor. Tu es quelqu'un… de formidable.

Il esquissa un sourire.

— Tout se passera bien, tu sais.

— Quoi ?

— Nous, notre vie. Nous savons tous les deux ce que c'est de ne pas être aimé, et nous avions peur de prendre le risque de donner notre amour. Mais il m'est impossible de ne plus t'aimer, tu comprends ? Impossible.

— Oh…

Elle ressentait la même chose pour lui. Elle l'aimait avec chaque fibre de son être. Si cet amour disparaissait, elle cesserait d'exister.

— Tout devient possible entre nous, Kate. Faire l'amour, et même… faire un enfant.

La panique était toujours tapie dans un coin, assez pour que son corps se raidisse malgré elle.

— Tu vas trop vite !

— Pardon.

Il l'attira à lui de nouveau et la berça. La tension reflua.

— Je te désire, Katie. Et je veux t'épouser. Pourrais-tu accepter ?

Elle déglutit.

— Oui, oh, oui !

Ils s'éloignèrent l'un de l'autre comme s'ils avaient besoin d'être face à face et restèrent les yeux dans les yeux un long moment, absorbés par la promesse qu'ils venaient de se faire, par l'espoir de cet avenir ensemble.

L'expression de Connor était étrange. Avait-il les larmes aux yeux ? Elle essuya ses lunettes, les reposa sur son nez et sentit qu'on les lui enlevait.

— Tu n'as plus besoin de ça, maintenant.

Il les posa sur le bureau et se tourna vers elle en souriant.

— Je rêvais de le faire depuis longtemps.

— Quoi ? M'enlever mes lunettes ?

— Hmm, et aussi ça.

Il tendit les mains vers la tresse qui pendait sur son épaule et tira sur l'élastique qui l'attachait, puis la défit jusqu'à ce que ses cheveux soient totalement libres. Ensuite, il entoura une mèche autour de chaque poignet, l'attira à lui, se pencha sur elle et posa les lèvres sur les siennes.

Et elle se sentait en sécurité.

Libre.

Elle flottait.

Les mains posées sur la nuque de Connor, elle l'attira davantage pour le presser d'approfondir le baiser. Jusqu'à ce qu'il soit obligé de se reculer.

— Si je ne m'arrête pas tout de suite, je ne pourrai plus me maîtriser.

Elle haletait.

— Je ne veux pas que tu te maîtrises, Connor. Je t'aime et je te veux, et je ne peux plus attendre. S'il te plaît...

Elle vit ses yeux s'arrondir. Il était sincèrement surpris.

— Je suis sûr qu'il y a des tas d'articles du règlement qui

interdisent ce comportement dans l'enceinte de l'hôpital, murmura-t-il.

— Je m'en moque, c'est mon bureau. Ici, c'est moi qui commande.

Bon sang.

Rêvait-il ? C'était Kate Graham, en train de désobéir au règlement. Aussi sauvage que dans son fantasme de secrétaire modèle soudain déchaînée, il y avait combien de temps, déjà ? Que cela paraissait loin !

Ce n'était ni le bon endroit ni le bon moment ; pourquoi était-ce soudain si excitant ?

Parce que Kate était libre et qu'elle avait choisi ? Les secrets de son passé avaient été dévoilés sans la détruire. Au contraire, ces révélations semblaient lui avoir donné un nouveau pouvoir.

Ou alors, c'était parce qu'elle se sentait libre avec lui… Assez en sécurité pour l'aimer et pour accepter de l'épouser. Et il ne la décevrait pas. Il ne s'était jamais senti si puissant, si assuré de pouvoir la protéger jusqu'à la fin de leurs jours.

Et il adorait sa façon fiévreuse de déboutonner sa chemise, de presser ses lèvres sur la peau nue de son torse avant de relever la tête pour un autre baiser. Allait-il l'empêcher de continuer à cause de règlements élaborés par des gens incapables de concevoir ce qui se passait dans ce bureau ?

Pas vraiment.

Il la serra encore contre lui, passa la main sous sa blouse aux boutons arrachés pour défaire la fermeture Eclair de sa jupe. Il allait lui faire l'amour comme jamais on ne le lui avait fait, il pouvait le garantir. Et ce serait réciproque, car il n'avait encore jamais été amoureux.

Et peut-être étaient-ils un peu saisis de frénésie, parce qu'ils ne prirent même pas le temps d'ôter tous leurs vêtements ; ce n'était pas non plus très romantique, mais le cri de plaisir d'une femme ne lui avait jamais semblé si doux, ni le sien si sincère.

Ils s'occuperaient du romantisme plus tard, avec des bougies, du vin et des draps fins. Ils le feraient, vraiment. D'innombrables fois, si cela ne tenait qu'à lui. Mais rien n'égalerait ce qu'ils venaient de vivre. Un envol sauvage et triomphal vers l'avenir.

Leur avenir ensemble.